Le Sauveteur de touristes

Éric Lange

Le Sauveteur de touristes

Taurnada Éditions

ISBN : 978-2-37258-012-0

ISSN : 2276-0717

À India, Tania, Ambre et Vladimir

Prologue

Je suis le sauveteur de touristes.

C'est mon métier, une sorte de détective privé ne travaillant que sur des affaires de touristes en perdition. Les cas les plus courants sont les emprisonnements, la plupart du temps pour trafic et consommation de drogues illégales, mais les plus intéressants sont les disparitions, volontaires ou non.

J'ai lancé cette activité par un terrible hasard. Elle ne cesse de croître pour une raison bien simple, évidente : le tourisme est l'industrie la plus lucrative du monde générant un chiffre d'affaires global supérieur à celui de l'industrie pétrolière ou de l'armement. C'est aussi l'une des rares activités économiques dont on peut prévoir l'avenir avec certitude sur une décennie et cet avenir est radieux.

La matière première du tourisme, c'est par définition le touriste. Et nous en sommes tous. Ou alors, nous le deviendrons un jour. Au moins une fois dans notre vie. C'est l'époque qui veut ça. L'époque de la démocratisation du voyage, du village planétaire et du monde à portée de tous ; une belle, généreuse et lucrative idée du siècle précédent. Certains doivent être persuadés que l'envoi de leurs congénères dans de lointaines contrées provoque la rencontre de l'autre, sa compréhension et donc, œuvre à la création d'un monde meilleur. Peut-être. Mais cet humanisme soudain est surtout un argument pour les marchands de rêves qui nous alpaguent avec leurs images ensoleillées dans les mornes soirées de nos hivers tempérés.

Nous comparons les prix, les dates, les taux de fréquentation, les sites à visiter, le climat et nous décidons en fonction de tous ces critères quel petit bout du monde nous louerons. Ce sera un morceau exotique avec du soleil et la grande palme verte qui danse tranquillement derrière la fenêtre, et le lagon, et la barque qui passe, comme sur la photo. Ou bien un parcours compliqué dans une forêt, une montagne lointaine, un désert forcément inhospitalier avec des embûches convenues mais assez réelles pour nous permettre de croire à la grande aventure quinze jours ou six mois.

Nous sommes des retraités en mal de jouissances, des familles entières avec enfants et labrador, des étudiants en crise mystique, des divorcés en crise d'adolescence, des fêtards défoncés, des routards blogueurs, des cadres stressés, des salariés méritants, des tous seuls et des toutes seules, des jeunes mariés. Nous sommes tout le monde mais tout le monde n'est pas prêt.

La plupart du temps tout se passe bien. Le touriste paye pour parcourir la planète, il attend en retour qu'on lui programme une histoire, un souvenir et s'il est satisfait il dépensera plus encore. On lui fabrique donc des itinéraires sur mesure, encadrés mais aux contours invisibles afin qu'il ne perde jamais l'illusion dont il est la victime volontaire. Il rentrera alors chez lui délesté de son budget mais heureux et recommencera ailleurs ce qui satisfait tout le monde du moment que l'argent circule. La machine fonctionne parfaitement. Les dictatures les plus sanglantes, les démocraties, les pays les plus pauvres comme les plus riches, même ceux en guerre, tous y participent car le touriste n'est pas regardant. Il lui arrive de pactiser avec les bourreaux, de baigner dans la misère, d'engendrer les trafics les plus sordides, ce n'est pas grave, il nourrit son monde. Ça compte plus que tout. Il faut bien le reconnaître si on est honnête.

Mais on a beau le protéger, l'encadrer pour ne pas abîmer la matière première, il arrive qu'on le perde. Le plus souvent c'est de sa faute. Il pêche par excès de confiance et sort du circuit en recherchant cet éternel voyage « hors des sentiers battus » qui est son Graal. Il franchit les barrières qui le séparent de la réalité et se retrouve loin du troupeau, seul, vulnérable. Il ne connaît pas la langue du pays, ses lois, ses réalités sociales ou politiques, la valeur de l'argent, il ne sait rien, c'est un enfant équipé d'une carte de crédit et du numéro gratuit de Mondial Assistance collé dans son portefeuille. Une proie sur laquelle les prédateurs n'ont qu'à se pencher. Et ils ne s'en privent pas.

La plupart du temps, on le retrouve. Pas toujours en bon état, mais on le renvoie à peu près entier dans son univers d'origine où il peut cogiter sur la réalité des policiers corrompus, des révolutionnaires fous, des escrocs, des voleurs et autres violeurs qui ont soudainement transformé ses congés en cauchemar.

Il arrive aussi qu'on ne le retrouve pas.

Il disparaît, tout simplement. Il ne donne plus de nouvelles, il ne rentre pas. Pas un e-mail, ni un coup de téléphone, rien. Il était là, bien vivant à Rio, Shanghai ou Paris et il est effacé, comme ça, d'un coup. Ses proches se lancent alors dans une longue quête qui s'achève après avoir harcelé l'ambassade, la police locale, la presse et toutes les autorités accessibles, pour devenir un dossier de plus au service des disparus du ministère des Affaires étrangères. On est prié de faire son deuil, d'accepter la mort du fils, du frère, de l'ami. On n'y arrive jamais vraiment. Si c'est une fille, c'est pire. On l'imagine tout de suite droguée, retenue dans un bordel chinois où elle subit les clients à la chaîne, et on a encore plus de mal à vivre.

Si on a les moyens, si on ne peut se résigner, si on veut poursuivre les recherches, on finit par me rencontrer. Je suis incontournable. Ça ne va pas durer vu la courbe exponentielle de la clientèle, mais pour l'instant, je suis le seul. Le sauveteur de touristes.

*

Cette histoire est celle de ma première enquête. J'y raconte, en restant le plus possible fidèle à la vérité, la succession chronologique d'événements qui a fait de moi ce que je suis.

C'est aussi l'histoire d'Émilie, la fille qui peut détruire notre monde.

Si elle le veut.

1

Le muezzin me réveille à l'aube.

Je le croyais mort, écrasé par le bombardement de sa mosquée la veille pendant la prière du soir quand un drone avait envoyé son missile sur le petit minaret ocre mais finalement, il a survécu. Et alors que le ciel pâlit, il chante sur son tas de ruines, il s'obstine à rappeler aux hommes qu'il n'existe qu'un seul Dieu et si aucun sniper matinal du camp d'en face, ceux de l'autre Dieu, ne met fin à ses prières d'un tir bien ajusté, rien ne l'arrêtera.

Je sors du lit et marche pieds nus sur le carrelage froid jusqu'au petit balcon de la chambre du Hilton où je séjourne avec une vingtaine d'autres journalistes venus des cinq continents dans cette province balkanique pour raconter la guerre qui se déroule dix étages plus bas. Une guerre qui remonte à loin, une vendetta sur plusieurs générations aux racines si profondes, qu'elles nourrissent une haine vorace, insatiable. Régulièrement les peuples se déchirent avec enthousiasme dans un élan de folie meurtrière.

Je m'appuie sur la rambarde en béton et regarde les fumées au-dessus de la ville. Elles sont toujours là, noires et grasses qui s'élèvent doucement, presque immobiles dans le ciel, comme des taches. On ne sait jamais où elles vont apparaître mais dès que l'une s'épuise, une autre naît quelque part dans le décor. J'en compte six pour l'instant. Ce sont des voitures qui brûlent, des maisons, parfois des immeubles entiers et s'ils sont assez hauts, on distingue les flammes orange.

Plusieurs muezzins se sont joints au premier. Leurs prières sont plus lointaines, elles viennent d'en face, du quartier musulman, tandis que le mien, le rescapé, il est tout proche de la ligne de front, de l'autre côté de l'avenue qui sépare la ville en deux, juste là, à portée de fusil du camp ennemi.

Le soleil est encore timide, il fait froid, je ne suis vêtu que d'un tee-shirt et d'un caleçon et je grelotte mais je reste jusqu'à la fin de son appel, par curiosité, j'avoue. Va-t-il pouvoir terminer ? Je scrute les immeubles autour, cherche l'éclat de lumière sur le métal de l'arme qui révélera la présence d'un tireur.

C'est une ville passoire, trouée de partout, les murs, les panneaux routiers, les portes, les voitures, les rideaux de fer des magasins, rien n'échappe aux milliers de projectiles tirés quotidiennement. Parfois les trous sont larges, béants, ils laissent voir la vie qui tente de se maintenir dans les appartements rafistolés ou alors ils sont minuscules, éparpillés sur une façade comme si un dément avait décidé de la percer tout entière et vidé des dizaines de chargeurs pour la véroler.

L'hôtel où je me trouve, les quelques bâtiments officiels qui l'entourent et un centre-ville historique d'à peine deux ou trois hectares, sont épargnés. Ils forment cette fameuse zone neutre qui existe dans toutes les cités en guerre, indispensable pour assurer les trafics, les ravitaillements, les discussions aussi, les évacuations. La zone neutre est le lieu de contact entre une guerre et le reste du monde. Il arrive qu'elle disparaisse, envahie à son tour par les combats et alors tous s'en vont, les journalistes, les diplomates, les « représentants légaux » des partis en conflit. Même les trafiquants et les filles fuient l'ultime massacre qui départagera les deux camps.

Jusqu'à la suivante.

Mais nous n'en sommes pas là. Pas encore.

Le silence revient, le muezzin a vénéré son Dieu jusqu'à la dernière note, sans être interrompu. Une rafale de fusil-mitrailleur salue la prestation. À moins que ce ne soit une menace pour la prochaine fois.

Je décide de me recoucher, profiter du calme qui s'annonce pour grignoter du repos. La semaine qui vient de s'écouler fut intense, on se battait jour et nuit pour gagner quelques mètres de bitume arrachés à l'ennemi, de maison à maison, on se tirait dessus par les fenêtres. J'ai passé ces derniers jours à courir avec mes confrères de la presse mondiale, dans tous les coins de la ville, tentant de me retrouver sur ce front mouvant, passant involontairement d'un côté et de l'autre. Je me suis perdu plusieurs fois, coincé quelque part au milieu du chaos. Plusieurs nuits, je suis resté terré au fond d'une cave avec des femmes et des enfants, terrorisé par le feu qui se déchaînait là-haut. Toute cette folie s'est arrêtée d'un coup. Sans qu'on sache pourquoi, les chefs ont décidé de se rencontrer. Des négociations vont s'ouvrir d'ici à quelques heures dans les bureaux de l'ONU à Manhattan et quand les chancelleries déjeunent, les armes attendent.

Aujourd'hui, il ne se passera rien. Inactivité forcée pour cause de pourparlers. Nous n'aurons pas de bombardements, pas de ballets d'hélicoptères ni de fusillades, de sirènes d'ambulances. Rien à filmer, rien à raconter.

Dehors, ils vont en profiter, les survivants de la dernière tuerie envahiront les marchés et rempliront les bars pour se dépêcher de vivre un semblant de fête. La vie par intermittence. On célèbre même des mariages pendant les trêves.

*

J'ai volontairement laissé les rideaux ouverts et le soleil me réveille une heure plus tard. Je tente de prendre une douche. Pas d'eau ce matin, peut-être ce soir. Depuis deux semaines que je suis là, je n'ai constaté aucune régularité en ce qui concerne l'eau courante. On s'habitue. Quand il y en a, quelle que soit l'heure, on se lave. Pas ce matin donc.

Je descends au bar pour avaler une tasse de café lyophilisé. Le serveur m'apporte un pichet d'eau brûlante et un petit sachet de granulés ainsi qu'un papier plié en quatre avec mon nom écrit en gros sur le dessus « HARLEM ». Sans trop d'espoir, je lui demande du sucre.

Il sourit, un homme tout en longueur, légèrement voûté dans son costume noir usé mais propre. Il prend le temps de me répondre poliment comme chaque matin.

« No sugar today sir. Maybe tomorrow. »

Je le remercie et lis le message. Quelques mots écrits d'une main maladroite :

Come at 10 pm the parking outside your hotel near the Victims Square. Very good pictures for you.

Et c'est signé en lettres majuscules : ILIAN.

Je regarde ma montre, il est neuf heures, j'ai le temps, la place des Victimes n'est pas loin de l'hôtel. Elle jouxte effectivement un ancien parking encombré de carcasses de voitures carbonisées.

*

J'ai rencontré Ilian deux jours plus tôt au bar de l'hôtel où les journalistes se rencontrent chaque soir pour se raconter la journée, se plaindre aussi, se dire que le métier change et que c'était mieux avant. Des employés comme les autres finalement, qui se retrouvent au bistrot après le travail. La vie normale d'une bande de collègues.

À ces réunions informelles viennent parfois se joindre des informateurs, des guides, des interprètes, tous ceux qui vivent aux crochets des journalistes. Ilian, spécialisé dans la vente d'images enregistrées sur des téléphones portables, est de ceux-là. C'est une nouveauté de l'époque que les reporters doivent intégrer à leurs méthodes de travail, une équation à enseigner dans les écoles de journalisme : (tout le monde possède un téléphone) + (tous les téléphones font des images) = tout le monde fait des images. Cherchez la personne qui était plus près que vous de l'événement, celle qui a eu le temps de sortir son téléphone pour filmer l'action. Et si cette personne est morte, trouvez l'autre, celle qui a récupéré le téléphone du mort. Elle n'est jamais loin, elle vous cherche pour vendre sa prise.

Ce soir-là, je ruminais seul dans mon coin de bar en vidant mécaniquement une bouteille de vodka locale, je n'avais pas envie de me mêler aux autres car j'encaissais un petit blues personnel, un moment de vide, pas encore le désespoir, mais pas loin. Rien de grave, j'ai l'habitude, c'est un inconvénient du métier. Il faut bien de temps en temps prendre conscience de ce que l'on voit chaque jour, ne plus regarder le monde par le filtre de la caméra mais le toucher, car il est là avec toutes ses souffrances, son sang, ses morts qui pourrissent, leur odeur de vieille viande et la peur, le dégoût. Vivre dans la guerre n'est pas supportable. Sauf si on y est obligé. Alors, on en devient un rouage et on change pour survivre. Mais si on ne fait qu'y passer, on ne se résout jamais à l'accepter totalement. De temps en temps, on déprime.

Je remplissais donc ce passage à vide en buvant et en fumant en solitaire, tout au bout du bar, adossé au mur. Un écran pendu au-dessus des bouteilles diffusait une chaîne américaine d'informations en continu où Ken et Barbie, personnages troncs derrière un long bureau en acier, parlaient d'un cyclone qui venait de ravager une ville quelque part aux États-Unis. Je regardais une banlieue dévastée, comme soufflée tout entière par une bombe. Je ne pouvais pas entendre le son de la télévision, il était coupé et remplacé par les Daft Punk que le barman vénère, mais j'ai compris grâce à un texte inscrit sur un bandeau défilant en bas de l'écran que l'on comptait au moins trois morts. Le bilan d'une demi-journée normale ici.

Ilian s'était installé sur le tabouret libre à côté de moi, il avait commandé une bière et s'était tourné pour se présenter :

« Hello. Me, Ilian. »

Il m'avait tendu une longue main noueuse. Tout était noueux en lui, on voyait ses muscles bouger, se tendre sous sa peau lisse, un homme sec, maigre, secoué en permanence par de nombreux tics, une épaule se soulevait, la main tremblait, un clignement d'œil prononcé, ça n'arrêtait pas une seconde, toujours quelque chose en lui s'agitait. Un personnage inquiétant. Même son visage était tendu, le crâne chauve, les pommettes saillantes, un long nez. Il donnait l'impression de se retenir en permanence, comme s'il contenait une explosion.

Il portait une veste de treillis, un jean, et il était chaussé d'une paire de Nike flambant neuves qu'il semblait porter avec une certaine fierté, on voyait pendouiller derrière le talon de la chaussure gauche la petite étiquette certifiant son authenticité. Je lui serrais la main et me présentais à mon tour :

« Tom Harlem. I'm journalist, french TV.

– Me know. »

Ilian parlait le globish, la langue mondiale, un anglais sans beaucoup de grammaire mais assez de mots simples pour le comprendre sur tous les continents. Donc pas besoin de traduire.

« I can have good images. You need ?

– Maybe… What kind of images ? »

Il avait fini sa bière en quelques rasades et je voyais sa pomme d'Adam monter et descendre comme une balle de golf… Il avait reposé son verre et m'avait regardé en souriant.

« The kind you want. Me born here. Now, me forty, me age, forty. Not a kid, a man. I know people. I know war. I fight. I kill people. You understand ? »

Je comprenais. Il ne me menaçait pas, mais soulignait qu'il était un homme sérieux, crédible. J'approuvais donc et il s'était penché vers moi en parlant doucement, comme s'il avait voulu que notre conversation reste discrète.

« I know. I know you like. If me say good images, you can trust. I know what people like in your country. »

Il avait conclu par un clin d'œil et s'était levé en me tapant dans le dos.

« You name, Harlem. O.K. If me have good images, you have a paper, a message at reception. O.K. ? »

J'avais hoché la tête, levé le pouce et confirmé avec un « O.K. » sincère. C'est mon métier. Je dois fournir des images à la chaîne, tous les jours. Je les tourne ou je les achète, ce qui est risqué, il faut guetter les arnaques, certains d'entre nous ont déjà diffusé des images anciennes ou tournées au cours d'autres conflits. Il faut aussi se méfier des films « fabriqués », ceux dont l'action existe précisément parce qu'un journaliste est présent.

*

En marchant vers le parking, j'observe les passants profitant de l'accalmie que nous offrent les diplomates réunis à l'ONU après sept jours et sept nuits de combats ininterrompus. Des couples se tiennent par la main, des enfants surexcités après toutes ces journées enfermés dans des appartements ou des caves, courent dans tous les sens en criant, les vieux prennent l'air et palabrent, des groupes se forment, des rires éclatent. Une fête de village par un dimanche de printemps où même le temps est clément. Un soleil rassurant nous chauffe. On vit un peu. La réunion entre puissants à Manhattan aura au moins servi à ça, quelques heures de répit pour tous.

Les grillages qui entouraient le parking ont disparu, la cahute du gardien aussi et il reste sur le bitume qui semble fondu par endroits, une dizaine de voitures abandonnées depuis longtemps, rouillées, criblées de balles, gisantes sur leurs essieux. Ilian est adossé à l'une d'entre elles, il parle au téléphone et me fait signe de le rejoindre. Quand je m'approche, il raccroche, me tend la main tout sourire.

« Hello Tom Harlem. You O.K. ? I promised you good images. This is better, very good ! Look. »

Il me tend un Smartphone, un modèle coréen récent. L'application vidéo est ouverte et je glisse mon doigt sur la flèche « play ».

Je vois sur le petit écran un homme courir dans une ruelle, il est armé d'une Kalachnikov. Des grappes de chargeurs pendent sur son gilet. C'est un combattant, il tente de rejoindre sa zone. Au milieu de la rue, il est fauché par une rafale. Je n'entends pas les tirs, le son devait être coupé pendant l'enregistrement. Sa course s'interrompt avec une gestuelle bizarre, les balles le frappent aux bras et aux jambes qui font des mouvements désordonnés, sa tête se tend en arrière, le ventre se creuse et il s'effondre dans la poussière. Un autre homme apparaît, lui aussi harnaché comme un guerrier avec des armes et des grenades accrochées à son baudrier. Il se tourne vers celui qui filme et fait le

V de la victoire avec ses doigts. Il court jusqu'au corps, se penche, tire un couteau de chasse de sa ceinture, ouvre le ventre du mort d'un seul geste. Il marque un temps d'arrêt, range le couteau dans son fourreau et plonge d'un coup ses mains à l'intérieur. Il farfouille quelques secondes puis en sort un morceau de viande sanguinolent, sans doute le foie dans lequel il mord à pleines dents.

Le film dure quarante-quatre secondes. Les dernières images sont insupportables. Le soldat s'est relevé, il mastique, le sang noir dégouline sur son menton. Il nous regarde, sourit. C'est un être démoniaque, une créature répugnante et cruelle. J'ai un haut-le-cœur mais je ne détourne pas les yeux. J'ai déjà vu et filmé des scènes choquantes, des membres arrachés, des corps sans têtes, des êtres fauchés par les balles, brûlés par le napalm ou écrasés par des chars, mais jamais cette assurance, cette jouissance dans la barbarie. Ces images effrayent, le croque-mitaine existe, le monstre enfoui est sorti du cauchemar et il est parmi nous.

La voix d'Ilian juste derrière moi. Il est penché audessus de mon épaule et a regardé lui aussi.

« You like ? Good for french télévision ? »

En Asie du Sud-Est, les Khmers mangent le foie de leurs adversaires vaincus. Des journalistes occidentaux, qui étaient au Vietnam et au Cambodge entre 1970 et 1975, ont raconté avoir vu des soldats khmers se livrer au cannibalisme. Ils se trompaient. Les Khmers mangent un morceau du foie de l'ennemi pour tuer son âme après avoir tué son corps au combat, et s'approprier sa force. Il ne s'agit pas de nourriture, c'est un acte symbolique.

Les images que je viens de regarder n'ont rien en commun avec les superstitions khmères ou l'anthropophagie. C'est une nouvelle version de la même histoire où manger le foie de l'adversaire abattu se fait devant une caméra, c'est une gloriole barbare, une provocation à destination du reste du monde. Je demande à Ilian :

« Did you make the film ?

– Yes, it is me.

– You know this guy ? »

Il hausse les épaules.

« Just another soldier. He likes the war. He is good. He kills many people. So, you buy ?

– How much ?

– Ten thousand.

– Dollars ?

– No, Euros. »

J'hésite. Pas sur le montant à payer mais sur l'utilisation des images. Sont-elles exploitables ? Ma chaîne peut-elle diffuser cette scène ? Il ne s'agit pas d'un problème éthique, nous sommes prêts à montrer n'importe quoi pourvu que l'audience suive, mais dans ce cas précis je me demande si nous ne créerons pas le rejet. Un homme qui mange le foie de sa victime ! Dans le journal de vingt heures ! À la réflexion, peu de chances que ça passe entre le salon de l'agriculture et la Coupe de France de football. Je n'imagine pas une seconde notre présentateur vedette, un Français rassurant, entre le beau-fils idéal et le tonton débonnaire, assumer la réalité sauvage de notre espèce en présentant le film. Il fait plutôt dans l'optimisme. Mais on ne sait jamais. Je préviens Ilian que je dois demander à ma direction si elle est intéressée :

« I have to call my boss, in France.

– When ? »

Je m'apprête à répondre que je vais appeler tout de suite, je mets la main dans ma poche intérieure pour prendre mon téléphone et… je m'arrête. Je m'interromps dans l'instant comme tétanisé par un mystérieux signal que je serais le seul à percevoir. Je ressens un effroyable pressentiment, une peur immense, je *sais* qu'un événement terrible va se produire. Ilian me lance un regard interrogateur, il va me demander ce qu'il m'arrive mais il n'a pas le temps. Il ouvre la bouche et… le monde explose autour de nous.

D'abord une lumière blanche nous aveugle et une seconde après, la déflagration nous écrase, un fracas sans échos, puissant et sec, assourdissant. Ensuite, toutes les vitres se brisent dans un rayon de cent mètres, des voitures prennent feu, les débris retombent. Enfin, dans le silence, les cris s'élèvent.

Le souffle m'a projeté sur un tas d'ordures, un coup de chance de tomber dans le cloaque qui amortit le choc. Quand je me relève, je suis dans un nuage de poussière et de fumées âcres, je ne distingue rien, mes oreilles saignent et un sifflement me vrille le cerveau, je perds l'équilibre, j'ai envie de vomir. J'appelle Ilian, le son de ma voix est sourd, il ne répond pas, je ne sais s'il a survécu, je titube, réalise que j'ai toujours le Smartphone dans la main alors, sans réfléchir, j'avance, je me laisse guider par les hurlements de douleur et de rage, les pleurs aussi, et je fais ce que l'on attend de moi, je filme.

C'est une voiture piégée qui a explosé sur le boulevard où je me promenais quelques instants plus tôt, au milieu de cette foule insouciante savourant une après-midi de paix.

Elle est éparpillée, la foule. Au sens propre. Des membres jonchent la chaussée. Des bras, des jambes, des corps déchiquetés, des têtes calcinées, des lambeaux de chair sont accrochés aux murs, mes pieds glissent sur le sol couvert de sang. Je ne regarde pas autour de moi, je vois la boucherie sur l'écran que je tiens d'une main tremblante en maintenant mon avant-bras de l'autre. Je croise des silhouettes perdues, hagardes, couvertes de poussière, je dois leur ressembler, je suis avec ces zombies qui errent dans leurs vêtements déchirés, la bouche tombante et les yeux fixes, comme si le cerveau derrière avait bogué, mis sur pause par le choc. Je filme l'arrivée des secouristes, les pompiers, les ambulances où l'on entasse les blessés sans les ménager.

Une petite lumière rouge clignote sur l'écran pour m'avertir que la batterie est vide. Je n'ai capté que deux minutes mais elles sont bonnes, je le sais. Rare que l'on se trouve au cœur de l'événement et pour une fois, on peut dire que j'y étais. Je retourne vers l'hôtel, tente de courir mais j'ai toujours des problèmes d'équilibre, je dois ressembler à un homme ivre qui essaye tant bien que mal de rentrer chez lui. Je croise des confrères qui foncent vers l'événement. Je les ai grillés. Bien malgré moi mais c'est ainsi, la chance fait partie du métier. La chance… La chance de quoi, d'être au milieu du massacre au bon moment et de survivre ?

J'arrive à l'hôtel. Une panique totale règne dans le hall d'entrée. Des secouristes de la croix rouge apportent des blessés et des morts, les allongent sur les tapis rougis par le sang, puis repartent aussitôt. Des hommes et des femmes courent dans tous les sens, comme devenus fous, tout le monde hurle dans des téléphones, le personnel de l'hôtel est débordé, on apporte des nappes et des serviettes pour bander les blessures. De l'eau aussi.

Je titube jusqu'aux ascenseurs, monte dans ma chambre, branche le Smartphone sur un chargeur. J'attends quelques minutes en fixant le petit sablier qui tourne sur l'écran, le bruit de la rue monte, toujours les ambulances, les cris mais maintenant en plus, des détonations, des coups de feu tirés en l'air, on réclame vengeance. Demain ou après-demain, quand on aura enterré et pleuré les morts, la ville s'embrasera à nouveau.

Le sablier s'interrompt, les icônes des applications s'affichent les unes après les autres, j'en effleure une qui me donne accès au Web et j'envoie à Paris le film de l'attentat, les deux minutes que je viens de tourner et qui seront remontées, commentées et sans doute titrées : « Au cœur des ténèbres ». Dans la foulée je joins les images d'Ilian en me disant que si la chaîne veut acheter le guerrier-cannibale, il sera toujours temps de le payer.

Je m'assois sur la moquette, adossé au lit, je regarde mes mains qui tremblent encore, je ne peux les contrôler, je sue à grosses gouttes, j'ai du mal à respirer. Je me traîne jusqu'au mini-frigo vide qui ne fonctionne que par intermittence et où je range une bouteille de gin achetée à Roissy. J'avale deux longues gorgées, tousse, pleure, je me laisse glisser sur le sol et reste là, les bras en croix à attendre que les effets de l'adrénaline disparaissent.

*

Mon téléphone sonne une dizaine de minutes plus tard. Je me redresse doucement, et réponds à mon rédacteur en chef, Fabien Nolan, un peu plus jeune que moi, environ trente-cinq ans, formé aux États-Unis dans les *news factory*, ces chaînes de télévision qui donnent de l'information vingt-quatre heures sur vingt-quatre, où le robinet à images ne doit jamais s'arrêter de couler et le tiède est interdit. Que du chaud, du brûlant si possible.

Nolan a quitté la Californie en échange d'un salaire indécent pour donner du rythme aux journaux télévisés de ma chaîne. Et il en donne. En trente minutes, nous traitons deux fois plus de sujets qu'avant son arrivée. Nous allons deux fois plus vite. Je prévois dans les mois qui viennent le replacement de tonton-la-vedette par une jolie journaliste avec des seins hauts et des yeux graves, comme ils savent en faire en Amérique.

« Bravo pour les images de l'attentat, elles sont *in action* j'adore, la news traitée au Smartphone, on est dans le *real show* et puis tu es allé vite, on est les premiers. Bien joué. »

Je cherche dans ma poche, trouve un paquet de cigarettes écrasées, en extirpe une qui semble fumable et l'allume difficilement. Toujours la tremblote. J'aspire goulûment la fumée avant de répondre :

« Merci.

– En revanche, l'autre film, celui avec le type qui bouffe le mort... trop trash. C'est vraiment dégueulasse.

Pas diffusable dans le journal. Peut-être sur le Net. Qui l'a fait ? Ce n'est pas toi ?

– Non. C'est un combattant. Il me le montrait pour me le vendre, nous étions dans un parking pas loin de l'avenue où l'attentat a eu lieu quand la bombe a explosé. Juste au moment où j'allais vous appeler pour savoir si vous étiez intéressé.

– Tu l'as payé ?

– Non, je n'ai pas eu le temps.

– Et tu sais où il est ce vendeur ?

– Aucune idée. Je ne sais même pas s'il a survécu.

– Il en voulait combien ?

– Dix mille euros.

– Trop cher pour une diffusion Web. Si tu le croises, tu lui proposes trois mille. S'il refuse, on laisse tomber. De toutes les façons, tu rentres demain. Un avion d'Air France décolle à dix heures. C'est peut-être le dernier.

– Demain ?... Mais la situation ici...

– Justement, c'est trop dangereux. L'attentat d'aujourd'hui visait les journalistes.

– Qu'est-ce qui vous fait dire ça ?

– Un communiqué est arrivé dans les rédactions d'une quinzaine de télévisions, dont la nôtre, juste après l'explosion. Il revendique l'attentat contre le Hilton où “se terrent les représentants des entreprises et médias occidentaux à la solde des gouvernements décadents”. Les médias occidentaux, c'est toi. La bombe n'a pas fonctionné correctement, elle a explosé trop tôt, la voiture n'était pas encore parvenue à l'hôtel qui était le véritable objectif. Ils voulaient vous tuer tous et à travers vous chasser les étrangers, les témoins. Ils veulent aussi saboter les tentatives de négociations en s'attaquant à la zone neutre, et c'est réussi, les discussions de New York sont interrompues. Tu rentres. »

Il existe un taux de dangerosité sur les champs de bataille, sans doute fixé par les compagnies d'assurances, au-delà duquel les dirigeants des médias, comme ceux des autres sociétés étrangères implantées dans le pays concerné, rapatrient leurs salariés et de toute évidence, nous l'avions atteint. Un attentat à la voiture piégée dirigé directement contre des journalistes entraîne évidemment leur évacuation. Seuls les indépendants resteront. C'est leur moment à eux. Ils sont les derniers héros du journalisme moderne, motivés par l'aventure, certains par des convictions, tous par l'argent. Avec le départ des correspondants officiels, les prix des images vont sérieusement augmenter et, si le carnage envisagé se déroule effectivement, les journalistes indépendants qui survivront toucheront le gros lot.

J'ai essayé d'être comme eux durant quelques années, j'ai couru les piges, financé des reportages jamais diffusés, tenté moi aussi de rester dans les villes en ruine quand tous les autres fuyaient, mais pas assez longtemps. Pas assez suicidaire, courageux ou avide pour risquer ma peau. Pas assez ambitieux non plus, ni assez de ténacité pour m'accrocher à la liberté. À la quarantaine, j'ai cédé aux sirènes de la sécurité, j'ai signé un contrat « à durée indéterminée » avec un des satellites d'un groupe industriel qui possède des télévisions, des radios, quelques dizaines de magazines, des complexes pétrochimiques, des laboratoires pharmaceutiques et des assurances. Une plaie de l'époque. Ce genre d'entreprise n'achète pas des médias sans en attendre un retour d'investissement. Et le retour, c'est la défense des intérêts du groupe. Je me plie. Je raconte la guerre en identifiant clairement les gentils des méchants. Je simplifie l'histoire dans le bon sens, celui de mes employeurs, pour qu'on la comprenne entre deux écrans publicitaires. J'ajoute l'émotion nécessaire à la mise en scène du spectacle en dosant soigneusement l'épouvante et l'espoir. Je fais mon boulot. Je suis honnêtement et lâchement au service de celui qui paye mon loyer et toute la vie qui va avec.

Je m'en contente mais pas complètement non plus, je n'ai pas le cynisme assez puissant, le mien n'est que de façade. J'ai quelque part tout au fond de moi un reste de conscience qui remonte de temps en temps à la surface pour me rappeler ma faiblesse. J'en ai rencontré qui peuvent réellement effacer le malaise d'un petit geste de la main avec un sourire désolé. Ils disent *what ever* et ça suffit.

*

L'avion de dix heures est plein de fuyards, plus une place libre. Des journalistes, des diplomates, des membres d'ONG, des militaires, des observateurs officiels, d'autres aussi dont on ne sait pas très bien ce qu'ils font là, intellectuels, trafiquants, curieux, soldats amateurs, touristes, tous ceux que la guerre attire. Nous partons, laissons cet acte-là se jouer sans nous car l'attentat d'hier est un avertissement clair : nul ne sera épargné.

Nous atterrissons à treize heures à Roissy, France, « Monde Civilisé En Paix », et à peine une heure plus tard, je sors du taxi qui me dépose devant le siège de mon groupe. Le changement est rapide et je vis une fois de plus le choc auquel je ne m'habitue pas malgré les années, le passage sans transition de la guerre à la paix. Il est particulièrement brutal car je rentre d'Europe. On s'entre-tue pas loin de chez nous. La barbarie passe mieux quand elle est lointaine, quand les autres la pratiquent, des Noirs ou des Arabes, des Asiatiques aussi, on se sent moins concernés, protégés par notre différence. Mais cette fois, j'ai vu mon voisin de palier, le même homme que moi, de la même couleur, avec la même famille, menant la même vie que moi, dans une société régie selon des valeurs semblables et dans un décor tout à fait similaire au mien, cet homme je l'ai vu lancer des grenades incendiaires dans une cave où se pressaient les femmes et les enfants de ceux d'en face. Et il a pris son temps pour écouter leurs cris pendant que le phosphore consumait leurs chairs.

Fatigué et perturbé émotionnellement, je ne suis pas non plus en forme physiquement. En descendant de la voiture, je manque de trébucher, mes jambes flageolent et je ressens toujours cette perte d'équilibre. Le traumatisme sans doute, j'ai quand même été soufflé par une bombe à peine vingt-quatre heures plus tôt ! Je subis encore une impression de gueule de bois, de corps affaibli et cette envie de vomir qui ne passe pas.

Le taxi s'éloigne, m'abandonne devant la porte coulissante de l'immeuble ouvrant sur le hall marbré et majestueux du premier groupe audiovisuel européen. Les sièges sociaux de ces monstres financiers sont à la hauteur des enjeux, des temples levés comme des églises, voués au culte de l'argent, bâtis dans les plus beaux quartiers de la ville. Quand le chaland passe devant, il voit les miroirs immenses, les baies vitrées, les escaliers dorés, les colonnes, les hôtesses comme des vestales, les agents de sécurité comme des gardiens et il est impressionné, il baisserait presque la tête.

Il est quatorze heures. Sur les avenues, les cadres supérieurs reviennent de déjeuner par petites grappes de costumes noirs plus ou moins coûteux en fonction de l'échelon.

Lui, c'est un des chefs.

Je ne saurais dire lequel exactement mais c'est un haut placé, un de la garde rapprochée du grand patron, à son niveau ils ne sont plus que cinq ou six. C'est un homme important, jamais seul mais entouré d'un aréopage de courtisans et d'assistantes qui remuent l'air autour de lui. Il est heureux, satisfait, un mâle dominant persuadé d'avoir quelque chose en plus et de mériter sa réussite. Il croit certainement en la sélection naturelle et il en est la preuve vivante, au-dessus de nous, dominant le peuple de son balcon, admirable. Dans notre monde c'est un exemple de réussite. Il a le physique de notre plus haute caste où les hommes sont bronzés, minces, en pleine forme, dynamiques, la peau tendue et lisse, le cheveu soyeux, ils sont hors d'âge.

Pourquoi se sent-il humain ce jour-là ? Pourquoi ne me gratifie-t-il pas de l'imperceptible mouvement de tête qu'il réserve habituellement aux employés ? Je ne sais pas, il a bien mangé sans doute et, en me croisant là, à l'entrée du siège, il me tend la main :

« Vous avez fait un travail remarquable ! Vos reportages étaient bouleversants ! Venez dîner un soir, vous nous raconterez tout ça ! »

Et il sourit.

*

C'est le sourire qui déclenche mon geste, un sourire complice, comme si j'en étais. D'ailleurs, j'en suis. Lui et moi créons et diffusons des images effectivement « bouleversantes », nous montons chaque jour un spectacle dont le but réel n'est pas d'informer mais de rassembler le plus de monde possible, influencer cette multitude et la livrer aux marchands qui nous rémunèrent confortablement. L'argent et le pouvoir sont là, dans ce sourire.

Vingt-quatre heures plus tard, j'aurais réagi différemment. Une nuit aurait suffi pour passer d'un monde à l'autre et notre rencontre inopinée se serait conclue par une petite courbette de ma part. Mais j'arrive tout juste de l'enfer, je sors d'une ville ensanglantée, pleine de cadavres, de cris, de sanglots, d'odeurs que je porte encore en moi comme une couche de crasse ! Je ne suis pas prêt à affronter la vie normale. Pourtant je me trouve face à lui, arrogant et fier, me remerciant d'avoir une fois de plus participé à cette farandole macabre. Compagnon menteur.

Je craque. J'efface le sourire. J'efface tout.

Mon poing lui fracasse le nez. Je vise bien, là où c'est fragile, à la fin du cartilage et au début de l'os que je sens craquer. Des vaisseaux sanguins explosent, ils éclaboussent l'assistance d'un geyser rouge. Très impressionnant. Il tombe sur ses genoux, glisse sur le bitume, se recroqueville, vomit, sanglote.

Autour, les parasites sont tétanisés, peu habitués à la violence physique, ils ne savent pas comment réagir. À l'intérieur du bâtiment, les cerbères sortent de la torpeur des journées d'inaction et se précipitent. Mais le temps qu'ils traversent le hall et parviennent dans la rue, la fête est finie. Je recule, les bras levés. Ils m'abandonnent pour assister leur maître, le transporter à l'abri.

Mon tour viendra plus tard.

*

J'habite un petit appartement de deux-pièces dans un quartier anonyme de Paris, une de ces rues du quinzième arrondissement où il ne se passe rien, pas de commerces, pas de bars ou de restaurants, pas de bureaux, des immeubles sans style. Ça pourrait être déprimant, j'y trouve le repos. Je l'ai choisi pour cette raison, je l'ai vu comme une chance dans une ville de cette taille, un lieu où l'on peut dormir le jour.

Assis sur le canapé-lit du salon, un des rares meubles fournis avec l'appartement, je suis prostré, épuisé par les dernières vingt-quatre heures au cours desquelles j'ai vécu plus que je ne pouvais en supporter. Nous avons tous un point de rupture, je viens de dépasser le mien.

Qu'est censé faire l'employé rebelle qui a cogné son patron ? Il appelle un avocat ? Il fuit ? Il va platement s'excuser en espérant la clémence ?

*

Le lendemain à sept heures la sonnerie crachoteuse de mon interphone me sort d'un cauchemar fait de geôles obscures où m'ont plongé des juges colériques qui ont tous le nez fracassé, hurlent leur colère et crachent du sang sur leur robe déjà pourpre.

En ouvrant la porte, je m'attends presque à tomber sur une brigade de miliciens armés venus saisir le déviant pour lui infliger une juste peine.

Rien de tout cela. Mon fossoyeur est un jeune homme d'une trentaine d'années propre, souriant dans son costume gris et brillant. Un costume de bonne coupe, ça se voit, il tombe parfaitement, mettant en valeur la silhouette de celui qui le porte, lui donnant même de la prestance.

J'ai devant moi un avocat envoyé par le cabinet Bormann, défenseur attitré et historique du groupe dont j'ai abîmé un dirigeant la veille. Cet homme est mon contraire. Ses cheveux blonds, ondulés, sont coupés court et disciplinés par un gel invisible. Il est rasé de près, respire la fraîcheur et la santé alors que je vacille dans mon jean gras surmonté d'un tee-shirt évasé d'un gris douteux. Je ne me suis pas rasé depuis trois jours, mes cheveux sont hirsutes et ternes, je sens mes yeux brillants d'une humidité malsaine, ils sont minuscules, écrasés par les poches qui les alourdissent au-dessus comme en dessous. Comble de la malséance, je fume au réveil.

Nous nous tenons chacun d'un côté de mon palier. Je ne lui propose pas d'entrer. De toutes les façons, il n'en manifeste pas l'envie. Il tient à la main un dossier cartonné qu'il ouvre d'un geste. Un beau geste, presque une figure de mime. Une main pour soutenir le dossier, l'autre qui l'ouvre et feuillette les documents avec aisance, rien ne tombe, rien ne vacille.

Il est là pour m'informer des décisions prises par la direction pendant mon sommeil. Ils n'ont pas traîné mes patrons. Je les imagine, les six ou sept vigoureux sexagénaires du dernier étage, réunis en conseil d'urgence dès hier soir, assis sur leurs larges fauteuils de cuir noir, autour de la table en bois précieux qui trône au milieu de la pièce, un bureau immense encadré de baies vitrées offrant une vue circulaire sur Paris, le Sacré-Cœur, la Concorde, la tour Eiffel, la place de l'Étoile.

Les dirigeants ont trouvé une dizaine de minutes dans leurs agendas surchargés pour régler cette histoire ridicule, mais dont il faut s'occuper rapidement afin d'éviter tout débordement médiatique. Assez fièrement, je pense les avoir légèrement déstabilisés. Personne n'avait jamais détruit l'appendice nasal de l'un d'entre eux. Quelle réponse pouvaient-ils bien donner à un acte aussi stupide, enfantin mais extrêmement choquant, inadmissible à ce niveau de la pyramide sociale où l'on se détruit par la ruine, l'exclusion, l'isolement mais jamais dans le sang.

L'avocat se racle la gorge, me sourit, se penche sur son dossier et lit :

« Vous démissionnez sur-le-champ. Vous renoncez à toutes formes d'indemnités, vous abandonnez vos participations au capital de la société, vous ne toucherez pas le mois en cours, vos notes de frais ne seront pas remboursées. »

Il tourne une page, lève les yeux vers moi pour s'assurer que j'écoute attentivement et poursuit :

« Vous ne révélerez rien sur le fonctionnement du groupe, vous ne raconterez rien de votre histoire avec le groupe, vous n'entrerez en contact avec aucune personne du groupe et vous n'attaquerez jamais en justice et pour quelque motif que ce soit une société du groupe ou l'un de ses membres. Vous cédez gracieusement au groupe la propriété de tout ce que vous avez filmé, commenté, photographié, écrit sur quelque support que ce soit, tous vos travaux et documents achevés ou non, ainsi que les droits d'exploitation, pour toujours et dans tous les pays, sur tous les canaux de diffusion connus ou inconnus à ce jour. »

Il sort les papiers de son porte-documents et, toujours en souriant, m'incite à relire et à signer.

J'hésite. Et si tout cela était du bluff ? Et si je pouvais quand même négocier une indemnité de départ ? Après tout, nous sommes dans un pays où les droits des salariés sont défendus par des instances officielles et indépendantes. Certes, j'ai agressé physiquement un responsable de mon entreprise, mais une analyse psychologique pourrait peut-être expliquer mon attitude par le traumatisme dont j'ai été victime… sur mon lieu de travail !

À croire qu'il lit dans les pensées. Il me regarde droit dans les yeux, toujours calme et souriant, il précise :

« J'ai aussi un message plus personnel à vous transmettre, oralement.

– Je vous écoute. »

Il récite :

« Si aucune plainte n'est déposée contre vous, c'est uniquement pour qu'une pitoyable histoire de salarié déséquilibré qui agresse un cadre supérieur ne vienne brouiller l'image du groupe.

– Déséquilibré ?

– Si vous refusez ces conditions nous vous attaquons immédiatement. Vous serez écrasé le plus rapidement possible. Une plainte pour coups et blessures, agression, une analyse psychologique sera demandée qui révélera votre addiction à l'alcool et votre consommation régulière de stupéfiants illégaux. Vous ne vous en remettrez pas. Vous êtes l'agresseur. N'espérez rien sinon d'éviter du pénal en vous soumettant. »

Et il me tend un stylo.

Le coup bas. Je ne sais pas exactement ce qu'il entend par « du pénal » mais je me vois au tribunal, les menottes aux poignets, encadré par deux gendarmes. Ce n'est pas une menace, mais un rappel à l'ordre : *Ne te fais pas d'idées petit homme, ici, c'est nous qui décidons et nous pouvons détruire ta vie en quelques jours. Nous en avons les moyens.*

Je signe.

Il range les feuilles et ajoute :

« Encore une chose, vous ne travaillerez pour aucun média quel qu'il soit sur l'ensemble de la planète. Si vous faites la météo locale pour une radio associative en Nouvelle-Zélande, nous en serons informés et vous serez immédiatement mis à pied. »

Un dernier sourire et il me laisse en plan, s'éloignant dans le couloir. Il ignore l'ascenseur et s'élance dans l'escalier, l'air satisfait de sa mission accomplie.

*

Je devrais être assommé, détruit moralement par la fin brutale de ma carrière car il est évident, vu la puissance mondiale et tentaculaire de mon groupe, que je ne pourrai effectivement pratiquer mon métier nulle part sur la Terre. Mais au lieu de plonger dans une déprime profonde face à l'effondrement de ma vie professionnelle, je me sens renaître. Je suis libre ! J'ai enfin brisé les chaînes qui me retenaient attaché au système ! Nous sommes sans doute nombreux à regretter secrètement d'accepter de servir le maître qui nous tient la gamelle. Tenus en laisse par l'estomac, la peur de manquer. Et voilà que d'un coup de baguette magique, ou plutôt de poing sur le nez, je me transforme en Homme Libre ! Quasiment un héros.

*

L'euphorie est sincère mais ne dure pas plus d'une dizaine de jours après quoi, le premier symptôme de ma déchéance apparaît : la solitude. Toutes les personnes vivantes que je connais, les amis, les femmes, les relations professionnelles, dépendent du monde médiatique et m'effacent prudemment de leur fichier comme le vulgaire virus que je suis devenu. Je ne leur en veux pas. Me fréquenter c'est presque une complicité, déjà une faute. Quant à ma famille, elle est en lambeaux depuis longtemps. J'ai bien une sœur, psychanalyste en Argentine mais elle ne me parle plus depuis quinze ans quand je lui ai expliqué que de mon point de vue, Freud est un dangereux escroc qui profite de nos faiblesses naturelles comme un vulgaire marabout congolais. Mes parents eux, ne peuvent rien pour moi. Ils vieillissent doucement et chichement dans une triste et minuscule maison bretonne, survivant grâce à une mystérieuse alchimie de médications multiples et une pension ridicule qui les place juste au-dessus du seuil de pauvreté. Je ne leur confie jamais mes problèmes pour ne pas créer chez eux cette panique immense que les vieux partagent avec les enfants quand il faut affronter l'imprévu.

Seul donc. Même sur Facebook où mes *friends* me « suppriment » massivement.

Le symptôme suivant est la privation. Financièrement ma situation devient catastrophique. Je n'ai aucune réserve, vivant depuis toujours en équilibre instable entre le découvert bancaire permanent et le salaire qui le comble tout juste une fois par mois. J'ai bien pensé à revendre le film d'Ilian sur le guerrier mangeur de foie à d'autres chaînes de télévision ou des sociétés de production mais mon ancien employeur l'a déjà diffusé sur le Net où il a rencontré un vif succès, dépassant le million de vues et entraînant des débats sans fin sur la responsabilité des journalistes quand ils montrent de telles horreurs. Les discussions se déroulent sur le site de la chaîne, font venir plus d'internautes et permettent donc de vendre plus d'espaces publicitaires. Une réussite.

Je n'en profite évidemment pas et subis une banqueroute absolue qui est la véritable vengeance du système. La relégation de l'individu en dehors des circuits professionnels dont il est issu, l'empêche de survivre, tout simplement. C'est une peine de mort lente, le goulag du capitalisme. On baisse la tête, on devient un numéro qui va mendier du travail à Pôle emploi et les minima sociaux aux instances publiques débordées par le nombre. Je ne vis pas encore la misère mais j'en suis à l'étape précédente : le manque. Celui qui me fait sauter des repas à midi, acheter des demi-baguettes, lire la presse gratuite imprimée par les maîtres du monde car un euro pour un journal indépendant, c'est trop cher. C'est même trop pour un café au comptoir alors j'achète un jus dans une machine d'un supermarché, là où ça coûte vingt centimes, et je le bois sur le trottoir en fumant une cigarette roulée. C'est ça le manque. L'interdiction de consommer librement, d'aller au restaurant, dans un bar, au cinéma, de rencontrer les autres.

Alors je m'isole et pratique le loisir du pauvre, la télévision.

Je ne quémande pas encore de l'aide alimentaire mais ce sera le chapitre suivant, en même temps que l'expulsion de mon logement pour loyers impayés au printemps prochain. Je le sais. On me le rappelle à longueur de journaux.

*

Deux mois ont passé depuis mon coup de sang. La journée s'annonce douce, le soleil illumine gentiment la cuisine où je prends mon premier café. À la radio, le flash d'information débute par une fermeture d'usine et l'image bucolique de mon intérieur ensoleillé est effacée par la réalité qui jaillit du poste. Cette fois c'est une fabrique de pneus dans le Nord. Hier c'était des outils de jardins en Normandie, demain ce sera n'importe quoi d'autre, toujours la même histoire avec ses deux ou trois cents ouvriers assommés par la nouvelle qui crient leur rage et leur panique devant les micros tendus : « Qu'est-ce qu'on va devenir ? On bosse là depuis trente ans, on sait rien faire d'autre ! »

Je suis comme eux, tombé du mauvais côté de la barrière. Je fais le même travail depuis vingt ans et brutalement, c'est terminé, mon usine me vire et je n'ai aucune idée de ce que je peux faire. Quelle tâche rémunérée pourrait bien accomplir un homme comme moi ?

Je sirote le café, allume une cigarette. Je cherche la réponse depuis plusieurs semaines maintenant. J'ai réalisé que toutes les portes me sont réellement fermées, et je sais bien qu'il ne faut pas me faire d'illusions, je vais retourner en bas de la pyramide, rejoindre les gardiens de parking, livreurs de pizza, équipiers Mac Do, les tâches occupées jusqu'à présent par les étudiants mais quémandées de plus en plus par les chômeurs quadras, les mères célibataires et les retraités. Je connais bien le sujet, j'ai réalisé un reportage sur le « salariés pauvres » et l'exploitation des expulsés du système, bien obligés de se soumettre.

Une curieuse musique interrompt ces pensées déprimantes, quelques accords de guitare dans un style manouche ponctués d'un roulement de tambour. Elle dure une dizaine de secondes, s'arrête et recommence. Je mets une bonne minute avant d'en comprendre l'origine, c'est une sonnerie de portable. Je me lève, me laisse guider par le son jusqu'à ma chambre et le trouve sur mon bureau, sous les magazines et les dossiers qui l'envahissent, le Smartphone d'Ilian. Je l'avais oublié là et il n'avait jamais sonné, d'où ma surprise. Je le saisis et j'ai une appréhension, je ne devrais pas répondre mais il est déjà trop tard, j'appuie sur la touche *on* et porte l'écouteur à mon oreille. Je reconnais la voix d'Ilian qui attaque sans préambule :

« You owe me ten thousand euros. »

Et moi qui bafouille :

« What ?… c'est qui ?

– It's me, Ilian. You buy me images. Good images… you have to pay…

– But… j'ai été viré ! I don't work for the TV now… je n'ai plus d'argent. No money !

– You have the film, you pay.

– Mais… they didn't pay me… je ne travaille plus pour eux… no money !

– Not my problem. You must pay what you said. Ten thousand. I come to visit you.

– What ?… quoi ?

– I come to Paris. I have business in your country. I see you there. One week. Don't lose the phone. I call you. If no answers, I find you. Understand ?

– What, mais no, c'est pas possible ! »

Il coupe. Je m'obstine, hurle dans le téléphone :

« Allô ! Allô ! Ils m'ont viré ! Fired ! No job ! Allô ! »

Je n'entends qu'un bourdonnement métallique. J'éteins l'appareil et le pose doucement sur le bureau, je m'éloigne de lui sans le quitter du regard, comme s'il était dangereux. Je sens la panique monter, la voix d'Ilian a ouvert la boîte où j'enferme les cauchemars ramenés de mes reportages et soudain je suis de nouveau là-bas, plongé dans la souffrance, la peur, c'est comme de sentir un courant d'air traverser la pièce, chargé des relents de la guerre, odeurs de brûlé mêlées à celles de la pourriture humide.

Je retourne à la cuisine, nouveau café, nouvelle cigarette, je tente de réfléchir posément. Ilian a survécu à l'attentat. Pourquoi a-t-il attendu deux mois pour se manifester ? Aucune idée. Il m'a dit au téléphone qu'il venait pour du « business ». Qu'est-ce qu'un homme comme lui peut bien entreprendre comme affaires, des armes, des filles, de la drogue ? Peut-il réellement me retrouver ? Oui. Je ne fais plus de télévision mais mon absence y est récente, il trouvera facilement à Paris quelqu'un dans l'univers des médias qui saura lui indiquer où je suis. Utilisera-t-il la force pour récupérer ses dix mille euros ? Oui. Suis-je capable de me défendre ? Non.

Je commets alors un acte impulsif et désespéré, je téléphone à la chaîne. Après tout, ils ont diffusé le film sur le Net, beaucoup de monde est venu savourer l'ignominie, ils ont gagné de l'argent, ils doivent payer. Ce n'est même pas pour moi, c'est pour celui qui possédait les images !

J'écrase la cigarette et tente d'appeler la comptabilité du groupe mais une assistante gênée me répond :

« Désolé monsieur Harlem, vous n'êtes pas autorisé à prendre directement contact avec nous. Passez par le cabinet Bormann. Je vous donne le numéro. »

Je téléphone aux avocats. On me passe une voix féminine :

« Maître Vézelay, cabinet Bormann. Je m'occupe de votre dossier. Que puis-je pour vous ?

– C'est pour des frais. Des frais engagés avant le… l'incident… enfin, vous savez quand…

– Quand vous avez commis une agression physique sur la personne de François Dumont ? »

Je réalise que je ne connaissais même pas le nom de ma victime.

« Je… oui… c'est ça… Comment il s'appelle ?

– Dumont. Numéro trois du groupe dont vous étiez le salarié et dont vous avez démissionné il y a dcux mois maintenant.

– Bon… d'accord… ce qu'il se passe, c'est que je dois rembourser des frais engagés par la société avant l'incident.

– Vous avez une facture ?

– Non… bien sûr que non, j'achetais des images… des images que la chaîne a diffusées sur le Web ! »

J'entends un bruit de papiers, des pages que l'on tourne, elle consulte un dossier, mon dossier.

« De toutes les façons, je vois que vous avez signé un accord selon lequel vous renoncez aux remboursements engagés au cours des dernières missions. »

Nouveau bruit de feuilles.

« Je lis aussi que vous avez cédé l'ensemble de vos travaux sans contrepartie financière. »

Je revois l'image du jeune avocat me donnant son stylo. J'insiste :

« Mais… vous ne comprenez pas, le type qui possédait les images m'a appelé, il va venir ici, à Paris !

– Ces frais vous incombent selon l'accord que nous avons passé avec vous. Autre chose monsieur Harlem ?

– Non… je… vous ne pouvez rien faire ?

– Rien. Au revoir monsieur Harlem. »

Et moi, abattu :

« Au revoir madame. »

À terre. Le coup de grâce. Pas d'amis, pas d'argent, un statut social d'intouchable et un tueur des Balkans qui réclame dix mille euros. J'étouffe dans l'appartement. J'ai l'impression qu'Ilian va sonner d'une minute à l'autre, avec son copain bouffeur de foie à côté de lui, des monstres venus me torturer. Je m'habille et descends dans la rue.

Il me faut un miracle.

*

Alors que je marche au hasard pour évacuer le stress, mon téléphone sonne dans la poche intérieure de ma veste en cuir. Le mien, cette fois, mais l'événement est suffisamment rare ces derniers temps pour que je sursaute. Je regarde qui m'appelle, un nom s'affiche, Lionel.

Lionel est un membre des services secrets français, c'est pourquoi je ne le connais que sous ce prénom qui n'est sans doute pas le sien. Je l'ai croisé de nombreuses fois sur le « théâtre des opérations », comme on dit, des villes en ruine, des campagnes brûlées et des camps de réfugiés. Il observe les événements, rédige des rapports froids, les plus précis possibles, il regarde la boucherie d'un œil clinique, dénombre les victimes, décrit les atrocités, estime les forces des belligérants. Son rôle s'arrête là. Il transmet ses rapports à son supérieur hiérarchique, d'autres réfléchiront et prendront des décisions que d'autres encore appliqueront sur le terrain.

Il nous est arrivé d'échanger des informations ou des impressions sur les événements que nous observions l'un et l'autre, nous nous sommes aidés aussi, j'ai souvent profité de ses déplacements en convois protégés pour rejoindre le front. De son côté, il a parfois bénéficié de mes contacts pour rencontrer des leaders d'un camp ou d'un autre qui me faisaient confiance et que Lionel souhaitait discrètement rencontrer pour discuter avec eux, se rendre compte de leur fiabilité en vue d'un éventuel soutien.

Cette promiscuité d'intérêts et les rencontres sur le terrain ont créé des liens. Nous ne pouvons pas nous faire entièrement confiance, bien sûr, mais les rapports entre l'espion et le journaliste sont cordiaux. Il est donc franc et direct :

« Tom, je connais votre situation.

– Mes déboires intéressent les services français ?

– Vos exploits sont quasiment de notoriété publique.

– Et ?

– Le fait que vous ayez brisé le nez d'un des dirigeants de votre groupe ne m'intéresse pas vraiment. En revanche, je sais que vous êtes dans une situation financière délicate et j'ai un travail à vous proposer. »

Je m'arrête de marcher et instinctivement, regarde autour de moi si quelqu'un semble me surveiller. Je baisse la voix aussi :

« Vous me proposez de travailler pour vous ? »

J'entends le sourire contenu dans la voix de Lionel.

« Pas pour les services, si c'est ce que vous voulez dire. Mais pour une amie. Elle a besoin d'un enquêteur privé. »

Je ne réponds rien et il me relance :

« Écoutez, je ne vous demande pas de vous engager, je vous la présente, elle fait sa proposition et vous décidez. Vous n'avez rien à perdre et je pense que vous convenez parfaitement. J'ajoute que la mission qui vous sera proposée reste dans un cadre légal. »

Je le sais bien que je n'ai rien à perdre, mais la situation est encore pire que ce qu'il imagine. Il ne sait pas à quel point son appel est miraculeux bien qu'il soit au courant de ma déchéance, il ne peut pas deviner pour Ilian et lui a les moyens de m'en débarrasser. Peut-être même qu'il sera intéressé par le fait de savoir qu'un tel personnage débarque sur le sol français dans une semaine.

« C'est d'accord, je réponds. Je veux bien rencontrer votre amie.

– Très bien. Rendez-vous demain à quatorze heures. Je vous envoie l'adresse, c'est un cabinet d'avocats dans le huitième arrondissement.

– Il faut aussi que je vous parle de quelque chose.

– Je vous écoute. »

J'hésite. Comment présenter l'histoire, pour l'intéresser ?

« J'étais récemment dans les Balkans, pour mon dernier reportage. »

Il se tait, attend la suite.

« Vous vous souvenez de l'attentat qui visait l'hôtel où résidaient tous les étrangers, notamment les journalistes. C'était il y a deux mois.

– Je m'en souviens.

– J'y étais. Je sais qu'un homme, un combattant que j'ai rencontré sur place, vient en France la semaine prochaine.

– Et cet homme représente une menace pour le pays ?

– Je… peut-être…

– Il faut être plus précis, Tom, si vous voulez que je fasse quelque chose. »

Je me lance :

« C'est un combattant, un tueur. Il vend aussi des films aux journalistes, des films réalisés sur le terrain avec des téléphones portables. Il a filmé un homme qui dévore le foie d'un autre. Il m'a annoncé sa venue en France pour des affaires. De quelles affaires à votre avis ? Quels trafics ? Et puis… il en a après moi.

– Après vous ?

– La chaîne devait lui acheter le film… enfin ce n'était pas sûr… toujours est-il qu'il pense que je lui dois l'argent…

– Vous avez acheté ce film ou pas ?

– Non, je ne l'ai pas acheté. Mais la chaîne l'a diffusé sur son site.

– Je vois de quel film vous parlez. Je ne savais pas qu'on vous devait cette horreur. D'ailleurs, nos experts restent dubitatifs sur son authenticité.

– Je pense qu'il est vrai.

– Je vois… Donc, on ne sait pas si votre homme représente une menace pour la France, mais en ce qui vous concerne, c'est évident.

– C'est ça.

– Qu'est-ce que vous attendez de moi, Tom.

– Que vous l'interceptiez. »

De nouveau le sourire module sa voix.

« Au moins vous êtes direct !

– Je n'ai pas le choix. »

Quelques secondes de silence. J'imagine qu'il pèse ses mots.

« Je vais réfléchir à ce qu'il est possible d'entreprendre. Nous en parlerons demain… après votre entretien. »

L'allusion est à peine camouflée. Échange de services. Tu acceptes le travail, je m'occupe de ton cas…

« Très bien, à demain.

– À demain. »

*

Le cabinet d'avocats où j'ai rendez-vous se trouve dans l'un de ces immeubles du centre de Paris où les appartements haussmanniens sont devenus des bureaux, ce qui est dommage. On y habiterait bien dans ces bâtiments majestueux, imposants mais rassurants, avec des escaliers de marbre blanc, des tapis rouges et des portes en bois brillant. Les plafonds sont hauts, les fenêtres immenses, tout est grand, ils incarnent le luxe suprême de notre époque, l'espace. On savait y vivre, désormais on y travaille. Des agences de communication occupent les lieux, des financiers, des avocats, des banquiers, quelques dentistes aussi et des médecins spécialisés, surtout des cardiologues, point faible de la classe dominante. Ils sont tous là à œuvrer jour et nuit.

Pas de digicode à l'entrée, c'est vulgaire, mais un gardien en livrée derrière son comptoir. Il vérifie d'un coup de téléphone que je suis effectivement attendu et m'indique l'ascenseur en bois qui sent bon la cire et m'emporte au troisième étage accompagné d'authentiques craquements.

Une seule porte et toujours ce luxe tranquille et propre sur le palier, des murs blancs et nets, quelques plantes vertes aux longues feuilles lustrées, l'indispensable tapis rouge… Je me sens comme une faute de goût avec mon jean, mes bottes et ma veste. Je suis dans un monde de costumes sur mesure et de tailleurs couture, le décor l'impose.

Une jeune femme souriante m'ouvre la porte. Elle a des mensurations de mannequin, ses cheveux noirs en cascade, des escarpins, une jupe stricte, la petite veste. Bref, elle est jolie et surtout, elle semble ravie de m'accueillir.

« Monsieur Harlem, entrez ! »

Évidemment, je tombe sous le charme et souris bêtement en la suivant dans l'entrée qui doit avoir les dimensions de mon salon. Elle m'indique un canapé en cuir.

« Installez-vous, je vais prévenir. Vous désirez un café ou une boisson fraîche ?

– Merci, non.

– Je reviens dans un instant. »

Et elle disparaît dans un couloir. On doit appeler ça la « mise en condition d'un visiteur afin de le mettre en de bonnes dispositions ». Je m'enfonce dans le cuir et pratique mon occupation favorite, l'observation. En dix minutes, j'ai droit au passage de trois spécimens locaux qui traversent l'entrée pour aller d'un bureau à l'autre. Ils ont l'air tranquillement pressé, pas le genre à s'affoler ou à transmettre du stress, on maîtrise les situations, on est formé pour ça. Entre trente et cinquante ans, ils sont tous en pantalons noirs, chemises blanches, la cravate est tombée. Concentrés mais aimables, chacun prend le temps de me saluer.

L'assistante revient, je me lève et nous nous engageons dans des couloirs aux éclairages tamisés que nous suivons jusqu'à une porte capitonnée sur laquelle est écrit discrètement dans un petit cadre en bois : « Maître Florence de Laferrière ».

La pièce est grande, confortable, mais pas démesurée. Ici le luxe est discret, la réussite ne s'affiche pas ostensiblement.

Maître de Laferrière est assise à son bureau, un beau meuble en bois clair sur lequel ne traînent aucun papier, seulement quelques dossiers, un stylo-plume et un ordinateur portable fermé. Elle apparaît à contre-jour devant une fenêtre haute d'au moins trois mètres et large comme la moitié du mur. Une véritable baie vitrée devant laquelle flottent des voilages.

Elle est fine et souple. Nous devons avoir le même âge, mais elle resplendit, c'est une femme épanouie, sportive, en pleine forme, habillée d'un tailleur de marque. Ses cheveux sont coupés court, blonds presque blancs, la peau ambrée et les yeux clairs, quelques rides bien placées. Une femme séduisante en somme.

Lionel est là lui aussi. Il se tient debout sur le côté, je l'avais à peine remarqué. C'est une caractéristique de son métier, on ne le remarque pas. Ils sont sûrement formés pour ça dans les centres où l'on fabrique des agents, ils savent comment se vêtir, se tenir, se coiffer pour se fondre dans le décor. On peut dire de Lionel que c'est un homme de taille moyenne, de race blanche avec des cheveux châtains, un costume gris clair, une chemise blanche et sans doute la cinquantaine. Rien n'accroche.

Il fait les présentations :

« Maître voici Tom Harlem. »

Se tournant vers moi :

« Tom, je vous présente Maître Florence de Laferrière qui a créé ce cabinet et le dirige. »

Elle se lève, me sourit, contourne son bureau et me tend la main.

« Bonjour monsieur, Lionel me dit que vous accepteriez de m'aider ? »

J'incline légèrement la tête et lui serre doucement la main.

« Si le travail est dans mes cordes…

– Installons-nous. »

Elle nous indique le coin salon où nous prenons place dans des fauteuils club autour d'une table basse.

Lionel présente l'histoire avec le ton neutre de celui qui lit un dossier :

« Florence de Laferrière a une nièce de vingt-quatre ans, Émilie. Il y a un an, le père d'Émilie, donc le frère de Florence, ainsi que sa mère et son jeune frère, ont péri dans un accident de voiture. Un Camion de trente tonnes les a percutés de face sur une route du nord de la France. Le père d'Émilie, Henry de Laferrière, dirigeait une société de transports internationaux. Un groupe puissant, présent dans une quinzaine de pays, cinq mille employés, des hangars de stockage achetés dans de nombreux ports, donc des biens immobiliers, ainsi qu'une flotte importante de camions et de bateaux. Henry de Laferrière était toujours l'actionnaire majoritaire de sa société. »

Il se tourne vers Florence de Laferrière qui l'encourage à poursuivre.

« Émilie est sa seule héritière. Bien sûr, ce n'est pas elle qui dirige le groupe, c'est le conseil d'administration mais elle en est tout de même propriétaire à cinquante et un pour cent. »

Il marque un temps d'arrêt et reprend :

« Elle a disparu. »

Parfois je me dis que les hindous sont dans le vrai. Un homme qui fait fortune dans le transport et meurt écrasé par un chauffeur abruti d'heures supplémentaires, si c'est pas un retour de karma.

« Qu'entendez-vous par "disparue" ? »

Florence de Laferrière me répond :

« Je suis très proche d'Émilie. Pour elle, je suis la tante à qui l'on confie ses secrets. De mon côté, je suis particulièrement attachée à ma nièce. Le drame nous a encore rapprochées. Nous avons fait notre deuil ensemble, nous nous sommes soutenues. Elle a vécu chez moi pendant quatre ou cinq mois. Ensuite, elle a eu besoin de s'éloigner. Nous nous étions épaulées dans la douleur, nous devions retourner vivre. Je me suis plongée dans le travail, elle s'est rendue en Thaïlande. De là elle pensait faire du tourisme, aller au Vietnam, au Cambodge, peut-être en Inde… un besoin de fuir. »

Elle marque une pause et se tourne vers Lionel qui poursuit :

« Émilie est partie pour Bangkok il y a trois mois. Elle a régulièrement donné des nouvelles par mail au cours du premier mois. Et brutalement, plus rien. Florence a laissé passer une quinzaine de jours, puis un mois avant de s'inquiéter sérieusement. Elle s'est rendue sur place, a rencontré des confrères thaïlandais qui ont lancé des recherches. Ils ont enquêté, fouillé les hôpitaux, les prisons et les morgues. Elle n'est nulle part. On ne se volatilise pas ainsi.

– Vous êtes certains qu'elle s'est rendue à Bangkok ?

– Quand Florence m'a appelé pour me demander ce que l'on pouvait faire, c'est la première chose à laquelle j'ai pensé et je peux vous certifier qu'elle est montée dans un avion d'Air France qui se rendait à Bangkok. Nous avons accès aux listes des passagers des compagnies aériennes. Elle était bien dans cet avion.

– Qu'est-ce que vous attendez de moi ?

– Vous connaissez l'Asie du Sud-Est et particulièrement Bangkok, n'est-ce pas ? Ces dix dernières années vous avez réalisé une bonne vingtaine de reportages dans la région. Vous avez des relations sur place. Fouinez, cherchez des informations. Faites votre travail de journaliste mais pour un seul lecteur. Devenez enquêteur privé.

– Pourquoi vous adressez-vous à moi ? Pourquoi ne pas lancer une enquête officielle ?

– Ce sera l'étape suivante, si jamais vous ne la trouvez pas, répond Lionel. Beaucoup de touristes français se rendent en Thaïlande chaque année, nous avons des accords de coopération, les polices sont censées travailler main dans la main. Ça fonctionne bien, mais Florence préfère attendre d'avoir tout essayé avant d'annoncer la disparition de sa nièce. »

Florence de Laferrière se tourne vers moi. Elle a un sourire désolé, un air embarrassé et triste.

« J'aime profondément Émilie, mais il se trouve que c'est mon cabinet qui gère la fortune de son père. Henry pensait que j'étais la mieux placée, moi, sa sœur, pour défendre ses intérêts. Il voulait aussi m'assurer une clientèle à mes débuts, me donner un coup de main. Je dois dire qu'il m'a permis de me lancer. »

Nous y voilà. Je me disais bien que l'argent allait s'imposer dans l'histoire. Je ne fais aucun commentaire, j'attends la suite. Elle reprend :

« Comme vous l'a dit Lionel, sa présence physique n'est pas indispensable au fonctionnement de la compagnie, mais elle doit donner son accord pour des transactions importantes, des investissements notamment. Henry a développé un pôle financier reposant sur son entreprise et nous ne pouvons retarder certaines échéances, des engagements pris. Dans quinze jours, le conseil d'administration se réunira et si nous n'avons pas de nouvelles d'ici là, nous informerons les autorités qui lanceront des recherches, mais la disparition sera alors officialisée et le conseil pourra légalement se doter de tous les pouvoirs, provisoirement bien sûr. »

Lionel précise :

« Il faut ajouter que déclarer Émilie officiellement disparue aux autorités françaises n'arrangera pas grand-chose. Nous demanderons aux Thaïlandais de la chercher. Ils feront sûrement honnêtement leur travail en fouillant de nouveau les prisons, les hôpitaux, les morgues, mais nous savons que ça ne donnera aucun résultat et qu'il ne se passera rien de plus. »

Je suis étonné :

« Comment cela rien de plus ?

– Elle est majeure et libre. Elle fait ce qu'elle veut de sa vie. Ne pas donner des nouvelles à sa famille n'est pas illégal. Nous ne pouvons, et ne devons, lancer des enquêtes sur toutes les personnes qui changent de vie sans donner de nouvelles.

– Donc… rien ?

– Rien.

– Vous voulez dire que si un citoyen français disparaît… vous n'entreprenez pas de recherches…

– S'il est majeur et s'il n'existe pas de raison légale de le pourchasser, s'il n'enfreint pas la loi, “nous”, comme vous dites, ne faisons rien. Et c'est bien ainsi, nous vivons dans un pays démocratique où la liberté de circuler est un droit essentiel. »

Florence de Laferrière plonge son regard dans le mien.

« Je dois retrouver ma nièce car chaque journée est une souffrance. Je l'imagine kidnappée ou en prison quelque part en Asie, ou bien perdue simplement, peut-être blessée, malade. C'est insupportable. Je veux savoir. Je dois aussi la retrouver pour défendre ses intérêts, protéger l'œuvre d'Henry qui ne se trompait pas sur la force des liens familiaux, du moins entre nous. Je n'accuse pas les membres du conseil de vouloir dépecer l'entreprise, mais si nous ne retrouvons pas Émilie et qu'ils prennent les commandes, ils auront enclenché un processus irréversible. Je veux tout essayer avant d'en arriver là. Refaites son voyage, observez, recoupez les données et rendez-moi compte directement. À personne d'autre. »

Elle se laisse aller en arrière, s'appuie sur le dossier, me donne quelques secondes de réflexion avant d'ajouter :

« Mille euros par jour. Plus les frais et une prime si vous la retrouvez. Vous partez deux semaines. Je vous demande une réponse tout de suite. »

On doit facilement tomber amoureux d'une telle femme. Fidèle, indépendante, en colère, riche, libre et belle. Je suis vaincu. Elle doit s'en apercevoir et je sens passer entre nos deux êtres une onde de désir, d'envie, totalement déplacée à ce moment précis et en ces lieux, mais bien réelle. L'impression est fugace mais savoureuse.

Je jette un coup d'œil à Lionel. Impassible, il ne me regarde même pas. Florence de Laferrière se redresse. Je réfléchis. Je ne risque pas grand-chose dans cette histoire. Au pire je fouille deux semaines la Thaïlande et ses alentours, je rentre bredouille, elle me donne quinze mille euros, ce qui est un don du ciel. Une question tout de même :

« Si je la trouve… qu'est-ce que je fais ?

– Vous ne prenez pas contact avec elle avant de me prévenir. Nous verrons en fonction des circonstances. »

Elle marque un temps et reprend, sans trembler :

« Si vous constatez son décès, vous rapportez son corps ou une preuve légale de la mort. Le travail est-il dans vos cordes ? »

Je pense à l'argent bien sûr, je pense à Ilian dont Lionel me débarrassera sans doute si j'accepte, je pense à cette fille aussi, Émilie, qui est peut-être réellement en danger et, qui sait, si je la retrouvais ?

« C'est dans mes cordes.

– Très bien. On vous donnera un dossier complet sur Émilie avec des photos et une carte bancaire pour vos frais. Vous partez demain matin. »

Elle se lève, remercie Lionel, me serre de nouveau la main, cette fois avec plus de chaleur.

« Bon voyage monsieur Harlem. Je compte sur vous.

– Vous pouvez. Lionel a raison vous savez, c'est une région que je connais bien, si elle est quelque part là-bas, je trouverai votre nièce.

– Merci. J'attends de vos nouvelles très vite. Stéphanie va vous raccompagner et régler les détails. »

La jeune fille de tout à l'heure, Stéphanie donc, nous attend à la porte. Nous la suivons de nouveau dans les couloirs, jusqu'à l'entrée où elle me tend un Smartphone.

« Le dossier et les photos sont téléchargés, les numéros pour joindre directement Maître de Laferrière sont enregistrés. »

Elle me donne aussi une petite enveloppe.

« Voici une carte de crédit au nom du cabinet. Vous l'utiliserez pour vos frais. Mémorisez le code, il est inscrit dans l'enveloppe. Une dernière chose, merci de signer ici. C'est un contrat type. Vous travaillez pour le cabinet pour une durée déterminée de quinze jours, votre salaire est indiqué, vous reconnaissez être l'utilisateur de la carte que nous vous avons remise et, bien sûr, les clauses habituelles de confidentialité. »

*

Nous restons silencieux dans l'ascenseur Lionel et moi et, une fois dans la rue, je lui demande :

« Il n'y a rien d'autre ? »

Il a un air sincèrement étonné.

« De quoi voulez-vous parler ?

– Des rapports entre cette affaire et vous, et les services. »

Lionel me regarde droit dans les yeux, il fait tout pour être convaincant, ce qui n'est pas compliqué pour un homme qui vit dans la dissimulation.

« Vous pouvez me faire confiance, Tom. Je ne peux pas mobiliser du monde tant qu'Émilie n'est pas déclarée comme personne disparue auprès de nos services. Nous ne sommes pas une officine privée que l'on peut utiliser à la commande, il faut respecter des procédures, ce que Florence de Laferrière ne souhaite pas pour l'instant. C'est une amie de longue date et je veux l'aider. Voilà pourquoi j'ai pensé à vous. Rien d'autre. Vous travaillez pour elle, pas pour nous. »

J'approuve d'un hochement de tête.

« Très bien. Et… pour Ilian, vous avez réfléchi ?

– Qui ?

– Ilian, le combattant dont je vous avais parlé.

– Ah… oui, bien sûr… j'allais y venir. Comment doit-il vous joindre ? »

Je sors le Smartphone d'Ilian de ma poche et le lui tends.

« Il m'appellera sur ce téléphone. »

Lionel prend l'appareil.

« Très bien. Je m'en occupe. Après réflexion et concertation avec le bureau, il nous semble intéressant de connaître les raisons du voyage en France de ce "Ilian". Je penche pour les armes, il en vend sans doute. Avec ces conflits en Europe, nous voyons arriver des armes de guerre ici. Les truands s'équipent de Kalachnikov et de M16, on a même saisi des Famas de l'armée française. Nous aimerions aussi connaître l'identité de son ami dévoreur de foie, savoir à quelle milice il appartient. Bref, vous nous avez donné là une source d'informations prometteuses. »

Il me tape légèrement sur l'épaule, me sourit.

« Bon voyage. »

Et il tourne les talons, s'éloigne sur le boulevard Haussmann où il disparaît rapidement, silhouette anonyme parmi toutes les autres qui marchent comme on marche dans ce quartier de la ville, légèrement courbé et toujours pressé.

Là-bas c'est la saison des pluies. Bangkok est dans l'eau.

2

La Thaïlande est un bordel. Selon mes observations, il est d'ailleurs unique dans sa catégorie. Ce n'est pas une ville-bordel comme Las Vegas ou Saigon, ce n'est pas une région-bordel comme le nord de l'Espagne, c'est un pays-bordel, tout entier, une nation-close.

Bien sûr, on propose aussi le tourisme familial, des plages blanches et de la mer turquoise, des forêts tropicales, des rizières vertes avec des buffles débonnaires et des enfants pour les garder, des temples millénaires aussi, avec les moines en toge orange qui mendient leur pitance dans les rues au petit matin. C'est vrai, ça existe. Nombreux sont les voyageurs qui traverseront la Thaïlande en profitant de ses merveilles sans croiser une fesse ou un téton, tout juste sentiront-ils ici ou là une ambiance un peu chaude et, consciemment ou non, ils passeront leur chemin.

Mais la véritable industrie, la pompe à devises, la matière première dont regorge le royaume, c'est le sexe. Et pas du fantasme probable pour les accros des aventures exotiques. Non. Du sérieux, du brutal. Ici, l'amour est réellement à la portée des caniches. On fornique sans tabous dans tous les coins du royaume et peu importe l'âge de la victime, si le client a du remords on lui déguisera l'enfant en femme pour lui soulager la conscience.

Le cœur sur la main et la mine sérieuse, certains experts des séjours en Thaïlande racontent que c'est une affaire de culture. Ils affirment que si la sexualité est si libérée dans ce pays, c'est tout simplement parce que, dans leur immense sagesse bouddhiste, les Thaïlandais ne connaissent pas le péché de chair qui frustre l'Occident chrétien et l'Orient musulman. Pour ces gens-là, le plaisir n'est pas honteux, il peut même être considéré comme un don, un talent que l'on améliore ! Nous pouvons baiser leurs femmes, leurs filles et leurs fils, puisque c'est CULTUREL !

De la foutaise tout ça. Un discours bien rodé pour cacher la honte naturelle du micheton. Quant à la référence religieuse, elle est improbable, je serais bien étonné d'apprendre que le Bouddha a un jour enseigné aux Thaïlandais de louer le cul de leurs enfants.

La véritable histoire de la transformation du royaume de Siam en un bordel planétaire, a commencé avec la guerre, celle des Américains au Vietnam. Quand ils sont arrivés dans la région pour remplacer les Français et protéger le monde libre contre le communisme, Bangkok est devenue leur base arrière et une cour de récréation pour les milliers de Marines qui débarquaient tout droit de leur Dakota natal. L'Amérique les jetait directement dans le Vietnam où ils devaient tuer et survivre pendant un an. Une mission simple pour des garçons de dix-neuf ans qui crevaient de trouille vingt-quatre heures sur vingt-quatre et se transformaient en monstres. Quand ils avaient assez tué, on les récompensait en les envoyant quelques jours en Thaïlande se soulager l'angoisse dans un enfant bridé. Ils envahissaient Bangkok par paquets survoltés, pleins de frustration, de peur, de testostérone, de méthamphétamine et d'héroïne. Face au déferlement, les Thaïs ont vite compris le rôle qu'on leur réservait dans la tragédie : mère maquerelle, *mama-san*. Ils ont donc répondu à la demande, transformé leurs paysannes en putains, et ils ont survécu. Ils ont même évité le conflit qui s'étendait pourtant dans la région, au Vietnam bien sûr mais aussi au Cambodge et au Laos. Ils ont même gagné de l'argent, beaucoup d'argent. Les habitants du fameux « pays du sourire » l'ont conservé leur sourire, pendant que les autres saignaient.

Mais la guerre a pris fin. C'était en 1975, un beau matin, la planète entière a découvert les images des Américains pliant honteusement leur drapeau sur le toit de l'ambassade à Saigon. On a vu le dernier GI monter dans le dernier hélico, direction *back-home*.

Selon la légende, c'est dans les mois qui ont suivi cette piteuse mais photogénique retraite qu'est intervenu un Chinois dénommé Patpong. On dit d'ailleurs Monsieur Patpong avec le « M » majuscule dans la voix. Monsieur Patpong donc, déambulait dans le quartier de Bangkok où s'était épanouie la prostitution durant cette décennie de conflits. Il regardait d'un œil désolé les bars aux trois quarts vides où s'ennuyaient les centaines de filles, mises au chômage technique pour cause de paix. Monsieur Patpong s'est dit que c'était bien dommage. Laisser mourir une industrie aussi florissante, ses équipements et son personnel qualifié, était absurde. Il devait bien y avoir une solution.

Au même moment, on inventait en Occident une nouvelle activité qui allait révolutionner l'économie mondiale, le tourisme de masse. Les compagnies aériennes se sont multipliées, les prix des billets d'avion ont baissé, le mot « charter », ancêtre du « low cost » a fait son apparition dans le vocable populaire, on a élevé des hôtels et des clubs dans les pays ensoleillés, écrit *Lonely Planet*, *le Guide du Routard*, inventé l'Imodium et rapidement, les premiers contingents de touristes ont débarqué à Bangkok.

Monsieur Patpong, en homme d'affaires avisé, a additionné tourisme de masse plus sexe, ce qui donnait de belles perspectives. Il a racheté les bars et les filles qui les ornaient, et dans les années quatre-vingt, l'information s'est répandue en Occident : il existait une rue magique dans un pays qui se nommait Thaïlande, une rue pleine de bars avec des filles posées sur les tabourets comme des fruits sucrés sur leurs branches qu'on pouvait saisir et dévorer pour un peu d'argent sans valeur. Il suffisait d'aller à Bangkok, de monter dans un tuck-tuck en sortant de l'aéroport et de demander la rue de Patpong, la fameuse Patpong Road du nom de son propriétaire.

Monsieur Patpong a remplacé les soldats américains par d'autres jeunes gens blancs survoltés, eux aussi débordants de testostérones, de drogues et d'alcools, et tout s'est très bien passé.

Aujourd'hui, le pays tout entier est devenu une sorte de Patpong Road géante, on retrouve les mêmes bars, les mêmes filles, les mêmes hôtels *short stay* et les mêmes salons de massage avec *happy ending*, de la frontière birmane aux îles du sud, jusqu'à la frontière avec la Malaisie musulmane qui fournit une clientèle innombrable de jeunes gens frustrés.

Les vietnamiens, les Laotiens et les Cambodgiens se lancent eux aussi dans le sexe de masse, le tourisme sexuel comme on dit, surtout depuis la conversion de leurs dirigeants communistes au libéralisme sauvage, mais ils ne seront jamais à la hauteur.

Et ils viennent de partout au Royaume de Siam, parenthèse enchantée où Américains, Chinois, Européens, Arabes, Juifs, Africains, toutes les couleurs, toutes les religions, vivent ensemble. On peut reconnaître ça aux Thaïs, personne ne s'entre-tue chez eux. La paix par le cul.

*

J'aime cette ville. Authentique mégapole du Sud, corrompue, polluée, à la fois pauvre et milliardaire, puante et moite, brûlante, magnifique bourbier en extension permanente à l'horizontale comme à la verticale, Bangkok gagne du terrain sur la campagne qu'elle engloutit un peu plus chaque jour et sur le ciel où elle élance ses buildings. Il n'y a qu'en dessous qu'elle ne peut s'étendre car elle est bâtie sur des marais qui, un jour ou l'autre, l'avaleront. C'est un animal qui se nourrit des peuples du monde. Ils se pressent et circulent dans les ruelles crasseuses, les avenues immenses et sur les autoroutes suspendues comme le sang dans les artères.

Au cœur de la cité, Jean-Phi, un ancien collègue reporter, et moi dégustons une soupe, assis sur des minuscules tabourets en plastique blanc, au coin d'une petite ruelle donnant sur Sukhumvit, l'avenue la plus polluée du monde selon le dernier rapport de l'Organisation mondiale de Surveillance des centres urbains. Les voitures, les camions, les bus, les motos, tout ce qui est doté d'un moteur à explosion vient s'y entasser en crachant de lourdes fumées noires et jaunes qui se stabilisent dans l'air saturé d'humidité pour former une brume sale piquant le nez et les yeux.

Jean-Phi « le géant belge » a cinquante-trois ans. Je le sais car il a une drôle d'habitude : à chacun de ses anniversaires il envoie à ses amis une carte pour le célébrer, il s'autocongratule et encourage ses relations à avoir une pensée pour lui en cette journée historique. De l'humour belge. Il est chauve, porte une barbe de trois jours, mesure environ un mètre quatre-vingt-dix, large d'épaules, musclé. Son ventre avance avec l'âge, il a un physique de biker américain et la voix qui va avec, belle, grave, cassée, mais dotée d'un puissant accent bruxellois dédramatisant l'imposante posture du personnage. Il est habillé comme un bon touriste. Un short large, une casquette blanche et sale avec une marque de bière brodée en lettres rouges, une chemise à fleurs et des tongs. Je me moque :

« Tu es camouflé ? Tu tiens à te fondre dans le paysage ? »

Il hausse les épaules.

« Non… j'aime bien ça. J'ai l'impression d'être en vacances. C'est pas un pays ici, c'est une attraction permanente. Regarde autour de toi, c'est pas beau ? »

La pluie a arrosé la ville pendant une vingtaine de minutes mais ce n'est pas de la pluie comme chez nous. Ici ce sont des seaux d'eau qui se déversent du ciel, une douche violente qui se déclenche brutalement, à peine est-on prévenu par l'apparition soudaine d'imposants nuages noirs. Quand ils arrivent, on sait que l'on dispose de quelques minutes pour trouver un abri.

L'averse s'est interrompue tout aussi soudainement quand les nuages exsangues ont disparu et Jean-Phi a raison, le spectacle vaut qu'on s'y attarde. Les rues comme des torrents, les égouts qui débordent, les cours inondées, toutes ces voitures et ces motos qui avancent doucement, les roues à moitié submergées, la foule qui tente d'éviter les flots en sautillant sur les trottoirs, on dirait des insectes. Et partout, couvrant tout et tous, un voile opaque créé par la vapeur qui s'élève du sol, la pollution et les fumées des braseros. Un chaos fascinant.

*

J'avais rencontré Jean-Phi une dizaine d'années auparavant, alors qu'il était correspondant permanent à Bangkok pour la télévision publique belge. Il aimait sillonner le Cambodge, le Laos, le Vietnam, la Birmanie et bien sûr la Thaïlande et Bangkok qu'il adorait. Mais émotionnellement, il saturait. Depuis des années qu'il couvrait des guerres, des attentats, des catastrophes naturelles, des massacres ; des années qu'il interrogeait des rescapés, des torturés, des violées, des paysans ruinés, des esclaves modernes, des enfants-soldats, et vu des milliers de vies brisées. Il n'en pouvait plus. Il me l'avait confié un soir alors que j'étais venu filmer les dégâts occasionnés par un tsunami sur les plages du sud. Je m'envolais pour l'Europe le lendemain et nous avions partagé un dernier dîner après avoir passé une semaine à rencontrer des survivants éplorés dans des camps de réfugiés et des villages détruits. Lui pour sa chaîne, moi pour la mienne. Nous avions traversé le malheur avec une demi-douzaine d'autres journalistes et c'était comme un circuit que nous suivions, allant dans les stands « hôpital de campagne », « distribution de vivres aux enfants », « morgue », « listes des rescapés »…

« Ça ne me touche même plus. Tu te rends compte ? Je m'en fous. J'en ai trop raconté des morts. »

Je n'avais pas su que répondre. Moi, ça me touchait encore. Enfin, je crois. Nous étions installés sur de hauts tabourets, au bar d'un restaurant de Patpong Road justement, la ruelle historique où tout a commencé et où Jean-Phi connaissait un Corse qui cuisinait des steaks de buffles acceptables et dont se contentent les Français de passage, quand leur envie d'entrecôte se fait trop pressante. Il a poursuivi en remplissant nos verres de Mekhong, le whisky thaï, leur boisson-qui-saoule à eux. Un goût d'alcool à brûler. Avec du soda frais, ça passe.

« Je vais arrêter. Tu sais quoi ? J'arrête ce soir.

– Promesse d'ivrogne. »

Il avait vidé son verre d'un coup.

« Non. J'arrête. Je vais rester ici, dans ce pays, dans cette ville mais je vais arrêter les morts. Fini. Tu verras, toi aussi un jour tu ne pourras plus. Fais comme moi, arrête avant.

– Avant quoi ?

– Avant de flipper complètement. »

Bien sûr, à ce moment-là je n'y croyais pas vraiment. Lui peut-être qu'il était réellement à bout mais moi, je me sentais plus fort que ça. Dans la rue, je voyais les filles qui arrivaient par petits groupes de quatre ou cinq, habillées et maquillées pour être putes jusqu'au matin. Elles riaient, se chamaillaient et gloussaient comme n'importe quelle bande de filles qui se retrouvent pour aller travailler. J'orientais la conversation vers l'aspect pratique :

« Et tu vas vivre de quoi ? Qu'est-ce que tu vas faire ? »

Il avait haussé les épaules.

« Rien. Je vais m'arranger un bon petit licenciement avec une indemnité de départ. De quoi tenir quatre ou cinq ans dans le coin, après… »

Nous en étions restés là. Je ne savais si je devais l'encourager dans cette voie ou tenter de le raisonner pour qu'il tienne le coup et conserve sa place. Alors je n'avais rien dit, c'est plus sage si on ne veut pas se brouiller quand on n'est pas sûr du conseil.

Nous n'avions plus eu de contacts pendant six ou sept mois et sa carte d'anniversaire m'avait rappelé à son souvenir. Je lui avais donc téléphoné, curieux de savoir où il en était. Il avait claironné :

« J'ai arrêté ! Pour de bon. Le soir même de notre dernier dîner, comme je te l'avais dit !

– Et tu as réussi à obtenir des indemnités de licenciement pour pouvoir ne rien faire ?

– Mieux que ça. J'ai eu l'argent et en plus j'ai monté un petit business qui fonctionne très bien. »

En fait de « petit business », Jean-Phi était devenu l'homme incontournable pour toutes les sociétés de production européennes et américaines qui voulaient tourner des films, des publicités ou faire des photos commerciales en Thaïlande.

« Je leur prépare le terrain et fais en sorte que tout se passe bien pendant leur séjour, m'avait-il confié. Je connais du monde ici, après toutes ces années à faire le journaliste, je sais comment tout marche. Je leur trouve des hôtels, des voitures, des figurants, des décors, du matériel. Je fais le traducteur et je règle toutes les histoires administratives, je décroche les autorisations de tournage. Je distribue leur argent et tout se passe bien ! Ils m'adorent tous, les Thaïs qui prennent leur part et les clients à qui je facilite la vie ! Je suis payé pour aider des gars qui photographient des filles nues sur des plages de carte postale ! »

Je m'étais incliné.

« Belle reconversion.

– Passe me voir. »

*

Un garçon d'une dizaine d'années, seulement vêtu d'un short rouge vif, nous apporte nos *noodle soup* dans de larges bols en plastique. D'après le Belge, les meilleures de la ville sont ici, sur ces petits tabourets posés en cercle autour d'une sorcière tannée qui remue sa mixture dans une immense marmite. La soupe est brûlante. Les boulettes de viande indéfinissables et les longues pâtes trop blanches pour être honnêtes, baignent dans un jus épicé que nous suçons bruyamment en gardant nos bières à portée de main pour éteindre le brasier. Jean-Phi me rend le Smartphone après avoir parcouru le dossier d'Émilie.

« Donc, elle est jeune, belle, intelligente et millionnaire ? »

Je confirme et il ajoute, songeur :

« Ça fait beaucoup pour une seule personne… »

Nouvelle gorgée de bière. Il termine sa bouteille, fait signe à l'enfant qui est retourné s'asseoir aux pieds de la vieille, de lui en apporter une autre et il reprend :

« Elle a disparu ici, à Bangkok ? »

Je corrige :

« Non. C'est une possibilité. C'est d'ici qu'elle a donné des nouvelles pour la dernière fois. »

Jean-Phi observe la nouvelle bouteille que lui tend le môme. Il adresse un sourire, la prend et en avale la moitié d'une longue et unique gorgée.

« C'est bon, le froid qui te noie l'intérieur. Leur bière c'est de la flotte mais c'est ce qu'ils ont de plus frais. »

Il termine la bouteille et la rend vide à son serveur de poche qui attend près de lui, l'air fasciné par le spectacle du gros farang asséchant les *big one* de Singha, cinquante centilitres, en deux rasades.

« La plupart des emmerdements qu'un touriste peut avoir dans ce pays sont liés à la drogue, poursuit Jean-Phi. Tout le monde se met à fumer de l'herbe et à taper de l'héroïne ou des amphets parce qu'il y en a partout et que c'est pas cher. Pourtant la drogue reste illégale et les peines sont lourdes. Les prisons thaïlandaises sont pleines de jeunes voyageurs ignorants. J'imagine que vous avez déjà suivi cette piste ?

– Oui. Elle n'est pas en prison.

– Dommage. C'est ce qu'il y a de plus simple à régler.

– À ton avis ?

– Ça peut être n'importe quoi. Tu peux envisager le pire, elle a été violée et tuée par des cinglés au fin fond d'une campagne, son corps disparaît doucement dans la boue d'une rizière. Ou le mieux, elle a simplement envie d'oublier sa vie et elle claque son argent quelque part au soleil.

– Tu peux m'aider ? »

Il sourit.

« Bien sûr. C'est mon métier maintenant d'aider les gens.

– Combien ?

– Je suis libre en ce moment, je me consacre à ton affaire entièrement pour trois cents euros par jour, plus les frais. »

Il prend une cigarette dans un paquet chiffonné qu'il sort de la poche de sa chemise, des Kung Trep, m'en tend une et nous fumons ensemble quelques taffes. Il rajoute :

« Et je te reverse ta commission, vingt pour cent. »

Je m'étonne sincèrement :

« Une commission ? »

Elle le fait rire Jean-Phi, ma naïveté.

« T'es un vrai boy-scout ! Tu as changé de métier, c'est fini le journalisme, l'éthique, la déontologie, tout ça ! Tu peux prendre des pourboires maintenant. »

Il a raison. Il va falloir que j'apprenne de nouvelles règles. Beaucoup plus souples semble-t-il.

« Très bien… Et qu'est-ce qu'on fait ? »

Jean-Phi se lève, déplie sa carcasse, va payer la sorcière et revient tout sourire.

« Je t'invite, pour fêter notre association ! Et la première chose à faire, c'est de passer un coup de fil. »

Il sort son téléphone, me fait signe de patienter et se lance dans une discussion en thaï, ça lui donne une voix fluette, il chantonne comme eux, la voix d'une fillette dans le corps d'un déménageur bruxellois. Il a l'air content.

« C'est parti ! Il nous faut un Web café ! »

*

Les cybercafés de Bangkok sont pour la plupart de longs corridors sombres et humides, directement ouverts sur la rue. Sur l'un des côtés s'alignent des dizaines d'ordinateurs rafraîchis par autant de ventilateurs bruyants. Tout au fond, derrière un petit comptoir, un employé y somnole. On lui donne quelques baths avant d'utiliser un PC.

Des grappes de filles sont agglutinées devant les appareils. Ce sont les chéries, les « grandes, grandes chéries » comme elles disent à leurs fiancés du bout du monde, tous ces Américains, Allemands, Hollandais, Français et Australiens, qui sont devenus fous des frangines de Bangkok avec qui ils ont un jour passé deux semaines de vacances.

Il faut les comprendre. La Thaïlande est la revanche de tous les petits gros du fond de la classe, tous les un peu moches, les mal sapés et pas bien foutus qui ont passé leur adolescence à essuyer le mépris des belles du collège. Ils débarquent à Bangkok et se retrouvent dès le premier soir dans les bras d'une bande de fées espiègles, vicieuses, soumises et drôles. Ce qu'ils vivent en les rencontrant est inouï. Même les plus imaginatifs n'osaient espérer connaître de tels moments. Confortablement installés dans un bar, ils ont une fille sur chaque genou, une troisième leur masse les épaules et une quatrième sert à boire. Elles leur disent qu'ils sont beaux et gentils, et rassurants aussi, et qu'elles aimeraient leur faire l'amour, passer du temps avec eux. En même temps elles les embrassent, les caressent, rient et quand l'une d'elles s'éloigne, une autre la remplace aussitôt. Elles leur retournent la tête en quinze jours et ils ne peuvent plus décrocher. Une fois rentrés au pays ils ne vivent que pour repartir. Jamais ils ne trouvent l'équivalent dans leur monde civilisé où les femmes les écrasent.

Les filles le savent bien, elles ont compris comment ça marche chez nous. Alors elles ne lâchent pas leurs victimes, elles les bombardent d'e-mails, parviennent à leur soutirer de l'argent à distance, soi-disant pour un parent malade ou une inscription en fac, et forcément, ils donnent. Chez eux, en Amérique ou en Europe, de nouveau seuls dans leur morosité affective et sexuelle, ils guettent le moindre message, s'attendrissent, encouragent, envoient l'argent, retournent là-bas dès qu'ils le peuvent et après deux ou trois séjours, ils en ramènent une dans leurs bagages pour se marier en bonne et due forme.

C'est ainsi que se sont constituées les communautés thaïlandaises de Paris, Sydney, Londres, Berlin, New York… enfin, partout. Parties de leurs tabourets, les « grandes chéries » de Patpong ont conquis le monde. Ça force le respect.

*

Elles nous libèrent un poste sans rechigner, habituées qu'elles sont à céder devant le blanc, le client, celui à qui on laisse la place. Jean-Phi installe comme il peut sa carcasse sur l'une des chaises étroites mises à disposition des internautes, il ouvre une nouvelle session, y entre une adresse et aussitôt le symbole de la police nationale thaïlandaise apparaît. Le curseur clignote sur un espace vierge, dans un petit rectangle au centre de l'écran. Il faut un code bien sûr. Jean-Phi devance ma question :

« J'ai appelé un contact, un informaticien du ministère de la sécurité intérieure. Un type bien, pour mille euros il va nous donner un mot de passe provisoire et nous pourrons nous balader quinze minutes, ça devrait suffire.

– Nous balader où ?

– Partout ! On va pister ta cliente, elle apparaîtra forcément dans un fichier officiel. On va partir du début, l'entrée sur le territoire et la déclaration en douane. J'attends qu'il me rappelle. Tu es d'accord pour lui donner les mille euros ? »

Je ne connais pas le montant maximum des frais que Maître de Laferrière est prête à engager, mais mille euros me semble être une somme raisonnable pour accéder aux fichiers de la sécurité intérieure d'un pays.

Le téléphone de Jean-Phi sonne. Il me lance un regard interrogateur.

Je hoche la tête et prends une mine entendue.

Il répond, ne prononce que deux ou trois mots qui doivent signifier notre accord, écoute, tape sur le clavier de l'ordinateur une série de lettres et de chiffres et coupe la communication. Une page s'ouvre, ornée d'un nouveau symbole. Jean-Phi est satisfait.

« Regarde, c'est le service des douanes, nous sommes aux archives des douze derniers mois. Toutes les personnes qui sont officiellement passées par la

Thaïlande depuis un an sont là. J'entre le nom d'Émilie.

– Et ? »

Il attend, dépité.

« Et… rien… »

Sur l'écran, un petit sablier tourne sur lui-même.

« Comment ça rien ? »

Le sablier se stabilise, disparaît et une ligne de texte, en thaï, barre l'écran. Il me la montre :

« Ça veut dire "no result". Selon le fichier des douanes, elle n'est jamais entrée en Thaïlande. J'essaye les autres. »

Jean-Phi se démène pour entrer dans les systèmes de toutes les administrations auxquelles il a accès grâce à son code provisoire et, en quinze minutes, il visite la police touristique, la police municipale, la brigade des stupéfiants, le fichier des hôtels, celui des bureaux de change… rien, aucune trace d'Émilie. Je l'interroge :

« Comment est-ce possible ? »

Le Belge caresse sa barbe naissante, le tic des « pas rasés depuis trois jours » quand ils réfléchissent.

« Soit elle n'a jamais mis les pieds ici, soit on l'a effacée.

– Elle est entrée dans le pays. L'information vient des services de renseignements français qui ont vérifié les listes des passagers des vols pour Bangkok aux dates correspondantes. Ils l'ont trouvée, elle a pris un avion. Ce qui ne nous laisse qu'une seule possibilité : quelqu'un l'a effacée »

Nous restons silencieux, assis devant l'écran. Jean-Phi attend. C'est moi le patron. Il me faut une idée.

Le Belge se lève, s'étire. Derrière lui, les frangines gloussent. Il est vraiment grand celui-là, ça doit leur donner de drôles d'idées des géants pareils. Il prend un ton las et me dit :

« Tu sais ce qui est embêtant dans ce pays, la seule chose qui ne va pas pour un homme comme moi ? Tout est petit, les tabourets, les tables, les chaises… j'ai toujours l'impression d'être plié. »

Il fait un signe aux filles.

« Même les filles, elles sont trop petites… »

Je réfléchis à voix haute :

« Qui pourrait techniquement entrer dans le réseau de l'Administration thaïlandaise pour effacer un fichier ? Voilà la bonne question. Si on décide qu'Émilie est effectivement venue ici et qu'on en a effacé son passage, il faut commencer par chercher qui a pu le faire. On verra ensuite pour qui ou pourquoi. Et les mieux placés pour pirater les fichiers officiels thaïlandais, ce sont les fonctionnaires thaïlandais eux-mêmes. Ton copain l'informaticien du ministère, si on lui ajoute quelques billets, il ne peut pas vérifier ? Savoir si c'est venu de chez eux ? Tu m'écoutes ? »

Jean-Phi s'allume une cigarette.

« Je t'écoute. On va demander à mon ami, mais il peut très bien ne pas être au courant. La corruption est quasiment institutionnelle ici et l'ordre d'effacer Émilie est peut-être venu d'un niveau auquel il n'a pas accès. Qu'il n'ait entendu parler de rien ne voudrait pas dire qu'il ne s'est rien passé. »

Il tire quelques taffes en réfléchissant.

« J'ai une idée. Tu connais Phô et Mhô ? »

Bien sûr que j'ai entendu parler de Phô et Mhô. Tout le monde les connaît, c'est une légende urbaine :

il existerait quelque part en Asie un homme qui aurait deux têtes. Et quand on met cet homme, ou ces hommes, en contact avec un ordinateur les deux cerveaux n'en font qu'un, ils fusionnent dans l'univers des 0 et des 1 pour devenir un homme-machine, à mon avis une histoire de science-fiction pour petits geeks défoncés.

« C'est ce qu'on dit, reprend Jean-Phi. Mais Phô et Mhô existent réellement et ils sont vraiment forts, un véritable calculateur humain, un super ordinateur biologique. Ils habitent ici, à Bangkok. »

Je n'en reviens pas :

« J'ai dû venir vingt fois dans cette ville et je ne serais jamais tombé sur un sujet pareil ? Un calculateur humain à deux têtes ? »

Sourire entendu de Jean-Phi.

« Je ne les connais que depuis que je ne suis plus journaliste. Ils ne veulent pas de publicité. On peut les rencontrer, mais uniquement pour leur demander d'effectuer un travail, et ils exigent la discrétion. Les clients sont toujours satisfaits de leur prestation, ils respectent le contrat. Mais comme les fuites sont inévitables, l'histoire devient une légende urbaine. Ce qui arrange tout le monde.

– Et tu penses qu'ils peuvent nous aider ?

– Je ne suis pas un as en informatique mais je sais que les disparitions totales n'existent pas. Nous avons tous une existence numérique et comme dans la vie réelle, effacer complètement cette existence est impossible, il reste forcément des traces, sinon des éléments oubliés, au moins des indices permettant de savoir si l'effacement a été réalisé. Le meilleur pirate sera toujours détecté par un pirate meilleur que lui. Et tout en haut de cette pyramide, se tiennent Phô et Mhô. S'il y a quelque chose à trouver, ils trouveront. Qu'en penses-tu ? »

J'accepte. De toutes les façons, c'est la seule option que j'aie pour le moment et, même si je ne suis pas convaincu par l'histoire, je fais confiance à Jean-Phi. Après tout, un super-hacker trouvera peut-être une piste.

« Et comment on contacte les génies ?

– Avant d'aller les voir, il faut chercher de quoi les payer.

– Du cash ?

– Non, des filles.

– Ça ne devrait pas être trop compliqué…

– Si… ils ont deux sexes. »

Je ne réagis pas. Mon cerveau m'envoie aussitôt une image mais je reste muet. Jean-Phi reprend :

« Ce sont des monstres, enfin, l'ensemble est monstrueux… moche. Ils ont deux têtes, deux bras, deux jambes, un corps au milieu, deux sexes qui fonctionnent parfaitement et une libido développée. Mais tu imagines bien que les filles ne se bousculent pas pour affronter l'animal. Je les comprends, deux bites, c'est quand même quelque chose ! Bref Phô et Mhô sont très sensibles au fait qu'on leur dégote des partenaires consentantes et je connais des courageuses. »

*

Jean-Phi paye le patron du café et demande à une fille d'aller nous chercher deux motos-taxis. Il faut avoir le cœur accroché et une bonne dose d'inconscience pour confier sa vie à des motards gavés d'amphétamines qui sillonnent Bangkok sur de petites cent vingt-cinq centimètres cubes avec pour unique règle, semble-t-il : « jamais freiner toujours éviter ». Mais c'est le moyen de transport le plus efficace dans cette ville engorgée, et les cinglés nous transportent jusqu'au quartier chinois en une vingtaine de minutes, un exploit.

Le quartier chinois est à part. Ici, on travaille. Il n'existe pas cette nonchalance naturelle des Thaïlandais qui rend la vie supportable, même dans une ville comme Bangkok où l'on croise souvent des personnes qui ne font rien et n'ont pas l'air d'en souffrir. Allongés dans des hamacs, assis sur des bancs, accroupis des heures durant, des hommes, des femmes, des enfants regardent juste le monde sans avoir l'air d'être occupés, comme s'ils incarnaient l'équilibre nécessaire à l'agitation permanente de la ville.

On n'en voit pas des comme ça chez les Chinois. On ne croise pas non plus de boutiques et de bars aux enseignes clignotantes, pas de pièges à touristes, d'hôtels dégoulinants de luxe et de piscines turquoises, mais des immeubles de bureaux, des hangars de stockage, des ateliers, des marchés bruyants, et des milliers de « fourmis cadres », ouvriers, chauffeurs, livreurs, financiers, banquiers, marchands qui s'empressent sans jamais se heurter pour vendre, acheter, stocker et transporter les tonnes de marchandises qui inondent le continent.

Mais ils n'en sont pas moins des êtres humains soumis aux besoins élémentaires : boire, manger, dormir et faire l'amour. Pour cette dernière activité, ils se fournissent, en fonction de leurs revenus, dans de prestigieux et discrets établissements ou dans des bordels d'abattage pour les moins fortunés. Cette « filière » chinoise est connue pour ses filles venues du monde entier, et mon guide bruxellois a ses entrées dans l'un de ces lieux luxueux aux allures respectables, mais où l'on négocie sur catalogue l'ethnie fantasmée. Nous sommes conduits dans un salon privé où nous commandons deux thés verts et le « menu spécial ».

Une Chinoise sans âge mais bien usée nous rejoint, nous salue et demande dans un anglais parfait si nous sommes décidés ou si elle doit appeler quelques représentantes de son cheptel afin que nous puissions choisir.

« Une Sibérienne, répond Jean-Phi. Pour la soirée et en extérieur. »

La maquerelle se contente de sourire en s'éclipsant et le Belge se tourne vers moi.

« Elles sont parfaites pour ce genre de mission les Sibériennes, me dit-il. J'ignore comment elles passent leur puberté dans les steppes, mais elles n'ont peur de rien. En revanche, elles doublent la facture, ce qui est honnête, deux sexes, deux passes. »

*

C'est vrai qu'il est moche le bouddha bicéphale. Un sac. Un gros sac graisseux et pâle plein d'organes et de chair d'où émergent deux jambes atrophiées, tordues et maigres, sûrement incapables de supporter la masse de son corps, et deux petits bras boudinés terminés par de surprenantes mains d'artistes aux poignets fins et aux longs doigts souples. Le sac est donc surmonté de deux têtes, posées sur un empilement de plis graisseux qui font office de cou.

La tête de gauche, la plus grosse, bien ronde et bien vivante, c'est Phô. Il a l'air jovial, accueillant avec de grandes oreilles et des yeux amusés. Un vrai « Bouddha rieur », le gros rigolo qui symbolise le contentement et l'abondance. Celle de droite, plus petite, c'est Mhô. Tout le contraire. Il est penché sur le côté, les yeux mi-clos, sa peau tendue comme du cuir sur des os saillants, on le croirait mort depuis longtemps, un fossile ou une momie.

Je suis fasciné par la créature. Elle est… illogique, rien ne va ensemble, c'est un assemblage d'éléments disparates, des bouts d'humains collés les uns aux autres et qui forment un tout répugnant, exposé sans pudeur, vêtu uniquement d'un pagne sale ne couvrant que le bas-ventre. Je ne peux m'empêcher de regarder les plis du tissu et une question incongrue me vient à l'esprit : deux pénis mais combien de couilles ?

Autour de lui s'agite une nombreuse famille formée de deux vieilles fripées aux dents noires de laque, d'une poignée d'hommes et de femmes et d'une ribambelle d'enfants à poil, ou presque, qui trottinent dans la poussière en chassant des poulets nerveux. La tribu vit dans une vaste maison en bois et en tôles entourée d'arbres aux longues feuilles vertes et grasses et de buissons vibrants d'insectes. Ces baraques vacillantes bordent les ruelles qui serpentent entre les buildings immenses et fiers des plus grandes compagnies du monde, car à Bangkok les tours inhumaines, arrogantes, toutes brillantes des éclats de leurs parois vitrées, sont plantées dans la vie. Pas comme chez nous où on les colle irrémédiablement sur une dalle de béton sèche et morte. Rien ne peut survivre entre nos tours, c'est nu et fonctionnel, propre. Chez eux, les effluves sucrés de la bouffe et de la misère, l'odeur de la cité, le grouillement de la multitude s'élève jusque dans les bureaux feutrés des derniers étages.

Phô et Mhô sont installés dans la pièce principale, où l'une des deux vieilles suçote une pipe en terre, se cure le nez et tire de temps en temps sur une corde reliée à un minuscule hamac d'où sortent les vagissements du dernier-né. Dès qu'il crie, la vieille tire la corde, le hamac se balance et le silence revient.

Les frères siamois trônent sur des coussins devant un assemblage de matériel informatique qui vibre et ronronne doucement. Plusieurs colonnes sont alignées à leurs pieds, trois écrans de taille moyenne sont fixés sur des petites tables placées en arc de cercle à hauteur des deux têtes et un clavier repose sur leur ventre proéminent, difforme même, une outre.

Jean-Phi fait les présentations, et les deux têtes se tournent vers moi. Phô me sourit, Mhô m'ignore, ses yeux restent vagues. Je tente un sourire nerveux, salue en m'inclinant et avant de parler affaires, j'annonce la bonne nouvelle :

« J'ai rencontré Anna. Elle vient de Sibérie. »

Phô murmure quelques mots en thaï à l'intention de Mhô qui sort de sa léthargie et deux paires d'yeux fous regardent derrière nous avec gourmandise la fille que nous sommes allés chercher dans le quartier chinois. Maquillée, agrémentée de faux cils et de faux ongles, couverte de faux cuir, la Sibérienne est parfaite : grande, musclée, vulgaire et intrépide. Elle se désintéresse de son futur client et discute avec mamie en fumant un stick d'herbe locale.

Phô me regarde et me parle en anglais :

« Qu'est-ce que tu veux ? »

Je me tourne vers Jean-Phi qui m'encourage d'un regard. Je me lance, tente d'être le plus clair possible et surtout d'afficher une forme d'assurance, je suis un client qui sait exactement ce qu'il veut :

« Est-ce que les fichiers des douanes thaïlandaises ont été piratés ces trois derniers mois, quelles étaient les cibles qui auraient été attaquées et si l'une d'elles correspond à ce que je cherche, il me faut l'identité des pirates. »

Ses yeux fixent de nouveau la fille. Il dit quelques mots en thaï et Mhô souffle une réponse.

« C'est d'accord, me dit Phô. On va te trouver ça. »

Il lance quelques ordres à la cantonade et autour de lui, le monde s'organise. Une vieille se lève et emporte le bébé dans une autre pièce, la seconde entraîne la Sibérienne à leur suite. Les enfants et la plupart des adultes sortent eux aussi. Seules deux jeunes femmes restent. L'une pour assister Phô et Mhô. Elle redresse les coussins derrière lui, stabilise le clavier avec une planche qu'elle pose sur leur ventre, allume les écrans et se tient là, prête à intervenir. L'autre nous fait signe de nous installer sur des tabourets et nous propose du thé que nous acceptons. Elle s'éclipse pour le préparer et le spectacle commence.

Les mains de Phô et Mhô se promènent sur le clavier, elles l'effleurent d'abord comme une caresse, puis les mouvements s'accélèrent et les doigts s'agitent de plus en plus vite, ils ressemblent maintenant à des petits personnages dotés d'une vie propre qui dansent sur les touches, tournent sur eux-mêmes, montent, descendent, se croisent semblables à ceux des pianistes en transe. Sur les écrans, les icônes, les colonnes de chiffres, les lignes de textes et de signes défilent si rapidement que je ne vois que des flashs rapides comme une lumière stroboscopique. Ce clignotement infernal dure une dizaine de minutes. Mhô a refermé les yeux mais il se tient droit, raide, une statue de cire. La vie est dans Phô, dans ses yeux où je devine l'excitation. Son regard est brillant, joyeux, on dirait qu'il s'amuse, un adolescent plongé dans un jeu vidéo qui lutte pour battre la machine.

Et puis tout s'arrête. Une image se fixe sur l'écran central. Je reconnais une carte de Manhattan.

« C'est là, dit Phô. C'est de cette ville que quelqu'un est entré dans le système de l'administration des douanes thaïlandaises il y a exactement deux mois et dix-sept jours à quatre heures trente-deux.

– Vous en êtes absolument certain ? demande Jean-Phi.

– Certain. Ces trois derniers mois, deux attaques ont été lancées. La première est l'œuvre d'un hacker islandais, fiché à Interpol. Il travaille pour des trafiquants d'héroïne birmans. Il a tenté de faire disparaître l'entrée et la sortie du pays d'une trentaine de voyageurs occidentaux, sans doute des passeurs. Il a réussi mais a été repéré. L'autre attaque vient de New York, même les policiers ne l'ont pas vue.

– Quelle était la cible ?

– Effacer toutes les informations concernant une touriste française qui se nomme… »

Il se tourne vers un autre écran, presse quelques touches et lit :

« Émilie de Laferrière. »

Il a réussi ! Ce gnome n'est donc pas une légende, un mensonge. En quelques minutes il a touché au but ! Je tente de rester calme et lui demande le plus posément possible :

« Pouvez-vous trouver l'identité de celui qui a réalisé cette attaque ? »

Phô sourit.

« Sur le bas de l'image, nous avons son adresse. »

Je déchiffre : Central Park West 26. Et je demande :

« Qu'est-ce qu'il y a là-bas ? »

Il ouvre l'onglet affichant l'adresse et la carte disparaît pour laisser place au logo le plus connu du monde, celui qui est un élément de la vie quotidienne de l'humanité, une sphère flottant dans l'espace étoilé, un cercle chaleureux, blanc ivoire, fort d'une lumière qu'il irradie, « le O » de la société Open Life, propriétaire du système d'exploitation qui équipe quatre-vingts pour cent des ordinateurs de la planète.

Je ne comprends pas. J'imagine d'abord que l'ordinateur de Phô et Mhô a bogué et que nous sommes revenus au menu d'accueil, la page de présentation du logiciel. Je les interroge :

« Qu'est-ce qu'il se passe ? L'ordinateur a planté ? »

Phô secoue la tête.

« Notre ordinateur ne peut pas planter et de toutes les façons, nous n'utilisons pas de programmes Open Life, nous avons nos propres systèmes.

– Alors… pourquoi le logo est-il là ?

– Parce que nos recherches aboutissent à l'adresse du siège social d'Open Life, Central Park West 26, New York, NY, 10023 USA. »

Il me faut quelques secondes pour réaliser les conséquences de l'information.

« L'attaque contre les douanes thaïlandaises qui visait à effacer toutes les informations concernant Émilie de Laferrière, proviendrait du siège social d'Open Life ? De... de son centre mondial !

– Oui. Et ce n'est pas étonnant qu'elle ait réussi. Les meilleurs informaticiens travaillent pour Open Life. Passer les murs de l'administration thaïlandaise n'est pas un exploit pour eux. Tu as bien vu, nous y sommes parvenus en dix minutes. Ils n'ont pas dû mettre plus de deux heures. »

Je ne relève pas cette petite flagornerie. Je suis encore sous le choc de la révélation. Open Life est l'une des entreprises les plus puissantes parmi les multinationales régissant notre univers et son fondateur, John Wind, un homme de soixante-deux ans, qui possède en son nom dix pour cent du capital de sa compagnie, est l'homme le plus riche du monde avec une fortune estimée à soixante-douze milliards de dollars ! Une légende ! Le rêve américain personnifié, car il a effectivement créé seul, dans sa chambre d'étudiant d'une obscure université du Wisconsin, le système d'exploitation O.L. que nous utilisons tous. Le logiciel et ses mises à jour régulières l'ont déjà rendu immensément riche. Mais il ne s'est pas arrêté là. Il s'est lancé dans la fabrication des appareils, les ordinateurs, les téléphones, les tablettes, les accessoires, les écrans, claviers, souris. Il est ensuite passé au contenu en achetant des studios de production et des groupes de presse, des chaînes de télévision, des radios dans vingt pays et enfin, la diffusion. Il possède ses propres satellites, OL1 et OL2 qui tournent en orbite basse autour de la planète en attendant OL3 annoncé pour l'année prochaine.

Dans son genre, c'est un maître du monde qui fréquente et influence nos dirigeants et participe sans doute à leurs ascensions comme à leurs chutes.

Pourquoi un tel personnage s'intéresserait-il à Émilie ?

*

« Ça va augmenter mes tarifs, dit Jean-Phi.

– Les nôtres aussi, ajoute Phô. »

Je sors mon téléphone.

« Il faut que j'appelle Laferrière. »

Jean-Phi m'interrompt dans mon élan :

« Attends, on va d'abord essayer d'éclaircir tout ça. »

Il se tourne vers Phô et Mhô :

« Vous pouvez entrer dans le système de l'Open Life Building ? »

Rapide conciliabule entre les deux têtes.

« C'est impossible, répond Phô. Même nous, on ne peut pas. C'est le saint des saints, le logis du grand sorcier. Nous ne parviendrons pas à briser ses murs. »

Mhô intervient. Il parle doucement à Phô qui traduit au fur et à mesure :

« Il dit qu'il existe une possibilité. Il faut un complice. Si quelqu'un, là-bas à New York, entrait un virus dans un des ordinateurs qui équipent le bâtiment, dans un bureau, à l'accueil, dans un laboratoire, une salle d'exposition, n'importe où mais à l'intérieur du building, alors il nous ouvrirait une porte. »

Le Belge se tourne vers moi :

« Ça ne peut pas marcher. Nous ne trouverons jamais un salarié travaillant au siège qui se laisserait corrompre. Non seulement ils sont très bien payés mais ils vouent une admiration sans limites à leur chef bien-aimé… et puis il est trop puissant, tout simplement. Qui oserait trahir le grand John Wind ! Avec ses relations, c'est un coup à se retrouver en pyjama orange à Guantanamo. »

Phô le reprend :

« Je n'ai pas dit un salarié. Il n'est pas nécessaire que ce soit une personne qui connaisse l'entreprise, qui ait un bureau et un accès au réseau interne. N'importe qui ferait l'affaire. Il suffirait d'entrer là-bas, de brancher une clé USB cinq secondes sur n'importe quel ordinateur et le tour serait joué ! Un enfant pourrait le faire. Même pas besoin d'allumer l'appareil.

– Et quel programme serait sur cette clé ? je demande. Comment un… simple virus… bêtement inséré dans n'importe quelle machine du groupe, pourrait-il franchir les murs de la forteresse… ne vous froissez pas, mais ça me semble un peu… facile. Il s'agit tout de même du système Wind ! »

Phô esquisse un sourire… compatissant.

« Vous ne nous connaissez pas encore, vous ne savez pas de quoi nous sommes capables. Le virus que nous pouvons créer nous ouvrira une porte et nous pourrons visiter tous les fichiers du groupe.

– Tous ?

– Techniquement, oui. Mais nous n'aurons que quelques minutes avant d'être repérés. Il nous faut des informations précises sur ce que nous cherchons. »

Je réfléchis. Ce que je cherche ? Des pistes, des informations à recouper, des noms… Je dresse la liste :

« En premier lieu, identifier le poste d'où est partie l'attaque. Ça nous permettra peut-être d'avoir le nom de celui qui l'a lancé, un ingénieur, un cadre supérieur, John Wind lui-même… Chercher aussi le nom d'Émilie, ils ont pu constituer un dossier sur elle, pour une raison que j'ignore mais il faut tenter. Et regarder si d'autres attaques similaires ont été lancées, s'ils ont effacé d'autres personnes, en Thaïlande ou ailleurs. »

Nouvelle discussion à voix basse entre les deux têtes. Phô s'adresse de nouveau à moi :

« Il nous faut une petite heure pour fabriquer le virus. Il suffirait d'aller l'installer. »

J'oubliais l'essentiel.

« Et comment faire pour entrer dans l'immeuble ? »

Jean-Phi a la solution.

« Par la porte… le siège d'Open Life est comme la Maison-Blanche, on peut visiter, en touriste. »

Il interpelle Phô et Mhô :

« Combien pour le virus et le piratage ? »

Cette fois, pas d'hésitation, Phô répond immédiatement, ils doivent avoir une grille de tarifs préétablie.

« Mille dollars pour le virus et encore mille pour chercher les informations. »

J'acquiesce :

« Ça me semble bien. Mais je dois appeler d'abord. »

*

Je sors dans la cour pour appeler Florence de Laferrière. Autour de moi, les enfants jouent, profitent de la fraîcheur de la nuit qui vient. On entend le bourdonnement de la ville autour, mais on pourrait facilement l'oublier en regardant les gosses et les poulets déplumés qui trottinent sous les arbres verts.

Je compose le numéro sur le Smartphone que l'on m'a remis à Paris. Je n'attends pas longtemps. Une seule sonnerie. Sa voix est professionnelle, pas fausse mais contenue.

« Monsieur Harlem, bonjour. Où bonsoir dans votre fuseau horaire, je crois.

– Effectivement, bonsoir madame.

– Vous avez déjà des résultats ?

– Disons… une piste sérieuse. »

Vieux réflexe de journaliste, je commence par le plus accrocheur pour capter l'attention. Sans réfléchir je lance :

« John Wind. »

J'écoute quelques secondes de silence. Elle relance :

« Pourquoi me parlez-vous de John Wind ?

– Votre nièce n'apparaît dans aucun fichier de l'Administration thaïlandaise. J'ai assisté à la recherche. Cette information est totalement fiable. Légalement, officiellement, elle n'a jamais mis les pieds en Thaïlande. Or, nous savons vous et moi qu'elle y est allée, la trace de son passage aurait donc tout simplement été effacée. »

Je reprends ma respiration avant de poursuivre :

« La personne qui aurait piraté les fichiers thaïlandais pour faire disparaître le nom d'Émilie de Laferrière, l'aurait fait du siège social de la société Open Life à New York. La société de John Wind. »

J'entends le son reconnaissable entre tous du briquet que l'on allume et de la respiration qui suit. Elle expire la fumée et demande :

« Vous vous rendez compte de ce que vous me dites ?

– Je ne fais que vous informer.

– Vous me dites que John Wind serait responsable de la disparition d'Émilie !

– Non… je dis que quelqu'un, du siège social d'Open Life à Manhattan, aurait piraté les serveurs des douanes thaïlandaises pour faire disparaître toutes traces de votre nièce.

– Ce qui ne prouverait pas la responsabilité de Wind.

– Effectivement. N'importe quel salarié de l'entreprise aurait pu commettre le piratage sans que personne ne le sache et dans un but qui n'a peut-être rien à voir avec Open Life.

– Excusez-moi… »

Je l'entends échanger quelques mots avec quelqu'un. Elle revient.

« Vous êtes sûr aussi à cent pour cent ? Je veux dire pour la provenance du piratage, le siège d'Open Life… »

Je réfléchis un instant. Suis-je certain de la fiabilité de Phô et Mhô ? Ces deux-là sont-ils des escrocs ? Non, leur réputation parle pour eux et j'ai la garantie de Jean-Phi…

« La personne qui m'a fourni cette information a une excellente réputation.

– Ça vous suffit ?

– Dans le cas présent, oui. »

Quelques instants se passent, de nouveau une courte conversation que j'entends mal et elle est de retour.

« Très bien, me dit-elle d'une voix assurée, je m'en remets à votre jugement. Peut-on obtenir un nom ?

Des informations sur un lien entre Émilie et Open Life ? »

J'expose la proposition de Phô et Mhô, envoyer quelqu'un aux États-Unis pour pirater le réseau interne de l'entreprise, sans préciser bien sûr qu'elle vient d'un gnome bicéphale doté d'un double pénis. Certains détails décrédibilisent l'ensemble.

« C'est illégal, me dit-elle.

– Je… je suppose.

– Et vous seriez prêt à le faire ? »

J'hésite. Je ne suis pas surpris mais j'espérais qu'elle s'adresserait à quelqu'un de plus… professionnel pour cette partie du travail. Je suis enquêteur, pas cambrioleur ou espion, ou quoi que ce soit de ce genre. J'ai besoin d'un engagement de sa part.

« Et vous, vous êtes prête à en assumer les responsabilités ?

– Je ne vous abandonnerais pas si l'affaire tournait mal… si c'est ce que vous sous-entendez… mais je compte sur votre expérience des situations "limites" pour ne pas vous mettre dans l'embarras. »

Un petit cochon blanc avec des taches noires lance des cris stridents en cavalant vers moi, affolé par les trois garçons qui le poursuivent en riant. L'un deux le rattrape en s'abattant dessus comme sur un ballon, il le cale sous son bras et ils repartent avec leur prise qui gigote en beuglant. Je cogite et décide de tenter le piratage mais sans prendre de risques, ou le moins possible.

« Écoutez, je veux bien aller à New York, entrer comme touriste chez Open Life. Je fais sagement la visite et si j'ai la moindre occasion, je branche la clé avec le virus. Mais je ne prends aucun risque, je ne force pas de porte. »

Je pense à Jean-Phi et à ce qu'il dirait à cet instant, alors j'ajoute :

« La nature de mon travail change. Je suis plus… exposé !

– Je comprends. Je double vos honoraires. »

Elle ne cherche pas à négocier. Je ne peux m'empêcher d'exprimer à voix haute une pensée qui me vient.

« Vous êtes motivée… »

La réponse claque :

« Il s'agit de ma nièce. »

Puis, comme un reproche :

« Et vous, qu'est-ce qui vous anime ? »

J'esquive :

« C'est d'accord. J'irai à New York. »

Le soleil disparaît, brûle le ciel de Bangkok en plongeant entre deux buildings inachevés qui se teintent de rouge. Je me sens stupide.

Je ne pouvais répondre « l'argent », c'est trop triste.

*

Je suis allongé sur le lit king-size dans une chambre du Four Season de l'aéroport de Bangkok. J'ai huit heures devant moi avant l'embarquement pour New York. J'ai obtenu un billet facilement. Les liaisons Bangkok-New York sont quotidiennes et je voyage en classe affaires. Douze heures de vol, une escale à Dubaï. Je cherche à m'y retrouver dans les décalages horaires. Je suis parti de France hier. Il est minuit en

Thaïlande, mais pour moi encore le début de la soirée. Je n'ai pas envie de dormir. Demain j'atterrirai à New York après avoir volé toute la journée et il sera… le matin… du même jour… j'abandonne et commande un dîner au room service.

J'allume la télévision et me cale dans les coussins. Un bain coule, le parfum de la mousse, légèrement ambré, parvient jusqu'à moi. Je me sers une vodka rafraîchie dans le frigo du minibar. Elle sera facturée douze dollars, elle est bonne mais ne les mérite pas. La chambre coûte six cents dollars. Le dîner cinquante sans la bouteille de vin, de nouveau cinquante.

Hier j'étais quasiment indigent.

Je savoure.

3

Mon avion se pose à huit heures a.m. sur une piste de l'aéroport John Fitzgerald Kennedy à New York, États-Unis, et nous nous retrouvons tous, simples passagers sans distinction de classes, plus ou moins chiffonnés tout de même, à former une longue file qui serpente entre les barrières jusqu'à la fameuse ligne jaune où nous devons attendre notre tour pour enfin accéder aux guichets des douanes.

Elles sont humiliantes leurs douanes. L'employé me regarde comme si j'étais un assassin en puissance. Il est propre et fier dans son uniforme rutilant, entre le policier et le militaire, ultime rempart de l'Amérique face aux hordes de barbares qui la menacent et il cherche à la détecter en moi la barbarie, il guette le terroriste quand je lui tends mon passeport avec un petit sourire contraint. C'est curieux comme ce pays formé de tous les exclus de la planète se montre si méfiant quand on toque à sa porte. Peut-être que c'est justement pour ça, ils connaissent la misère, ils l'ont fuie d'Europe et d'ailleurs. Maintenant ils le gardent leur gâteau. Pas fous. On ne leur a rien donné à eux, ils ont tout pris de force et ils l'ont construite, leur Amérique.

Les innovations technologiques n'ont rien arrangé, elles ont même aggravé la paranoïa et je me plie aux exigences du siècle : empreintes digitales numérisées, analyse de l'iris, et photo, pour obtenir le coup de tampon délivré par une Chinoise obèse (pourquoi les douaniers américains sont-ils si souvent colorés et obèses ?), m'ouvrant les portes de ce qui reste malgré tout, du moins pour une bonne partie des peuples du monde, une sorte d'Eldorado.

Sans doute en est-ce un, car ils se donnent de la peine pour qu'elle soit présentable, leur ville d'or et de lumières. Pas qu'eux d'ailleurs, toutes les grandes cités occidentales ont suivi le même mouvement ces vingt dernières années. Il faut gagner de l'argent avec ces villes, c'est un produit comme un autre que l'on vend, donc il faut les rendre fréquentables, les nettoyer de l'inutile.

À New York ça s'est passé dans les années quatre-vingt-dix. Ils ont viré les dealers d'Hell's Kitchen, les filles piquouzées et les homos de Central Park, les gauchistes du Village, les fous, les junkies. Le moindre petit délinquant se retrouvait immédiatement au fond d'un trou, et pour longtemps. Tolérance zéro. C'est eux qui ont inventé cette règle. Les *homeless* ont aussi disparu. La méthode fut simple : la loi interdit de dormir dehors, donc un homme qui dort sur un banc public va en prison. Efficace. En trois ans à peine, les mendiants ont quitté les rues et on a pu rhabiller Manhattan. Ils ont ouvert des jolies boutiques où l'on vend des tomates bio et du vin chilien, des restaurants diététiques et des bars à jus de fruits, des magasins luxueux, des hôtels étoilés, des bars faussement vieillis, des *speakeasies* faussement secrets, des night-clubs hors de prix où mixent des DJ de la télévision. Même les salles enfumées de la quarante-deuxième, où l'on écoutait des musiques de camés en sirotant des bières, sont nettoyées, aérées et les familles américaines qui visitent New York en une semaine, peuvent y voir désormais de gentils spectacles musicaux étiquetés Disney, donc conformes aux valeurs du pasteur qu'ils écoutent chaque dimanche là-bas, en Iowa.

Et quand la ville fut bien propre, lustrée, débarrassée de ses parasites, on a porté l'estocade en augmentant démesurément les loyers chassant du même coup les derniers Mohicans.

New York, la cité monde, notre Babel à nous, réunissant tous les peuples mais n'appartenant à personne, est devenue américaine.

Les attentats du 11 septembre n'ont rien arrangé. Au contraire. Ils ont sécurisé un peu plus et intégré définitivement la pomme rebelle au verger bien rangé sous la bannière étoilée.

Les barbus ont fini le travail, la catin est dressée.

Tout le monde est content finalement, parce qu'on gagne plus d'argent et comme on n'est pas là pour autre chose, du taxi sikh au protestant de Wall Street, ils vous racontent tous la même rengaine : c'est plus sûr, on fait plus de business, c'est mieux.

*

Heureusement, le décor est toujours là et je ne boude pas le plaisir de m'y trouver une fois encore. Les fumées sortent des trottoirs, les policiers sont boudinés dans les uniformes bleus, les taxis jaunes et les publicités géantes colorent les rues, les sirènes des ambulances hurlent par intermittence dans de drôles de tonalités, les hot-dogs à un dollar, les oignons grillent au coin de l'avenue et l'odeur, un mélange de désinfectant, de cuisine sucrée, d'épices, parfois la mer qu'on oublie. Pourtant elle est là, derrière les murs formés par toutes ces tours immenses, cachant le ciel et l'océan.

Je marche dans New York. J'entre dans le film, dans les centaines de films vus et revus depuis l'enfance utilisant cette ville comme décor, et quand on y déambule « pour de vrai », elle offre la délicieuse sensation d'être soi-même un héros de cinéma. L'impression d'être sur scène.

Je remonte la cinquième avenue et parviens dans un monde fortuné où les boutiques ressemblent à des halls d'hôtels de luxe. Une débauche de grooms en uniforme, d'hôtesses d'accueil déguisées en call-girls, de marbre blanc et de dorures pour vendre des petites culottes européennes, des macarons parisiens ou des Smartphones.

Et Central Parc surgit comme une forêt improbable mais indispensable à l'identité de Manhattan. Sans cette incongruité verte au milieu du délire urbain, elle ne serait qu'une ville de tours comme les autres. Mais ce grand rectangle d'arbres, de buissons, de rochers, de pelouses, de fontaines et de lacs, ce défi à la pollution et à la logique immobilière, est une fierté des New-Yorkais, leur Parc, le Central, il n'y en a qu'un au monde et c'est ici.

Dans les allées ombragées, les salariés s'installent sur les bancs pour manger les sandwichs bio qu'ils transportent dans des petits sacs en papier brun. Les écureuils les guettent. Des guitaristes s'accordent, des vieux rêvent, des gamines cavalent en riant et je me laisse aller vers le nord avec la nonchalance du touriste.

*

L'Open Life Building se dresse en bordure du Parc. On ne peut pas le rater, il dépasse ceux qui l'entourent d'une bonne dizaine d'étages et c'est le plus récent. Il fait neuf. On le dirait sorti du magasin, étincelant de verre et d'acier, tendu vers l'infini en une érection géante, il est impressionnant mais somme toute assez vulgaire car surmonté d'une sculpture titanesque, un « O » dominateur, le logo d'Open Life qui transforme le colossal bâtiment en une simple publicité.

Je marque le pas quelques secondes au pied des larges escaliers qui mènent à l'entrée du monstre. Terminé le tourisme, me voilà face à l'ennemi prêt à me lancer dans la première étape de la mission : l'infiltration.

En levant les yeux, je réalise l'audace de ma démarche. Le building m'écrase de ses deux cent dix mètres et soixante étages. Je suis pris de vertige, un vague malaise, sans doute la peur en me voyant tel que je suis, une fourmi suicidaire. Je respire un grand coup et me lance.

Les portes coulissantes en verre s'ouvrent devant moi avec un petit soupir. J'arrive dans ce qui ressemble à un hall de gare avec ses comptoirs où sourit le personnel d'accueil, des marchands de journaux, des cafés, une salle de sport, un restaurant diététique, des magasins Open Life où sont vendus les derniers gadgets high-tech inventés par la firme, mais ce que je remarque tout d'abord, ce sont les ascenseurs. Il doit bien y en avoir dix ou quinze qui s'élancent dans des tubes en verre avant de disparaître dans les étages supérieurs. Ils montent et descendent sans interruption, comme des pistons. Des jeunes femmes souriantes, habillées comme des hôtesses de l'air, m'encouragent à prendre place dans la longue file de visiteurs qui piétinent sagement entre les mêmes cordons rouges qu'à la douane, traçant eux aussi un circuit tortueux jusqu'à un guichet. J'y dépose l'obole de vingt dollars en échange de laquelle on me remet un badge provisoire me permettant de devenir l'un des milliers de touristes qui viennent ici chaque jour. Certains sont là parce qu'Open Life fait partie du circuit new-yorkais classique avec la Statue de la Liberté, la gare centrale et le MoMA. D'autres en revanche font le voyage d'une vie. C'est un pèlerinage. Ce ne sont pas de simples utilisateurs ou consommateurs des produits Open Life, du moins c'est ainsi qu'ils le ressentent, mais les membres d'une sorte de club planétaire réunissant des dizaines de millions de membres, des privilégiés qui ont une existence plus intelligente. Tout le marketing de John Wind est basé sur ce sentiment d'appartenance à un groupe guidé par l'idée sous-jacente qu'ensemble, ils fabriquent un monde meilleur dont lui est, modestement, l'instigateur. On n'est pas loin du principe de la secte et de son gourou. Certains clients Open Life sont d'ailleurs complètement imprégnés de ce sentiment et vouent un véritable culte à John Wind. Ils pensent qu'il va améliorer l'organisation de la société mondiale en permettant aux hommes de communiquer, de créer, de partager et d'accéder à tous les savoirs. Pour ceux-là, l'Open Life Building, c'est la Mecque.

Cette foule dans laquelle je me faufile fait bien mon affaire. Entre les familles en goguette, les curieux et les fanatiques les plus assidus, je passe totalement inaperçu, je peux envisager la seconde étape de ma mission, trouver un ordinateur accessible. Ce qui, paradoxalement en ces lieux, ne semble pas aisé. Nous ne sommes évidemment pas libres de nos mouvements. Les touristes sont répartis en petits groupes d'une trentaine de personnes que des hôtesses guident sur un parcours bien défini, s'écartant des espaces où travaillent les deux mille employés du siège. Je ne peux pas me perdre volontairement dans les couloirs, chercher un bureau vide et planter ma clé USB dans le premier ordinateur venu.

Je progresse donc avec les autres. Nous montons d'abord au vingtième étage où se trouve un musée à la gloire du numérique et de son pape incontesté. On me propose de connaître et de comprendre le monde de John Wind grâce à des films en trois dimensions racontant son ascension depuis l'enfance modeste jusqu'à la gloire actuelle. Dans d'autres salles, on me présente des projections holographiques montrant le fonctionnement de ses créations. Je marche dans des galeries où sont exposés des schémas originaux, les esquisses des appareils qui bouleversent nos vies, tracés de sa main ou par ses collaborateurs les plus prestigieux, je reconnais les noms de trois prix Nobel. Elles sont encadrées comme s'il s'agissait de toiles de maîtres et les vieux ordinateurs des débuts sont exposés comme de précieuses reliques dans des bocaux de verre sobrement éclairés.

Quelques étages plus haut, nous visitons des laboratoires reconstitués où des chercheurs de l'entreprise vêtus de blouses blanches, les cheveux protégés par des filets, nous montrent leurs travaux sur des circuits microscopiques, des conducteurs biologiques ou le stockage d'énergies propres. On nous propose aussi d'accéder à des salons où se déroulent des conférences permanentes, discussions enflammées entre les disciples-clients et les prêtres-marchands à propos des inventions à imaginer, des outils à créer, des besoins, des envies… Le monde d'Open Life est une alliance efficace entre le commerce pur, le spirituel de pacotille et la technologie la plus avancée.

Le point fort de la promenade est une grande salle vide et lumineuse située au dernier étage. Elle offre une vue panoramique sur la ville et nous sommes plusieurs dizaines à en faire le tour, un bocal de trois mètres de haut et d'au moins trois cents mètres carrés, posé au-dessus de New York, avec nous dedans. C'est impressionnant. Le sol est couvert d'une sorte de gazon, naturel ou synthétique, je ne saurais dire, sur lequel nous pouvons nous étendre et savourer cette vue incroyable à trois cent soixante degrés. L'ambiance est paisible. Les visiteurs, sans doute impressionnés par l'immensité du lieu, sa solennité, parlent doucement, ne courent pas, ne s'agitent pas et ainsi, ils sont mis en condition pour *la* rencontre avec le maître des lieux. Car toutes les trente minutes, les immenses baies vitrées se couvrent d'un film bleu nuit et se transforment en une quinzaine d'écrans géants. La salle est alors plongée dans une agréable pénombre. Ceux qui étaient debout s'assoient sur le gazon et John Wind apparaît simultanément sur les écrans tout autour de la pièce.

Il est debout, dans une prairie verdoyante avec un beau ciel bleu, au loin se dressent des montagnes, la lumière est douce on respire presque l'air pur qui se dégage de l'image. Curieusement, dans ce décor de nature parfaite, il est vêtu d'un costume noir et d'une chemise blanche. Pas de cravate, mais tout de même la tenue réglementaire des dirigeants du monde. Le message est évident, je suis important, j'évolue dans les plus hautes sphères mais je n'ai rien oublié, je connais les valeurs essentielles, j'aime notre planète. Pour que ce soit crédible, il faut être à l'aise. Il l'est. Il marche doucement, naturellement, avec souplesse, une main dans la poche, détendu, sans regarder où il met les pieds, sûr de lui, presque dominateur. C'est un homme fin, il n'est pas écrasé par les années, on le sent sportif depuis longtemps. Il a des cheveux clairs, courts et bouclés. Soigneusement rasé, la peau lisse, le visage est naturellement marqué par quelques rides autour des yeux bruns, rieurs, lumineux même.

Et que raconte-t-il ? Un discours mystico-technologique d'une quinzaine de minutes pour nous donner des nouvelles de l'avenir merveilleux que nous fabriquons ensemble, lui et nous. Un monde plus juste, plus accessible, nous réduirons les inégalités sociales, éradiquerons la faim et mettrons fin au réchauffement climatique ! Le monde numérique est un monde égalitaire, solidaire, responsable puisque tous auront accès à tout et seront donc impliqués dans tout : la politique, la science, l'économie, les arts. C'est un monde participatif, une démocratie virtuelle qu'il faut s'approprier. Il parle de transformer notre fonctionnement, de s'inspirer de la hiérarchie horizontale d'Internet où chacun possède des connaissances utiles aux autres, pour la transposer aux sociétés humaines, basées elles sur une structure verticale, où chacun écrase forcément les autres. Ces bouleversements seront bientôt possibles grâce aux nouveaux logiciels sur lesquels il travaille, les logiciels humains. Ils seront comme des consciences positives, copiés directement sur le fonctionnement de l'ordinateur le plus évolué qui soit, l'homme. Et lui, John Wind, va créer des machines qui incarneront le meilleur de l'homme. Mieux que l'homme, car elles seront incapables de faire le mal. Des âmes sans choix, programmées pour être bonnes.

L'assistance écoute attentivement. Je n'en reviens pas que des êtres doués de raison, des adultes équipés de comptes en banque, d'enfants et du droit de vote, gobent aussi facilement de la science-fiction pour bandes dessinées infantiles. Il est pourtant convaincant. Autour de moi, personne n'esquisse le moindre sourire dubitatif. On ne se moque pas, on approuve en opinant de la tête, on commente à voix basse, on est concentré. Moi, je me demande surtout pourquoi un gourou milliardaire, escroc planétaire béni par les puissants, annonçant le plus sérieusement du monde qu'il travaille à la duplication et à l'amélioration de l'âme, se serait intéressé à Émilie. Et pourtant, ils sont bel et bien liés.

John Wind nous lance un dernier sourire, il joint les mains et s'incline légèrement en une sorte de courbette asiatique avant de disparaître des écrans. Les vitres s'éclaircissent, une voix douce nous demande de nous diriger vers les sorties afin de libérer la salle pour les visiteurs suivants.

*

Nous sommes dirigés de nouveau vers les ascenseurs pour descendre au trente-cinquième étage nommé « l'étage des rencontres » et en y parvenant, je sais que je tiens mon occasion, sans doute mon unique chance.

Cet étage est entièrement voué aux tests des appareils Open Life. Les touristes peuvent essayer, « rencontrer », des ordinateurs, des tablettes, des jeux, des téléphones, des écouteurs, des lunettes « IR » pour Increased Reality, la réalité augmentée, toutes les nouveautés du groupe, des prototypes et autres modèles rares. Des dizaines de petits box nous attendent ou chacun peut s'installer pour une durée maximum de dix minutes mais nous pouvons tenter trois expériences.

Je m'installe devant la première machine qui se libère, une planche en acier clair sur laquelle est déployé un écran brillant d'une douce et envoûtante lumière bleutée. Un clavier tactile apparaît doucement à l'approche des mains et il suffit ensuite de se laisser guider pour jouir de ses innombrables possibilités. J'effleure donc le pictogramme qui semble indiquer la présentation de la tablette, je trouve rapidement le chemin vers les ports externes, nouvel effleurement et cinq petites diodes blanches clignotent sur les côtés. Je repère celle qui permet l'introduction de la clé USB.

Je ne peux m'empêcher de jeter un regard circulaire, guettant celui ou celle qui semblerait me regarder avec insistance, un vigile ou une hôtesse qui remarquerait chez moi un comportement anormal. Je sens la sueur s'écouler sur ma nuque, j'ai peur. La trouille pour de bon. Si je poursuis, je commets un acte considéré comme un grave délit aux États-Unis. On ne plaisante pas ici avec les tentatives de piratages des entreprises qui font tourner aussi bien le système. Un hacker qui volerait des projets à John Wind se retrouverait sûrement dans un pénitencier pour quelques décennies. Ça en vaut la peine ? Risquer des années de prison pour les trente mille euros que peuvent me rapporter cette aventure ? Florence de Laferrière pourrait-elle alors me sortir des geôles américaines ? Pas sûr…

Je respire longuement et j'agis sans plus réfléchir. J'évacue mes doutes et mes frayeurs comme je le faisais gamin avant de voler un disque dans un magasin, je traînais de longues minutes dans le rayon, hésitant, tremblant et soudain, comme pris d'une impulsion, je saisissais l'album et le camouflait sous mon blouson. Avec la même fougue, je prends la clé USB dans ma poche, la plante dans le ventre de la machine, compte cinq secondes de coït, comme me l'a dit Phô et la retire. Voilà, c'est fait. Je ne sais pas si quelque chose s'est passé, si le programme de Phô et Mhô est entré dans le réseau interne d'Open Life et je ne tiens pas à rester plus longtemps pour vérifier, tout me pousse à quitter les lieux le plus vite possible. Je me contiens cependant pour ne pas éveiller la curiosité et cède tranquillement ma place.

Je marche vers les ascenseurs, patiente quelques longues et insupportables minutes aux côtés d'une hôtesse avant d'avoir une place pour descendre. J'arrive en bas, dans le hall. Rien ne se passe, pas de sirène hurlante, pas de lumières rouges clignotantes. Le virus a dû se faufiler discrètement, comme prévu.

Ou alors ça n'a pas marché. Je poursuis jusqu'au guichet de sortie, rends le badge que l'on m'avait donné à l'employé qui le glisse dans un lecteur, il jette un coup d'œil aux informations qui s'affichent sur son écran de contrôle, sans doute la date et l'heure de mon entrée, et me fais signe que je peux sortir. Nouveau soupir des portes vitrées quand elles coulissent devant moi, je sors.

Une fois dehors, je descends les marches, me dirige vers Central Parc et avant d'y pénétrer, je jette la clé USB dans une poubelle avec le soulagement de l'assassin qui se débarrasse de l'arme du crime.

*

Et maintenant ?

Il faut que j'attende. Jean-Phi est chez Phô et Mhô, là-bas à Bangkok. Il doit m'appeler dès que le monstre aura réussi à entrer dans le système d'Open Life. J'avance dans les allées ombragées du parc et m'installe sur un banc. Je ne patiente pas longtemps, quelques minutes seulement avant que mon téléphone sonne. Le nom du Belge s'affiche. Je demande sans même le saluer :

« Alors… ça a marché ?

– Oui… c'est en train… le virus a ouvert une porte, Phô et Mhô entrent dans le système… »

J'entends des exclamations en thaïlandais. Jean-Phi semble poser des questions. Du moins c'est ce que j'imagine, une conversation, toujours en thaï, et il revient.

« Bon, ils ont déjà quelque chose. Émilie n'est pas la seule. Deux autres dossiers ont été effacés des archives de la police thaïlandaise par un virus lancé de l'Open Life Building. Nous avons un Allemand de vingt ans et un retraité américain. L'Allemand, est un routard de base, fauché, étudiant, blogueur. L'Américain est un universitaire du Texas, marié, retraité.

– Ils ont trouvé un dossier sur Émilie ?

– Non. Ils cherchent.

– Et le poste d'où a été lancé le piratage, ils peuvent l'identifier ?

– Toujours pas… attends… ils sont sur une piste… ne quitte pas. »

J'allume une cigarette et supporte le regard réprobateur d'une jeune femme obèse qui suçote un Coca-Cola à la paille dans un gobelet d'un litre. Elle est énorme, éléphantesque, habillée d'un jogging, sans doute le seul vêtement assez souple pour couvrir son corps monstrueux. Elle se dirige vers moi, le regard mauvais et me lance :

« Il est interdit de fumer ici !

– Mais… je… nous sommes à l'extérieur !

– Il est interdit de fumer dans le Parc et les rues de Manhattan depuis un an maintenant. Écrasez votre cigarette et mettez le mégot dans votre poche ou j'appelle un agent ! Vous mettez la santé des autres en danger quand vous fumez votre saloperie ici ! Et vous donnez le mauvais exemple ! »

Elle ponctue sa menace d'une longue aspiration de coca et je me retiens de lui répondre que le sucre qu'elle vient d'absorber en une seconde lui ôte sûrement bien plus de temps de vie que l'inhalation éventuelle de ma fumée. La voix de Jean-Phi m'interpelle dans l'écouteur. J'écrase ma cigarette pour éloigner la moraliste difforme qui surveille cependant que je ne jette pas le mégot n'importe où, avant de poursuivre son chemin en ingurgitant bruyamment son breuvage.

« Ils sont tous passés par Goa, me dit le Belge. De Bangkok, l'Allemand, l'Américain et Émilie ont pris des vols pour Goa, en Inde.

– Tu veux dire… ensemble ? Ils se connaissaient ?

– Non, ils ont voyagé à des dates différentes. L'Américain il y a presque un an, l'Allemand six mois et Émilie un peu plus de deux mois, on a effacé leur passage, mais Phô et Mhô ont retrouvé les réservations et les enregistrements sur les vols. Ils ont bien quitté la Thaïlande pour l'Inde… et… oh merde !

– Qu'est-ce qu'il se passe ? Allô ? »

Dans l'écouteur j'entends une conversation animée en thaï, un grand silence, de nouveau quelques mots. J'insiste :

« Allô ? Jean-Phi ? Allô ? »

Il revient enfin.

« C'est fini, Phô et Mhô ont été repérés, ils ont dû quitter le réseau pour qu'on ne remonte pas jusqu'à eux, mais juste avant ils sont tombés sur une photo, sans doute de toi, prise quand tu installais la clé USB dans la tablette.

– Quoi ?

– Les ingénieurs d'Open Life sont forts. Ils ont remarqué le virus de Phô et Mhô et donc d'où il venait, comment il est entré par la tablette que tu as utilisée et à quelle heure précisément… ils t'ont retrouvé sur les enregistrements des caméras de surveillance.

– On me reconnaît ?

– Non… c'est difficile… Tu te lèves pour quitter le box et la prise de vue est lointaine… ce sont des caméras de plafond, elles tournent et n'enregistrent pas les scènes en continu. Ça te sauve. Mais on ne sait jamais…

– Demande à Phô et Mhô une analyse de l'image. Qu'ils fassent comme s'ils étaient des policiers, qu'ils créent le meilleur portrait-robot possible et qu'ils le testent, on verra si je suis identifiable. Vois s'ils peuvent faire ça.

– D'accord ! Attends un instant. »

Encore des échanges en thaï dans l'écouteur et rapidement la voix de Jean-Phi :

« Ils peuvent, mais ça prendra trois ou quatre heures. Le service est compris, ils sont désolés d'avoir été repérés et t'offrent la prestation en compensation. D'ici là, tu ferais mieux de filer. »

Il a raison. Si les informaticiens d'Open Life parviennent à réaliser un portrait-robot correct à partir de la photo, ils découvriront rapidement mon identité. Je serai pourchassé par un maître du monde ! Toute la réalité de la situation me tombe dessus d'un coup. Cet homme a des relations dans les strates les plus élevées de l'Administration américaine, et s'il pouvait bloquer ma sortie du territoire ? J'en oublie la législation anti-fumeurs et allume fébrilement une cigarette. Je tremble. Je regarde au loin la tour Open Life qui dépasse, menaçante. Par réflexe, je me lève pour m'éloigner, comme si ça servait à quelque chose de mettre de la distance entre elle et moi. Jean-Phi insiste :

« Prends-les de vitesse, monte dans un avion pour n'importe où en dehors des États-Unis. Si Phô et Mhô ont besoin de trois heures pour t'identifier, les hommes de Wind ne feront pas mieux. Fonce et… appelle ton avocat ! »

*

Dans le taxi, je fais un décompte du temps qu'il me reste. Une heure pour arriver à JFK, quinze minutes pour trouver un vol grâce aux *Last Time Ticket,* les comptoirs qui vendent à prix d'or les dernières places restantes, jusqu'à une heure avant le décollage de l'appareil. Je vise un avion pour Montréal. Je n'ai pas besoin de visa pour entrer comme touriste au Canada et une vingtaine de vols quotidiens relient les deux villes. J'ai donc de bonnes chances d'en avoir un immédiatement.

J'appelle Florence de Laferrière. Une fois que je lui ai résumé la situation, elle se fait rassurante :

« Vous n'iriez pas en prison. Même si John Wind parvenait à vous identifier, il ne porterait pas plainte car une procédure officielle rendrait public le piratage opéré par ses services contre l'Administration thaïlandaise. »

Et pragmatique :

« En revanche, vous seriez obligé d'interrompre votre enquête. Pour votre sécurité, bien sûr, mais aussi tout simplement parce que vous seriez surveillé, bloqué, vous ne pourriez plus travailler.

– Donc, on attend de savoir si je suis identifiable ?

– Vous me dites qu'il faut deux ou trois heures avant de le savoir ?

– C'est cela. Des personnes très compétentes testent en ce moment même l'image que possède Open Life.

– Très bien. Attendons. De toutes les façons, quittez les États-Unis. Wind travaille sûrement avec des sociétés de protection privées. Même s'ils n'ont qu'un vague portrait-robot à se mettre sous la dent, ils surveilleront les gares et les aéroports. Ils ont des moyens, donc du personnel. Partez avant qu'ils ne mettent en place un dispositif. »

Elle marque une pause. Je ne dis rien non plus, regarde défiler les banlieues de New York. C'est moche, des maisons qui ont l'air brinquebalantes en bord de route, des fast-foods, des stations-services, des immeubles mal entretenus, blocs de béton avec ses cages à pauvres, les mêmes que chez nous. Elle reprend :

« Vous voulez arrêter ? Je le comprendrais. »

Étonnant comme je n'hésite pas. Toutes ces années à faire le journaliste doivent me pousser en avant sans même que j'y réfléchisse vraiment. Cette histoire est démesurée. John Wind pirate les fichiers des douanes d'un État souverain ! Et pour effacer les traces de trois personnes ! On ne lâche pas une information pareille, on enquête.

« Je continue. »

De Laferrière doit lire dans mes pensées.

« Je vous rappelle que tout ce que vous découvrirez doit rester confidentiel. »

Je me ressaisis :

« Bien sûr. Ne vous inquiétez pas. »

Je le sais bien, je ne suis plus journaliste. Mes recherches serviront des intérêts privés, pas question de les publier. Ça n'enlève pas l'excitation, la petite musique revient, on danse dessus et puis c'est tout.

« Vous savez où vous allez ?

– Au Québec. Les vols pour Montréal sont nombreux, je devrais en trouver un vite.

– Une fois là-bas prévenez-moi. Nous attendrons les résultats des tests que font vos amis sur votre possible identification et nous verrons ensuite.

– C'est tout vu. Si vous désirez poursuivre l'enquête, avec ou sans moi, il faut aller à Goa. C'est la seule piste à ce jour. »

Elle ne répond pas immédiatement. Les panneaux routiers indiquent les sorties pour l'aéroport.

« C'est… c'est quand même rocambolesque toute cette histoire, dit-elle. John Wind… C'est comme si vous me disiez qu'Émilie a un problème à régler avec le président des États-Unis…

– C'est pire. Dans trois ans le président des États-Unis changera. Wind lui, sera toujours là.

– Il doit bien y avoir une explication logique.

– Sûrement. Il y en a toujours une.

– Peut-être qu'il n'a rien à voir avec tout ça. Nous ne pouvons toujours pas savoir si John Wind lui-même est à l'origine de la disparition des fichiers. Vous n'avez pas identifié le poste utilisé.

– Effectivement. Mais que trois piratages de cette envergure soient lancés depuis le cœur de son empire sans qu'il soit au courant me semble improbable. »

Je sens qu'elle hésite. Je rajoute :

« Et de toutes les façons la piste nous mène à Goa. Avec ou sans Wind.

– Allez à Montréal. Stéphanie va vous préparer un vol pour rejoindre l'Inde au plus vite. Si vous pouvez poursuivre, vous ne perdrez pas de temps, les formalités seront réglées. Je lui dis de vous prendre des places en première. Vous devez vous reposer. J'attends de vos nouvelles. »

Autoritaire comme il se doit, mais je note l'attention particulière. Elle coupe la communication, juste quand le taxi s'arrête devant le hall d'embarquement.

*

Deux heures plus tard, je sors de l'avion à l'aéroport Pierre-Elliott-Trudeau de Montréal mais, au lieu de suivre mes compagnons de voyage vers les douanes et la sortie, je reste en transit. Je m'installe dans un de ces salons réservés aux voyageurs de luxe, les VIP Room, où patiente entre deux avions la caste supérieure des marchands. Ces lieux hors du temps sont équipés de canapés en cuir, d'écrans de télévision qui débitent les informations boursières et sportives, d'alcools et d'hôtesses tout en seins, en jambes et en sourires au service des nouveaux aristocrates de la mondialisation. L'élite est formée d'un mélange ethnique, mais uniformisé par les apparences vestimentaires, car les élus mâles et femelles venus du monde entier et de toutes les teintes possibles, gomment leurs différences derrière des costumes Armani et des ensembles Prada. Ils communiquent peu, absorbés par les écrans de leurs portables, pour la plupart siglés Open Life, dont la taille est inversement proportionnelle au salaire. Plus c'est petit, plus c'est plat, plus c'est cher. Ils travaillent sans arrêt. Finalement, l'humanité se supporte quand on l'occupe et quand on la paye.

Je devrais me sentir en sécurité dans cette bulle dorée, nul ne fait attention aux autres, on est tous les mêmes et c'est pour cette raison que je m'y suis réfugié en attendant d'avoir des nouvelles de Bangkok. Mais je ne peux m'empêcher de chercher dans l'assemblée celui ou celle qui me regarderait avec insistance, un employé de Wind qui me chercherait. Il y en a peut-être partout ! Dans tous les grands aéroports du monde ! Tous ces « O » sur les ordinateurs, les téléphones, les écrans de télévision, ils m'encerclent, me regardent, ce sont des yeux ou des objectifs de caméras qui me surveillent ! Comment vais-je échapper à un homme qui est partout, tout le temps ?

Je me pose sur un canapé, commande une double vodka, traitement de choc pour stopper net une dangereuse montée de sentiments paranoïaques. Le téléphone vibre dans ma poche. Jean-Phi.

« C'est bon, me dit le Belge. Tu n'es pas identifiable.

– Comment ont fait Phô et Mhô ?

– À partir de la capture du film d'Open Life, ils ont réalisé un portrait-robot avec le logiciel de la police fédérale américaine. Ce qui se fait de mieux. Ensuite, ils ont utilisé un programme de reconnaissance faciale et t'ont comparé avec les banques d'images de plusieurs réseaux et les fichiers de différentes polices, dont Interpol. Rien. Tu n'es pas identifiable, tu ne "match" pas, comme on dit. »

Je soupire, bois une gorgée. Jean-Phi doit sentir mon soulagement. Il ajoute :

« Tu devrais continuer à faire attention. N'oublie pas qu'ils ont quand même un portrait-robot de toi. Pas très fameux semble-t-il mais en Inde un grand blanc aux cheveux clairs, ça se repère facilement. Ils peuvent envoyer des enquêteurs n'importe où.

– Merci. Je sais. Je viens de me faire une bonne crise de parano en regardant les gens autour de moi.

– Très bien. Dans ton cas, la paranoïa est un atout. »

Je finis mon verre.

« Je ferai attention, promis.
– Tu as un contact à Goa ?
– Oui… tu te souviens de Rajiv ?
– Rajiv… le saint ?
– C'est ça, le saint. Il est toujours là-bas. Et il est toujours saint.
– Tu le salueras pour moi. »

Je coupe la communication, réfléchis aux avertissements de Jean-Phi et à la crise de panique que j'ai dû noyer. Je n'ai jamais réellement pris en compte les risques physiques, pourtant bien réels, en pratiquant mon métier de journaliste. Je me sentais protégé par mon statut. Ici, je suis seul. Je ne suis pas journaliste, encore moins policier, je n'ai pas de soutien, pas de corporation derrière moi pour prendre ma défense, pas d'existence officielle, je travaille sans filet, *no backup*. À part mon employeur.

Je rappelle Florence de Laferrière pour lui annoncer la nouvelle.

« Les tests n'ont pas abouti, la photo n'est pas d'assez bonne qualité pour que je sois identifié. Ils ont bien un portrait-robot mais pas assez fiable pour me faire repérer par les programmes de reconnaissance faciale.
– Donc, vous poursuivez, me dit-elle. Enfin, si vous êtes toujours d'accord.
– Toujours d'accord.
– Stéphanie a organisé votre voyage pour Delhi et une correspondance le lendemain pour Goa. Vous y serez dans quarante-huit heures. Le mail arrive avec les coordonnées du vol.
– Merci.

– Retrouvez-la. Il ne reste que deux semaines avant la réunion du conseil.

– Le monde n'est pas si grand, Maître. Nous avons de bonnes chances. »

La réplique est facile, je l'accorde, mais elle remplit son office, je perçois un sourire dans la voix de Florence de Laferrière.

« C'est bien ainsi que je vois les choses, me dit-elle. Je préviens quelques personnes de confiance que je connais en Inde au cas où vous auriez besoin d'aide. »

Un bip m'avertit de l'arrivée d'un message : « Cathay Pacific - Vol : 25DL56. Time : 21 h 30 (local time) ». Il est sept heures. Je me lève pour chercher le comptoir de Cathay Pacific.

*

Je joue avec les commandes du siège de la cabine de première, sorte de cocon futuriste qui se déplie comme un véritable lit. J'enlève mes chaussures, étends mes jambes avec satisfaction, je me repose… quelle heure est-il pour moi ? Je relance une tentative de compte et décompte des décalages horaires puisque je ne fais que des allers-retours entre l'Est et l'Ouest depuis le début de cette histoire… suis-je dans un temps de sommeil, ou…

Une hôtesse me réveille à l'escale de Londres, huit heures plus tard. Nous devons patienter trois heures, le temps de débarquer certains passagers et d'en embarquer de nouveaux.

Je descends et profite des installations réservées aux passagers en transit. Je prends une douche, achète des journaux français, flâne dans les rayons des *duty free*, puis remonte dans l'avion où je savoure l'ambiance hors du temps dans laquelle on baigne au cours de ces longs voyages. L'heure, le jour, rien n'a d'importance. De toutes les façons, on ne peut pas agir, il faut arriver quelque part pour être de nouveau dans le rythme du monde. Alors on mange, on boit, on regarde des films. Je tente de me rendormir. Une voix douce me réveille :

« We are landing in twenty minutes sir. Welcome in India ! »

Retour au monde.

4

Goa fut le paradis, paraît-il. Je n'ai pas connu, je suis arrivé trop tard, on pouvait facilement imaginer mais c'était déjà fini.

On m'a raconté d'immenses plages de sable fin bordées d'arbres verdoyants et de fleurs. Des rivières d'eau douce s'écoulaient dans la mer d'Oman où frappaient les vagues dans une lancinante musique de bout du monde. Des rizières tranquilles d'où s'élevaient de lourdes brumes tôt le matin. Des églises blanches, laissées là par les Portugais, étaient perdues sur les petits chemins de terre rouge qui serpentaient entre les villages tranquilles. Les célébrations y étaient pleines de couleurs, de musiques et de rires. Une exception dans ce pays, un lieu plein de douceur et de calme, presque une parenthèse dans la machinerie indienne. On pouvait vivre ici entre pêche, fruits, riz, eau pure et bains de mer.

Un jour, le hippie est arrivé. Avec son pantalon coloré, ses cheveux sur les épaules nues, décharné, barbu, les yeux pleins de dopes et de rêves, il avait quitté l'Europe pour ailleurs. C'était la fin des années soixante, une drôle de révolte, pas une révolution plutôt un abandon. Comme des nomades en quête de nouveaux pâturages, les hippies délaissaient la civilisation blanche, à leurs yeux sclérosée, créée par leurs géniteurs, pour se lancer fièrement sur la route de la liberté où ils comptaient bien vivre sans entraves matérielles, sans carcan bourgeois et surtout sans morale chrétienne. Et ils étaient nombreux, avec des filles et des enfants aussi

La première étape de leur grand voyage fut le Maroc où ils ont découvert l'exotisme, la seconde fut le Liban, mais ils ne s'y sont pas attardés. Trop cher. Ils sont remontés vers la troisième, la Turquie et ont fait d'Istanbul un lieu de rendez-vous, carrefour évident où se croisaient ceux qui venaient d'Orient et ceux qui s'y rendaient. Ils ont poursuivi leur route à travers l'Iran et l'Afghanistan, mais l'Islam ne pouvait cohabiter avec l'utopie hippie libertaire, égalitaire, pacifiste, hallucinée, immature et sexuelle. Alors ils ont continué et sont parvenus au Népal où ils ont trouvé dans le bouddhisme et l'hindouisme le fond spirituel nécessaire à l'accomplissement de leurs rêves. Et Katmandou est devenue leur refuge.

Mais quelques-uns ont poursuivi, ils sont descendus de l'Himalaya jusqu'en Inde où ils se sont perdus. Ils ont traversé cet univers bizarre fait de multiples Dieux, de vaches sacrées, de bûchers funéraires où se jetaient encore les veuves, de temples millénaires, de palais décrépis, de sâdhus peinturlurés… une sorte de livre d'aventures, un Moyen Âge avec des voitures et des trains. Ils ont adoré et, fascinés par cette étrange planète indienne où les repères de l'Occident n'apparaissaient nulle part, ils ont sillonné le pays pour arriver à Goa.

La révélation ! C'était là ! C'était le but du grand voyage ! Dans ce décor idyllique on allait vivre comme des *sisters* et des *brothers*, main dans la main, les yeux dans les étoiles, les pieds dans l'eau et plein d'amour partout !

Au début, ils n'étaient que quelques centaines. Ils dansaient sur les plages autour des feux, ils jouaient de la musique, fumaient du haschich, mangeaient pour quelques roupies par jour et dormaient là, sous les étoiles. La population locale les observait avec curiosité, bienveillance aussi, ils étaient beaux et touchants ces jeunes blancs, nus avec leurs cheveux dorés.

Et puis, l'information a circulé : on a trouvé le paradis ! Elle est remontée au Népal, d'où elle partit pour Londres, Paris, Amsterdam, Berlin, Los Angeles, New York. Et ils sont venus. Bien sûr. Tous les routards du monde ont visé Goa. Des milliers, des dizaines de milliers ont colonisé l'éden.

Trop de monde. Trop de drogues. Car les nouveaux arrivants ont apporté l'héroïne, l'opium, les acides et elle est vite devenue une partouze junkie leur société idéale.

Détruits par la came qu'ils fumaient et s'injectaient librement, les hippies fleuris des premiers jours se sont transformés en squelettes malades et pauvres. Et même les Indiens, qui en connaissent un rayon sur la misère, en ont rapidement eu assez de ces clochards de moins en moins célestes venus crever sur leurs belles plages.

Alors, ils ont fait le ménage. La police a ratissé les lieux et envoyé les loques en cure de désintoxication dans les geôles du coin qui n'ont certes pas le confort d'une clinique de chez nous, mais quelques nuits dans ces trous humides sont d'une efficacité redoutable pour dégoûter le camé. Il sautait dans le premier avion dès qu'on lui ouvrait la porte de la cellule. Et Goa s'est vidée de ses hippies en une dizaine d'années.

Il en reste quelques-uns, gardés là pour l'authenticité, comme une preuve de ce qui est arrivé. On les autorise à vivoter dans un village au bord d'une plage vers le nord, où ils subsistent en vendant des breloques aux touristes venus les visiter. Une sorte de réserve. Une attraction annoncée dans les guides de voyages qui recommandent de ne pas rater leur *flea market* les lundis, mercredis et dimanches.

Aujourd'hui, Goa est une station balnéaire où la vie tourne autour de la danse, la musique, la défonce et la nostalgie des années d'or. On y joue à faire et refaire quotidiennement le mythe : des *Full Moon Party* sur les plages tous les soirs où la techno remplace les Doors, des drogues dont le trafic est soigneusement dosé par les autorités locales, des hôtels avec des looks ethniques, des restaurants en bambous sur les plages, des bars les pieds dans le sable, une ambiance *flower power*, on vend des jupes colorées, des pantalons évasés et des chemises fleuries.

C'est une excellente affaire. Deux millions de touristes viennent chaque année d'Europe, des États-Unis, de Russie, d'Israël et désormais majoritairement d'Inde.

« Et sur ces deux millions, nous en égarons environ cent cinquante », me dit Rajiv, le seul policier incorruptible du commissariat du secteur nord de l'État de Goa.

*

L'inspecteur Rajiv est l'exception nécessaire dans l'univers de la fonction publique indienne où les salaires versés aux petits fonctionnaires sont si bas, qu'ils prélèvent un « complément » directement sur le citoyen. Il est rare en Europe ou aux États-Unis d'avoir à glisser un billet sous l'hygiaphone pour obtenir un banal formulaire administratif. En Inde c'est une pratique courante, le quotidien de millions de citoyens qui s'en accommodent en prévoyant cette « taxe » officieuse dans leurs démarches.

Mais, la sagesse indienne enseignant qu'en toutes choses il faut un équilibre, il a fallu créer des hommes sans prix, désintéressés des biens matériels, et dont la seule présence permet à l'ensemble de ne pas basculer du côté obscur…

Rajiv est un équilibre cosmique, le saint de son district. D'ailleurs, il ressemble à Gandhi. Est-ce un mimétisme involontaire pour le héros indien ou une réelle ressemblance, je ne sais mais elle est frappante. Maigre, la quarantaine, habillé simplement d'un pantalon de toile et d'une chemisette en tergal. Ses petits yeux rieurs brillent derrière des petites lunettes de fer. Il utilise les transports publics bondés, loge dans une cellule monastique où il dort sur un mince matelas à même le sol. Il ne possède que quelques livres et le minimum d'accessoires pour la toilette. Il est pauvre et propre, se nourrit de l'essentiel pour entretenir dans son corps une énergie positive et consacre son existence à protéger les faibles contre les écrasants pouvoirs des forts.

J'ai rencontré Rajiv il y a huit ans. Il m'avait alors offert un scoop, l'interview exclusive du « Snake », un tueur de touristes qui avait reconnu avoir « éliminé », selon ses termes, cinquante-deux voyageurs venus des États-Unis, d'Europe et d'Australie. Des hommes, des femmes, sans distinction, mais tous des touristes blancs. L'homme était pharmacien et créait des drogues hallucinogènes piégées. Elles procuraient un plaisir intense et au bout d'une heure, transformaient les rêves en cauchemars si épouvantables que l'utilisateur se suicidait. Le Snake revendiquait ses crimes en envoyant une lettre à la police, chaque fois qu'il donnait sa poudre à un touriste en mal d'expériences, ce qui ne manque pas à Goa. Rajiv l'avait confondu en remontant la piste des chimistes, Russes à l'époque, pouvant lui procurer les ingrédients nécessaires à la fabrication de son poison. J'avais suivi l'affaire de Paris et envoyé un e-mail pour obtenir l'autorisation de rencontrer le meurtrier et enregistrer un entretien. J'étais alors pigiste et ne me faisais pas beaucoup d'illusions, persuadé que les grandes chaînes allaient me doubler. Surprise, la réponse, positive, était arrivée le lendemain précisant que j'aurais l'exclusivité.

« J'ai beaucoup de demandes, m'avait dit Rajiv. Je vous ai choisi car vous êtes le seul à ne pas m'avoir proposé d'argent pour obtenir l'interview. »

Un coup de chance, c'est mon ignorance qui m'a sauvé. Je ne connaissais pas encore l'Inde suffisamment pour connaître ses rouages et je pense que si j'avais été informé des usages pratiqués dans l'Administration indienne, j'aurais sûrement commis la même erreur que les autres.

J'avais donc interrogé le Snake pendant une heure. Un travail facile. Il était heureux de pouvoir utiliser la télévision pour diffuser le message du cobra. Il agissait en effet sur ordre d'un cobra albinos qui lui apparaissait le soir, dans son laboratoire, et lui demandait de purifier *Mother India* en chassant les touristes blancs, des parasites venus du bout du monde la violer.

« Ne venez pas en Inde où nous vous tuerons ! » avait lancé le tueur, face caméra, les yeux bien fixés au centre de l'image.

C'est le seul reportage de ma carrière d'indépendant qui m'ait réellement rapporté de l'argent. Je l'ai vendu à cinq chaînes de télévision et vécu six mois grâce à lui.

*

Le bureau de l'inspecteur Rajiv est une pièce minuscule où un ventilateur fatigué brasse mollement et bruyamment un air étouffant, moite. L'appareil d'un noir brillant avec des pales chromées, comme on en voit un peu partout en Inde, est posé sur une table couverte de dossiers laissant tout juste la place à un clavier d'ordinateur et à son écran d'une marque indienne. Et nous nous tenons, chacun d'un côté de cette table, sur des fauteuils usés. Je sue à grosses gouttes contrairement au saint qui semble tout maîtriser au point de contrôler la sudation de ses chairs. Je lui demande :

« Vous dites que vous perdez cent cinquante touristes chaque année… perdre… Voulez-vous dire qu'ils meurent ?

– Je ne sais pas s'ils sont morts ou vivants. Nous perdons leurs traces. Nous savons que ces personnes ont foulé notre sol, elles sont inscrites sur des registres d'hôtels, mais sans explication, elles se volatilisent. Nous n'avons tout simplement aucune piste, nous ne retrouvons pas de corps, personne sur les listes des passagers des trains ou des avions, la note d'hôtel n'est pas réglée. C'est d'ailleurs les hôteliers qui sont souvent les premiers à nous avertir, car ils s'inquiètent pour le manque à gagner qu'entraîne l'évaporation de la clientèle. »

Rajiv vient de Pondichéry et parle un français parfait, mais utilise un ton légèrement théâtral, j'ai toujours pensé que son professeur devait être un comédien. Il semble lire un texte, comme s'il pensait soigneusement à la construction de ses phrases avant de les prononcer.

Il marque une pause, capte mon attention et poursuit :

« Certains se font occire les soirs de beuveries et leurs corps sont enfouis dans la forêt, d'autres abusent de stupéfiants et trépassent dans un recoin ou font commerce de leur corps afin de s'approvisionner en héroïne et finissent par disparaître dans l'inextricable marché de la chair, des Israéliens espèrent échapper ici au service militaire en changeant d'identité et nous avons aussi des fous qui décident de rentrer chez eux à la nage un soir de pleine lune, ils plongent dans la mer et nous ne les revoyons plus. »

Il s'arrête de nouveau, lève la main pour me faire signe de ne pas interrompre ses pensées et ajoute :

« Pour être correct, je dirais que nous ne les perdons pas mais qu'ils viennent ici se perdre. Goa est une légende, une terre pour les Dieux que les hommes ont volée. Mon rôle est de sauver les égarés du paradis. »

Il me sourit.

« Et il semble que ce soit devenu aussi le vôtre, Tom. Vous m'avez raconté que vous avez changé de métier, vous n'êtes plus journaliste mais enquêteur privé. Vous devez agir désormais, intervenir dans le cycle de cette jeune femme que vous recherchez. Comment s'appelle-t-elle ?

– Émilie de Laferrière.

– Vous auriez une photo ? »

Je lui montre les photos piratées par Phô et Mhô. Les noms sont inscrits sous les portraits, Émilie, le routard allemand et le retraité américain. Je précise :

« On sait qu'ils sont tous les trois passés par Goa cette année. Leurs dossiers ont pourtant disparu du fichier central de la police thaïlandaise mais j'ai la confirmation qu'ils ont atterri à Bangkok avant d'arriver ici, à Goa. »

Rajiv regarde attentivement les photos.

« Je n'en reconnais aucun, mais je ne peux me souvenir de tous les visages des personnes dont je vois passer les avis de recherche. Nous allons vérifier. »

Il se tourne vers son ordinateur, entre une série de codes et les noms des disparus. Quelques secondes plus tard il obtient une réponse.

« Ils n'apparaissent pas dans le fichier des personnes disparues. »

Il entre une nouvelle série de codes. Attend quelques instants.

« Apparemment, ces trois personnes ne sont pas venues en Inde. Elles ne sont pas non plus enregistrées au service des douanes. Rien dans les entrées sur le territoire… rien dans les sorties. »

Il se tourne vers moi :

« Que s'est-il passé à Bangkok ? Vous me disiez que leurs fichiers ont disparu ? Comment le savez-vous ?

– Oui. J'ai la preuve qu'Émilie de Laferrière est allée en Thaïlande et que l'on a effacé son passage.

Des hackers sont entrés dans le système. Je ne peux pas vous en dire plus. Secret professionnel, mais les informations sont fiables. »

Nouveau sourire, indulgent cette fois, ma petite posture de semi-flic aguerri ne l'a pas beaucoup impressionné.

« Nous avons des archives qu'aucun hacker au monde ne peut pirater », me dit-il.

*

C'est l'Inde qui me sauve. Elle est faite comme un mille-feuille. Chaque époque se posant sur la précédente sans l'effacer complètement. Vivre dans ce pays, c'est côtoyer tous ces mondes qui cohabitent bizarrement. Un sâdhu est là, à prier sur son rocher depuis quatre mille ans, aux trois quarts nu, le crâne couvert de cendres et le front barré de larges traits rouges. Mais aujourd'hui il a un téléphone. On peut lui demander son « 06 », au sâdhu.

Cette façon d'évoluer sans détruire le passé explique qu'au vingt et unième siècle, quelque part dans un immeuble administratif, des hommes notent consciencieusement chaque jour toutes les entrées et toutes les sorties de l'État de Goa sur de grands cahiers à carreaux, protégés par de lourdes couvertures en carton vert. Les archives manuelles.

*

Dans le monde de l'Administration indienne, on vit dans des pièces immenses, tout en longueur, où des dizaines d'employés sont alignés en batterie derrière leurs bureaux, la nuque offerte au souffle timide des ventilateurs suspendus aux plafonds. Entre les bureaux, courant silencieusement dans les allées, passent les bonshommes à tout faire. Ils ont la tête coiffée d'un turban, une chemise hors d'âge, un tissu grisâtre autour de la taille et des tongs usées. Selon la hiérarchie sociale indienne, ils sont tout en bas, dans la boue, et donc cantonnés aux travaux domestiques les plus simples. Ils passent de rangée de tables en rangée de tables pour rendre de menus services en échange de quelques pièces, portant ici et là des papiers, des classeurs, des dossiers. Ils sont l'intranet vivant, en mieux puisqu'on peut aussi leur demander du thé.

L'un d'entre eux arrive dans le bureau de Rajiv, porteur des cahiers correspondant aux dates que j'ai fournies. Nous trouvons rapidement les noms de mes trois disparus. Ils sont bien arrivés à Goa et comme en Thaïlande, une main étrangère les a effacés des fichiers informatiques. Mais dans la version « papier » des archives, ils sont bien là.

Rajiv se tourne vers moi, me regarde attentivement. Ce genre d'homme ne s'emporte pas. Il n'a pas l'air furieux, mais déterminé. C'est pire. La détermination, on ne peut pas attendre qu'elle passe, il faut s'y soumettre ou lâcher prise.

« Je suis désolé pour votre secret professionnel, mais il faut m'en dire plus sur cette étrange situation, me dit-il. Vos trois disparus sont effectivement entrés dans l'État de Goa, c'est officiel et absolument certain s'ils sont archivés ici. En revanche, ils ne sont plus dans nos fichiers informatiques, quelqu'un les a donc effacés. Si vous connaissez le coupable, votre devoir est de m'informer. »

Le ton est ferme, assuré. J'hésite, mais réflexion faite, je ne risque rien à lui parler, il est même possible qu'il puisse m'aider. Je m'efforce de paraître aussi sûr de moi et lui précise la situation :

« Mon enquête m'a mené à des conclusions que je ne peux prouver techniquement mais dont je suis certain. Il est impossible d'ouvrir un dossier officiel en se basant sur les éléments dont je dispose. Ce que je pourrais vous dire est confidentiel. De toutes les façons, je nierais vous avoir donné des informations si cette conversation sortait de ce bureau. »

Rajiv reste silencieux. Je poursuis :

« Le piratage contre l'Administration thaïlandaise est venu du siège social d'Open Life à New York, la société de John Wind. Il est fort probable que celui qui a permis d'effacer les noms des fichiers indiens ait la même origine. »

Cette fois Rajiv sourit franchement.

« Je comprends vos précautions ! Surtout ici.

– Que voulez-vous dire ?

– John Wind a monté une fondation à Goa. »

Je n'en reviens pas ! Enfin une connexion entre Émilie, Goa et Open Life !

« Comment ça… une fondation…

– C'est un centre de recherche, installé à quelques kilomètres d'ici. Ils travaillent sur la convergence des intelligences humaines et artificielles.

– C'est sérieux ?

Wind n'est pas le genre d'homme à investir à perte. Il finance des travaux, des expériences et attire la meilleure matière grise de la planète mais les recherches et l'ambiance sont, disons… légèrement mystiques.

– John Wind financerait… une secte ?

– Non, bien sûr, ce n'est pas une secte. Plutôt une université privée, très riche, où l'on explorerait librement de nouveaux horizons que je ne saurais définir. Allez voir par vous-même ! Ce n'est pas compliqué, tout le monde peut passer quelques jours là-bas, il suffit de retenir une chambre ou d'acheter une entrée pour la journée. De mon côté, je dois ouvrir officiellement une enquête pour comprendre le piratage, ou du moins l'incohérence entre nos archives manuelles et numériques concernant l'entrée de ces trois personnes sur notre territoire. »

Je panique.

« Non… attendez… je… je ne peux pas apparaître !

– Je le sais bien. Ni vous ni vos révélations sur l'origine des piratages ne seront inscrits dans le dossier. Nous aurons affaire à un problème purement technique. Suite à un contrôle de routine nous aurons décelé cette erreur et nos techniciens en chercheront la cause. Comme nous avons d'excellents informaticiens, ils sont susceptibles, eux aussi, de remonter jusqu'à Open Life…

– Que se passerait-il ?

– Étant donné l'importance de cette compagnie, la personnalité de son dirigeant et son poids politique ainsi que son rôle économique dans notre pays, je me verrais dans l'obligation d'en informer mes supérieurs qui s'empresseraient d'étouffer toute l'histoire.

– Alors… ça ne sert à rien d'ouvrir une enquête !

– Sans doute. Mais, vu la porosité, que je déplore, de nos services d'informations, Wind serait le premier informé si nous trouvions le moindre indice le concernant. Il serait obligé de réagir, et nous saurions alors s'il est directement concerné ou si quelqu'un dans son organisation opère seul. »

Il est souriant, calme, il a l'air sincère. Je ne suis pas habitué. Je cherche où est son intérêt.

« Pourquoi m'aidez-vous ? »

Rajiv se redresse, il se tient bien droit sur son fauteuil, laisse passer une bonne minute avant de me répondre :

« Je fais ce qui me semble avoir les meilleures conséquences sur le déroulement de ma prochaine existence, et sur la vôtre si je puis vous guider. Émilie a besoin de votre aide, vous demandez la mienne, je vous l'offre. Le stade ultime de mon chemin est l'amélioration de la vie des autres. »

Il s'interrompt quelques secondes et reprend :

« De plus, si vos informations se révèlent exactes, nous avons tout de même trois touristes manquants dont personne ne s'est occupé. Je vais lancer une recherche discrète, la tournée des hôpitaux, des morgues, des prisons, la routine… vous avez contacté les familles ?

– Vous voulez dire de l'Allemand et de l'Américain ?

– Oui. Peut-être qu'ils sont tranquillement rentrés chez eux… »

Comment ai-je pu passer à côté d'une telle éventualité ! Je mets l'oubli sur le compte de la précipitation avec laquelle les événements s'enchaînent depuis moins d'une semainc et avoue :

« Je… non… je n'y avais pas pensé… Je n'ai pas eu le temps. C'est allé assez vite pour moi ces derniers jours. »

Il hoche la tête, l'air compréhensif.

« Ne vous inquiétez pas, je m'en occupe. Allez faire un tour à la fondation et revenez me voir. Vous me donnerez vos impressions. »

Je me lève, le salue et, avant de sortir du bureau, je me tourne vers lui :

« Je ne vous ai pas dit… mais… il semble que John Wind soit au courant… je veux dire pour mon enquête concernant ces disparitions.

– Il vous connaît ?

– Non… il a peut-être un vague portrait-robot… il ne sait pas qui je suis mais il sait que quelqu'un s'intéresse à cette histoire.

– Vous devriez peut-être changer d'apparence avant d'aller à la fondation. »

Je n'y avais pas pensé… mais après tout, pourquoi pas.

« Oui… je vais essayer… toujours est-il que, si vous n'avez pas de nouvelles de moi disons dans… vingt-quatre heures… »

Rajiv sourit franchement.

« Ça sonne comme une réplique de film, mais je vois ce que vous voulez dire. Je veillerai ! Reste que je n'imagine pas Wind s'en prendre physiquement à vous. C'est un homme public, un leader mondial, pas un voyou. Au pire, si quelqu'un là-bas vous reconnaissait, on vous renverrait et on s'arrangerait pour vous faire expulser du pays. »

*

John Wind loue cent hectares de terre indienne sur lesquelles il a installé sa fondation. Il a bien tenté d'acheter le terrain mais les Indiens ne vendent pas Mother India.

La fondation, nommée Open Spirit, est située dans la partie sud de l'État de Goa, là où le tourisme ne se développe pas encore de façon industrielle.

Avant de m'y rendre j'ai suivi les conseils de Rajiv à propos de mon apparence et j'ai fait au plus simple, au plus direct : je me suis rasé le crâne, soigneusement, je l'ai couvert d'un petit chapeau rond d'un style tibétain comme on en trouve sur les marchés ici. J'ai aussi acheté une tunique assez ample d'un orange bouddhiste, un pantalon large en coton, des sandales de cuir et des lunettes aux verres neutres, rondes, en métal. Je suis l'Occidental en Inde depuis plusieurs mois qui finit par adopter sinon la culture du moins la posture locale.

On accède difficilement à Open Spirit, ce qui est inattendu pour une installation que j'imagine moderne. Après deux bonnes heures, la route se transforme en piste et la voiture, une authentique Ambassador noire avec son allure de taxi anglais, avance péniblement sur la terre et le sable. Nous roulons encore une heure, traversons des villages de pêcheurs faits de maisons bariolées de couleurs vives, parfois des poissons sèchent sur des fils tendus entre deux arbres sous la surveillance d'un enfant. Les chemins sont bordés de cocotiers et nous en suivons un qui s'éloigne de la plage pour entrer dans les terres. Nous parvenons à un mur blanc d'environ trois mètres de haut devant lequel le chemin se sépare en deux. Nous prenons vers la droite pour longer le mur jusqu'à une grille, dont les deux pans sont grands ouverts. Deux gardes se tiennent là, sous le toit de paille d'une guérite qui les protège du soleil. Ce sont des policiers comme on en rencontre un peu partout dans les lieux publics indiens et que j'ai du mal à prendre au sérieux : leurs uniformes ont toujours l'air d'être trop petits, leurs chaussures sont usées, les casquettes rapiécées et ils ne sont armés que d'un long bâton de bambou.

Je descends du taxi et m'approche d'eux. Ils ne se lèvent pas des chaises sur lesquelles ils sont assis, un thé à la main, ils me regardent en souriant.

« Bonjour, c'est bien ici la fondation John Wind ? »

Celui qui est le plus proche de moi répond :

« C'est ici monsieur. Entrez, suivez le chemin principal, c'est ouvert ! »

Je le salue, retourne au taxi pour payer ma course et passe tranquillement la grille. Je m'attendais à quelque chose de plus officiel, pas à entrer dans une sorte de jardin public. J'avance et j'ai l'impression peu à peu que quelque chose ne va pas. Tout est trop parfait. Je suis dans un parc propre, calme, avec des fleurs si colorées et des plantes si vertes qu'on les dirait repeintes chaque matin. Les chemins, comme des rubans ocres qui serpentent dans cette forêt domestiquée, frôlent des lacs clairs où frétillent des poissons et s'ébattent les volatiles qui les mangent. Des bâtiments discrets apparaissent çà et là, luxueux bungalows en bois et en terre blanchie, admirablement intégrés dans ce paysage né de l'imagination d'un artiste naïf. Et surtout, pas de foule. C'est le plus choquant, comme une aberration dans ce pays. N'importe où ailleurs, des familles entières se seraient installées depuis bien longtemps et ce merveilleux parc serait occupé par une ville en tôles et en bouts de plastique. Il y aurait des feux de bois et de déchets, des fumées d'encens, des enfants sales, des vieux crevards, des hommes en train de chier dans les lacs dont on boufferait les poissons et les canards, et dans ce chaos dégueulasse les femmes impassibles déambuleraient sous les couleurs vives de leurs saris majestueux. Ce serait l'Inde quoi. Mais pas ici. Ici, c'est « Wind-Land ». Une vision occidentale de l'Inde, une version hygiénique, un fantasme.

En suivant l'allée principale, j'arrive au bâtiment d'accueil, une sorte de cabane faite de tek, de bambous calibrés et vernis, protégée du soleil par un toit de chanvre. Deux employées, des jeunes filles indiennes vêtues de tuniques jaunes, me disent que pour quarante dollars, je peux visiter la fondation une journée, me promener librement, avoir accès aux activités. Si je veux rester une nuit, je dois les prévenir avant quinze heures et payer cinquante dollars de plus. Les repas ne sont pas compris mais des menus me seront proposés dans les restaurants communautaires.

Je verse mes quarante dollars et reçois en échange un badge « visiteur », valable jusqu'à dix-huit heures, me permettant de participer à « la naissance d'un nouvel univers » comme le dit la brochure.

*

Je ne sais pas vraiment ce que je dois chercher. Émilie ? Pourrait-elle être ici ? Il faudrait qu'elle se cache volontairement. Je n'imagine pas la très officielle fondation Open Spirit kidnapper des personnes et dissimuler les traces de leur venue. On est dans le rocambolesque. Mais tout de même : Émilie est venue à Goa, Open Life a effacé son passage, Wind a monté une fondation à Goa. Il existe forcément un lien.

Je marche en réfléchissant. J'observe. Dans les allées, je croise des jeunes gens venus de tous les continents. Ils ont effectivement des allures d'étudiants privilégiés, heureux d'être là, ils marchent par petits groupes, en discutant, habillés de tuniques légères. Des routards aussi posent ici leurs sacs quelques jours, une étape dans le circuit. Et puis de simples touristes, comme moi venus passer la journée, poussés par la curiosité mais surtout assez motivés pour accomplir le trajet.

J'entre dans plusieurs maisons où se déroulent des conversations interminables entre les visiteurs et les gourous de John Wind, des chercheurs, des écrivains, des journalistes, des universitaires, des intellectuels crédibles qui viennent distiller la bonne parole selon Wind en échange de rémunérations que j'imagine replètes. Tout ce petit monde se réunit dans des salons où l'on s'installe sur des coussins confortables, les sols sont couverts de tapis colorés, des voilages de coton blanc flottent devant les fenêtres ouvertes sur les jardins fleuris. C'est agréable, oriental, ethnique et technologique avec les dernières tablettes et les ordinateurs les plus perfectionnés posés sur des tables basses en bois précieux. L'image de Rajiv est juste : une université de luxe. En fonction des intervenants, on y parle des fusions biologiques possibles hommes-machines, on imagine des mondes futurs réalistes à partir de données existantes sur la gestion de l'univers numérique, on crée des musiques et des images avec des logiciels autonomes copiant le fonctionnement du cerveau humain, on invente de nouvelles médecines, des réalités augmentées, des êtres augmentés, on discute post-humanité, organisation de la société connectée... Émilie était-elle sensible à cet univers pseudo-intellectuel, technologique, légèrement mystique ? Il faudra que je demande à Florence de Laferrière si sa nièce adhérait à ce... courant. Je pense aux deux autres, l'Américain à la retraite, ça colle. D'authentiques intellectuels, des esprits brillants, des professeurs reconnus sont séduits par Wind, pourquoi pas un ancien professeur d'université ? Le routard aussi irait bien dans le décor. Jeune, sur la route, sans doute « connecté », ils sont nombreux comme lui, pas fortunés mais ayant prévus dans leur budget de voyage le coût du séjour à Open Spirit.

Je visite les bungalows où l'on peut rester une semaine maximum. C'est ce qu'indique le règlement affiché sur les portes. Les chambres sont individuelles mais les salles de bain communes, les cuisines aussi où chacun range ses denrées soigneusement étiquetées à son nom dans d'énormes frigos en acier gris. Que des produits frais, bio, cultivés sur le terrain de la fondation, dans des potagers où les volontaires peuvent travailler. Une ambiance de *backpacker* responsables.

J'apprends aussi que les étudiants qui restent plus longtemps (on en compterait une centaine venus d'un peu partout dans le monde, de Chine, d'Europe, d'Inde, des États-Unis...) sont logés dans des bâtiments excentrés, privés. Une piste ? Émilie serait parmi eux ? Mais pourquoi disparaître ? Même si une visite ici peut paraître... naïve aux yeux de certains, dont moi, il n'y a là rien de honteux ou d'illégal. De toutes les façons, je ne peux pénétrer, dans les espaces réservés aux étudiants. Je transmettrai l'information à Rajiv, peut-être a-t-il une solution pour vérifier leurs identités.

Au déjeuner, je rejoins ce qu'il est convenu de nommer « une cuisine communautaire », une sorte de restaurant en plein air où l'on sert des menus à dix dollars sur des grandes tables conviviales protégées du soleil par des toiles de coton tendues sur des montants en bois. Assis sur des tapis un jeune garçon joue de la cithare. À ses côtés une vieille femme chante, psalmodie plutôt, ce qui doit être une longue et belle histoire indienne. Un *beat* léger sort d'une enceinte minuscule mais reproduisant des basses étonnamment envoûtantes. Nous sommes une trentaine à partager des légumes, du riz et du soja en buvant du thé. Les conversations sont en anglais et tout le monde est enthousiaste. Ces garçons et ces filles de vingt-cinq à trente ans semblent heureux de participer à la création du monde de demain. Je tente d'imaginer Émilie dans le tableau, seule, fuyant le chagrin et le deuil, elle aurait pu trouver ici une forme de réconfort, ou du moins une évasion. Elle est dans la tranche d'âge, seule, affaiblie par sa douleur, et riche… victime parfaite d'une secte. Sauf que ce n'est pas ça, je ne suis pas dans une secte. Cette fondation, cette « université » fait, selon moi, partie d'un plan de communication destiné à donner une image positive de l'entreprise Open Life. Elle joue aussi semble-t-il, le rôle de centre de recrutement géant où l'on repère et attire la meilleure matière grise de la planète pour l'attraper dans les filets de la compagnie.

« Et toi, tu n'as pas essayé la combinaison ? »

Une jolie jeune femme rousse, bronzée, interrompt mes réflexions par cette question. J'ai fini mon plat et bois une gorgée de thé. Je fumerais bien une cigarette mais tout le parc est non-fumeur.

« Je… non… tu parles de quoi ?

– De la combinaison ! »

Devant mon air ignorant, elle s'agite, heureuse de pouvoir raconter, ses yeux brillent.

« C'est magique ! Tu dois essayer ! »

Je l'encourage à poursuivre.

« Voilà… imagine une sorte de combinaison de plongée qui te couvre tout le corps. Mais elle est confortable ! Comme un pyjama en soie ! Dedans, ils ont mis des capteurs qui se branchent sur toi. Mais pas "dans" toi… je veux dire, on ne t'enfonce pas d'aiguilles sous la peau ou des choses comme ça… c'est comme des petits autocollants que l'on pose. Tu portes aussi un bonnet, toujours dans la même matière douce et un bandeau sur les yeux. Et tu te laisses aller, c'est un peu comme s'endormir mais en restant conscient. Tu vis une expérience extraordinaire ! Tu vois un autre monde ! Moi j'étais sur un lagon. Je marchais sur l'eau, avec les poissons et les coraux en dessous ! Si je voulais, je plongeais et nageais comme un dauphin ! Je sentais l'eau sur mon corps, tout, je sentais tout !

– Comme des images en trois dimensions ?

– Non… plus fort, bien plus fort ! Tu es dans les images… c'est plus que des images d'ailleurs, c'est solide ! Quand tu touches les choses que tu vois, tu sens de la matière qui résiste à ta poussée… tu devrais essayer. Tout le monde peut le faire, c'est une expérience. Ils cherchent à comprendre pourquoi certains réagissent mieux que d'autres. Il paraît que quelques-uns ont carrément créé un monde. »

Au mot « expérience », je réagis. Si j'étais dans une bande dessinée, on verrait une petite lampe s'allumer au-dessus de ma tête. Je relance la fille :

« Comment ça une expérience. Ils t'ont utilisée comme cobaye ? »

Elle sourit.

« Si tu veux, comme cobaye. Moi, je vois plus ça comme une participation.

– Une participation à quoi ?

– Aux recherches sur les nouveaux programmes. Il y aura un peu de moi dedans !

– Et tout le monde peut participer ?

– Bien sûr, c'est l'idée, que le plus de personnes possible essayent la combinaison, ce qui leur permet d'améliorer le système après chaque expérience.

– Ce n'est pas dangereux ? »

Elle reste perplexe. De toute évidence, elle a une confiance absolue en John Wind. Je lis dans ses yeux toute l'incongruité de ma question. Elle cherche ses mots avant de répondre.

« Ça ne peut pas être dangereux, finit-elle par dire d'un ton sérieux. Nous venons ici pour apporter nos connaissances. Chaque être humain, même le plus humble, le plus ignorant, possède une expérience qui lui est propre. En la partageant, il offre à tous une connaissance supplémentaire et il bénéficie à son tour du savoir collectif ainsi réuni. Imagine une organisation horizontale et non verticale. Une société humaine dont le fonctionnement est copié sur celui du Net. Elle n'est plus pyramidale. C'est ce que nous faisons. »

J'ai déjà entendu ça. À New York, de la bouche de John Wind lui-même. Elle poursuit :

« Ce que j'essaye de te dire, c'est que nous ne prenons pas de risques, nous ne courons pas de danger en venant ici, c'est un lieu de partages, il n'existe pas de compétition. L'intérêt de chacun est dans l'autre donc dans sa défense, sa protection et non dans l'attaque, le danger. Nous vivons dans la complémentarité. La combinaison n'est pas une expérience mais un échange entre le logiciel et nous. Il nous donne et se nourrit. »

*

Je ne crois pas en cette théorie de la société horizontale calquée sur le fonctionnement du Net. C'est une bonne idée marketing pour « intellectualiser » les produits vendus, finalement de simples ordinateurs et des téléphones qui font des photos, mais enrobés de l'idée qu'ils sont les outils d'une nouvelle évolution humaine, ils sont transformés en objets magiques, presque sacrés. Wind lui-même y croit-il ? J'aurais tendance à pencher pour le non. C'est l'expérience qui parle. La sincérité, déjà rare chez les petits, devient quasiment introuvable dans les strates les plus élevées de notre monde. À son niveau, on ne fait pas dans le sentiment. Mais je peux me tromper, les messies doivent finir par croire en eux-mêmes, à force.

Je suis le chemin d'Émilie. Si elle est venue ici, elle a rencontré le même genre de personnes qui lui ont sans doute tenu le même discours. Elle est plus jeune que moi, plus fragile, en pleine reconstruction, elle n'a pas mon jugement et elle est séduite. Elle entend parler de la combinaison. Elle essaye. Forcément. Donc moi aussi.

*

La fille du déjeuner avait raison, il est facile, voire encouragé, de tester la combinaison. Il en existe plusieurs si j'ai bien compris. Une bonne quinzaine. Je me rends dans une maison plus longue qu'un simple bungalow, au moins cinq grandes pièces de plain-pied. Les pièces sont divisées en petits salons où sont reçus les volontaires, les « participants » comme on dit ici.

Les salons n'ont pas de fenêtres mais il y règne une douce lumière, presque beige, légèrement orange, une ambiance de salon de massage japonais.

Je suis installé sur un canapé, nu dans une combinaison faite d'une matière synthétique agréable au toucher. L'impression d'être, en effet, dans un drap de soie, ma tête couverte d'une cagoule.

Assis en face de moi sur un fauteuil en osier, un jeune homme d'une trentaine d'années, un Indien à l'air sage et concentré, habillé d'un pantalon de lin blanc et d'une large chemise bleue, s'est présenté comme étant le docteur Rasapani. Il m'explique le principe :

« Des capteurs sont dissimulés dans la combinaison et la cagoule. Ils sont calés sur vos centres nerveux et vont entrer en contact. Votre corps va échanger des informations avec l'ordinateur central qui va envoyer des ordres. Votre système nerveux va analyser ces informations. Il peut les rejeter, les accepter ou les transformer. En fonction de votre réaction, vous "vivrez" plus ou moins dans le monde proposé par la machine. Vous comprenez ?

– Je vais voir une sorte de film dont je peux changer les images et le scénario ?

– En quelque sorte et les changements que vous pourriez apporter dépendent de votre compatibilité si elle est haute, vous réagirez comme dans le monde réel. Vous sentirez le chaud, le froid, l'eau…

– Et si elle est faible ?

– Vous verrez des images défiler mais vous ne pourrez agir. Vous avez des questions ?

– Je me demandais… à quoi ça sert exactement ? On n'est pas dans une fête foraine ici, ce n'est pas une attraction. Pourquoi avez-vous inventé cette combinaison ?

– Nous testons les interactions possibles entre le vivant et le logiciel. L'ordinateur vous fournit des éléments permettant de fabriquer un monde. À vous de saisir ces éléments pour en faire ce que vous voulez. Le logiciel est évolutif, il enregistre et analyse les données qu'il récolte sur les visiteurs. Là est l'échange. Il vous permet de créer un univers tout en s'enrichissant des informations que vous lui apportez.

– Quelles informations ? Cette machine doit posséder dans sa mémoire des millions d'informations de plus que je ne pourrais jamais en retenir. Qu'a-t-elle à apprendre de moi ?

– Vos émotions, vos réactions, les enchaînements et les calculs que vous faites avant d'agir, de décider. Elle analyse votre fonctionnement aléatoire et créatif. Ce qu'elle n'est pas capable de faire seule. Elle n'est qu'un calculateur après tout.

– Pour l'instant…

– Ne vous trompez pas, nous ne cherchons pas à créer la vie, simplement les meilleurs outils pour la rendre plus… facile.

– Un monde meilleur… »

Il sourit.

« En quelque sorte.

– Très bien, allons-y, améliorons le monde ! »

Le docteur Rasapani se lève, toujours souriant et s'approche de moi. Il prend un bandeau posé sur une petite table.

« Je vais mettre ce bandeau sur vos yeux. Des capteurs doivent aussi se connecter avec vos rétines. Vous allez être dans le noir quelques secondes, ne vous inquiétez pas. Vous êtes prêt ?

– Je suis prêt.

– Très bien, pour ce test nous avons deux décors à vous proposer dans lesquels vous évoluerez. La montagne ou la mer. Lequel préférez-vous ? »

Je repense à la fille et à son lagon. Elle a dû choisir la mer. Je n'ai pas très envie de devenir un dauphin…

« Va pour la montagne. »

Il se penche sur sa tablette numérique et entre des données puis couvre mes yeux.

« Dans quelques secondes vous allez voir apparaître une lumière puis un paysage. Laissez-vous aller. Si vous voulez arrêter l'expérience, dites le mot stop, prononcez-le à haute voix. La machine recevra l'information et interrompra le programme aussitôt et je saurai moi aussi que vous désirez arrêter. Bon voyage. »

*

D'abord l'obscurité, il fait sombre, un noir complet et profond mais qui ne dure pas assez pour devenir inquiétant. Très vite une lumière apparaît. Un petit point comme un phare dans la nuit grossit doucement, s'élargit, grandit et finit par prendre toute la place. Je baigne dans un halo blanc. Je comprends que je regarde le ciel. Je suis allongé et ne vois que son immensité vide de nuages, mais pas éblouissante. Et puis je réalise que je ne repose sur rien. Mes bras pendent dans le vide. Je vole. Et je vole sur le dos. Je me retourne doucement pour regarder en bas. Je suis au-dessus d'une chaîne de montagnes, je vois les sommets enneigés, les vallées verdoyantes et là-bas, tout au fond, des bergers avec leurs troupeaux. Je n'ai pas peur et pourtant, je devrais ! Je me retrouve en plein ciel, retenu par rien ! Mais non. Je sais que je suis en sécurité, que je peux évoluer dans l'air à ma guise, je ne peux pas tomber, je *suis* l'air… enfin je crois.

Je sens le souffle du vent sur moi. J'ai un peu froid, mais je savoure le silence parfait de l'altitude.

J'ai envie de descendre et c'est sans doute ce qui est le plus frappant dans l'expérience, je contrôle. Je peux descendre, monter, me retourner. Je vais où je veux. Je ne subis pas un merveilleux film en trois dimensions, j'évolue réellement dans un espace infini.

Je descends donc. La température remonte. Je passe au-dessus des vallées et je respire l'odeur des arbres et de la terre, j'entends les moutons et les cris des hommes, des chiens aussi. Je me demande s'ils aboient après moi, en me voyant passer dans le ciel. Je décide de m'arrêter et j'atterris doucement. Je me couche dans une prairie, mes doigts s'écartent dans l'herbe fraîche, confortable, le soleil me réchauffe, j'oublie. J'oublie où je suis, je trouve que le monde est beau. Je respire un air pur, humide avec des parfums de fleurs sauvages et de chlorophylle. Je ferme les yeux. Et c'est fini.

D'un coup, comme une lumière qu'on éteint, tout s'arrête. Je me retrouve dans le noir. Je ne suis plus dans l'herbe mais de nouveau sur le canapé. J'enlève le bandeau de mes yeux et me redresse. Le docteur est là. Il sourit toujours, me tend un verre d'eau. Je n'ai pas soif mais je bois, comme pour « sentir » le monde réel.

« C'était bien ? me demande-t-il.

– Incroyable… ça a duré combien de temps ?

– Dix minutes.

– Ça m'a semblé plus long…

– De combien de temps ?

– Je ne sais pas. C'est difficile à décrire. Je dirai…

– Une heure ?

– Quelque chose comme ça… un peu moins sans doute…

– Je peux continuer à vous poser quelques questions ? »

J'approuve et il me demande si j'ai eu chaud, froid, ce que j'ai vu, entendu, ressenti. Il remplit soigneusement une grille de réponses sur sa tablette et au bout de quelques minutes relève la tête, l'air satisfait.

« Si je rassemble et confronte vos réponses et les données que nous avons recueillies pendant l'expérience, vous êtes compatible à soixante-cinq pour cent. Vous êtes bien au-dessus de la moyenne qui est de quarante-sept pour cent.

– Mais quarante-sept pour cent de quoi… ?

– Les personnes qui mettent la combinaison se connectent plus ou moins facilement avec notre programme. Certains refusent instinctivement toutes intrusions de données extérieures et les bloquent, d'autres les lisent tout simplement et certains les intègrent. Nous avons créé une échelle de compatibilité afin de mesurer le taux de chacun. Bien sûr, plus on possède un pourcentage élevé de comptabilité plus on peut interagir avec les données reçues. Vous par exemple, ce que vous avez vu est unique, la machine vous a fourni les décors, mais vous avez décidé seul de voler au-dessus de ces montagnes, de monter, de descendre, de vous allonger dans l'herbe. C'est vous qui avez "ordonné" les odeurs de fleurs sauvages. Vous les avez créées. La machine vous a suivi. Votre compatibilité élevée a permis cette collaboration. »

Il s'arrête de parler et me regarde d'un air soucieux comme s'il venait de réaliser quelque chose et me demande :

« Vous vous sentez bien ? »

Moi, inquiété par la question :

« Oui… ça va… pourquoi ?

– Vous avez dû vivre des émotions très fortes. Vous n'êtes pas trop déstabilisé ? »

Je regarde autour de moi, les murs de la pièce ne bougent pas, je n'ai pas mal au cœur. Je le rassure :

« Non, tout va bien… je suis peut-être un peu… comment dire… vous savez, la sensation d'être un peu perdu, comme en sortant d'un rêve très fort, réel, quand on se souvient des images avec précision mais d'habitude, elles disparaissent rapidement, on les oublie. Pas celles-ci, je les retiens, elles sont bien là, enregistrées dans ma mémoire comme un moment que j'aurais vécu. »

Il me sourit de nouveau.

« Ne vous inquiétez pas, tout va bien se passer, vous avez tout de même vécu une sacrée expérience, non ? »

Il a raison, j'ai adoré. J'approuve :

« On peut dire ça… une sacrée expérience. J'ai beau savoir que tout cela n'est que virtuel, c'est incroyablement réel.

– Certains disent que c'est un “autre réel”.

– Qui, certains ?

– Ceux qui sont encore plus compatibles que vous ! On a eu des cent pour cent ! »

Il s'enthousiasme :

« Ils sont capables de transformer l'univers, d'influencer le programme, de le maîtriser totalement, de le changer et d'y rester aussi longtemps qu'ils le désirent ! Vous vous rendez compte, ils créent des mondes ! Ils peuvent même les peupler !

– Les peupler ? Qu'est-ce que…

– Ils matérialisent des êtres vivants, des animaux, des hommes des femmes, c'est prodigieux ! »

Mon pessimisme naturel me montre aussitôt des tyrans numériques, martyrisant à souhait de pauvres créatures qu'ils ont inventées. J'imagine qu'ils peuvent les effacer. Mais le docteur semble si heureux, enthousiaste que je garde mes appréhensions pour moi et j'essaye de prendre une attitude que j'espère être la plus joyeuse possible.

Il se lève.

« Vous vous sentez bien, vous êtes sûr ?

– Tout va bien.

– Parfait. Vos affaires sont dans la pièce à côté. Vous pouvez aussi prendre une douche et si vous le désirez, rester tranquillement dans un salon du bungalow voisin pour vous reposer. Je vous commande une collation ?

– Je vous remercie mais je vais y aller.

– Comme vous voulez. Sachez que vous serez sans doute invité à poursuivre l'expérience. Si vous nous en donnez l'autorisation, bien sûr, nous vous contacterons pour discuter d'une collaboration plus régulière.

– C'est-à-dire "régulière"... Vous voulez dire rémunérée ?

– Disons que, au vu de votre compatibilité intéressante, vous pourriez intégrer un programme de recherche et, dans ce cadre, percevoir un dédommagement pour le temps que vous nous accorderiez. »

De nouveau l'alarme dans mon cerveau. Ils recrutent des cobayes. Et les payent. C'est une nouvelle piste, sérieuse. Émilie était suffisamment riche pour ne pas être intéressée par cet aspect de l'aventure mais l'information est importante. Elle aidera Rajiv s'il lance une enquête sur les deux autres disparus qui, eux, peuvent avoir été motivés par le salaire. Le routard allemand sûrement.

Il me tend la main.

« Ensemble, nous ferons un autre monde. Vous l'avez vu. À bientôt. »

Il a l'air sincère. Il me salue, va quitter la pièce et revient sur ses pas.

« Bien sûr, si vous désirez rentrer à votre hôtel, nous vous déposerons. Vous voulez une voiture ? »

*

Je fais le chemin du retour dans un confortable monstre climatisé tout-terrain, une Toyota blanche aux couleurs de la fondation. Le chauffeur sikh est aimable, souriant dans le petit filet qui lui retient la barbe, mais il ne dit rien. Ça tombe bien. Je n'ai pas envie de parler.

Je suis encore sous le choc. Je ne m'attendais pas à une telle sensation. Je n'y crois qu'à moitié à leurs histoires de fusion homme-machine. Un logiciel qui capterait nos émotions ? De la science-fiction. Mais ce que j'ai vu, vécu, est perturbant. Parce que le voyage était incroyablement « réel » mais surtout il était… bon ! Un trip inouï ! Le meilleur des acides ne peut procurer un tel plaisir ! Ce… cet appareil… est une drogue hallucinogène d'une puissance jamais égalée et apparemment sans effets secondaires. Je me sens bien. Quoique légèrement en manque, à la réflexion. J'y retournerais bien au-dessus des montagnes, dans le ciel, voler…

Qu'a-t-il voulu dire, le médecin, en racontant que certains peuvent rester dans leur monde « aussi longtemps qu'ils le désirent » ? Ils ne redescendent pas ? Alors ils deviennent quoi ? Ils sont allongés, quelque part, dans une combinaison et on les nourrit avec des perfusions ?

Nous arrivons. Je descends de la voiture, salue le sikh et prends le chemin qui contourne l'hôtel. Je marche sous les arbres qui font comme une petite forêt entre les maisons et la plage où je m'assois dans le sable. C'est l'heure du *sunset*, le coucher du soleil, l'attraction quotidienne locale, le rendez-vous incontournable.

Un moment de communion autour de l'astre qui sombre dans les flots, là-bas sur l'horizon. Un spectacle, il faut reconnaître. Ceux qui ont passé la journée sur la plage rencontrent ceux qui se réveillent après avoir cuvé une nuit de fête. Les bars diffusent des musiques envoûtantes, on s'allonge face à la mer en sirotant une bière et en tirant quelques taffes d'un shit népalais âcre. Des gamins pouilleux cavalent entre les groupes qui se forment naturellement, des sâdhus mendient de quoi remplir le shilom qu'ils fument du matin au soir, des vaches sacrées ruminent les restes de la journée, les sacs en plastique, les papiers, les épluchures de fruits et nettoient la plage.

Le soleil descend doucement couvrant de couleurs douces cette foule tranquille et heureuse qui sourit à la vie, s'aime et s'admire car elle est admirable, comme une belle photo pleine de gens épanouis qu'on voudrait connaître.

Le sable s'écoule entre mes doigts. Il est encore tiède. Je me sens bien.

Pourtant je ne peux m'empêcher de penser à l'autre monde, l'artificiel que je viens de quitter. Je sais qu'il n'est pas réel, mais quelle hallucination ! Quel voyage ! On s'y perdrait facilement. Pourquoi revenir ?

J'échafaude.

Émilie teste la combinaison. Elle est compatible à cent pour cent. Émilie va plus loin que moi. Elle crée son monde, s'y installe et y reste. Elle devient folle et meurt comme un drogué subissant un trip trop puissant. L'accident s'est déjà produit. Avec l'Américain puis avec l'Allemand. Le personnel de Wind a l'habitude. Ils font disparaître les corps et les informaticiens du groupe effacent leurs passages.

*

« Vous allez vite en besogne Tom, je vous ai connu plus prudent, vous n'êtes pas l'homme des conclusions hâtives. »

Je suis de nouveau dans le bureau étouffant de Rajiv, le lendemain. J'ai voulu laisser passer une nuit, au cours de laquelle j'ai admirablement et profondément dormi, sans rêver, avant de lui raconter mon histoire. Prendre un peu de recul. Voir si les souvenirs du « voyage » restent intacts. Ce qui est le cas. Je lui réponds d'un air désolé :

« Je sais, c'est… romanesque, mais vous reconnaîtrez que toute cette histoire est dingue…

– Je ne dis pas que vous avez tort, j'ai déjà résolu des affaires bien plus "romanesques". Utiliser son imagination est un exercice essentiel pour mener à bien une enquête. Il arrive que l'on aille trop loin, mais l'histoire fantasmée ouvre souvent des pistes bien réelles. »

Je mets quelques secondes à digérer l'allusion, amusé par le côté « petit scarabée » de sa tirade.

« Qu'est-ce que vous voulez dire… vous savez quelque chose ? »

Il marque un silence, prépare son petit effet. Légère entorse à sa sacro-sainte humilité.

« J'en ai retrouvé un. »

Je bondis :

« Comment ça… un des trois ?

– Un des trois.

– C'est Émilie ?

– Non, le garçon, l'Allemand, Stephan Kulein.

– Où est-il ?

– Dans le coma. Venez. »

*

L'Allemand, Stephan Kulein, est dans un mouroir. Seule l'Inde pouvait inventer un tel concept. Un endroit où l'on offre une mort digne et propre à ceux que la vie a entraînés dans une telle misère qu'ils ne savent même plus où aller mourir.

Le mouroir de Goa est un couvent où se pressent des dizaines de nones dévouées épaulées par de jeunes volontaires, américains, australiens, européens et canadiens venus donner un mois ou un an de leur vie pour de multiples raisons : racheter les péchés du monde, faire quelque chose d'utile, vivre une aventure, avoir une attitude responsable. Ils sont un peu ridicules, une bande de gamins qui découvrent le monde, sont assommés par la pauvreté, mais plongent dans la fange parce que, une fois dedans, ils sont vivants, ils vibrent.

On peut se moquer quand on les écoute discuter indéfiniment de leurs expériences dans les restaurants des *guest houses* où ils s'entassent le soir. Ils parlent surtout d'eux-mêmes et savourent, en le racontant, le film de leur propre vie.

Mais en fin de compte ils le font, ils se lèvent à l'aube pour torcher les lépreux.

Le couvent est très ancien, il date de l'époque des Portugais et abrite des salles communes où gémissent les moribonds qui peuvent se traîner jusqu'ici ou alors ce sont les familles qui les amènent un beau matin quand toutes les médecines traditionnelles ont échoué et qu'il est trop tard. On leur offre une mort moins difficile.

Une pièce est réservée aux comateux. Une quinzaine, alignés autour de la chambre, immobiles sous leurs draps immaculés, nourris par des sondes la tête posée sur des coussins.

Dans un coin, un sâdhu maigre est assis sur ses talons. Ses cheveux gris tombent en dreadlocks sur ses épaules brûlées par le soleil. Il ne porte que quelques étoffes orange qui couvrent à peine l'essentiel. Il nous regarde en souriant de ses yeux noirs, enfoncés dans de profondes orbites. Il tire une longue bouffée sur son shilom en pierre. La lourde fumée de hachisch s'échappe doucement par la fenêtre ouverte juste au-dessus de lui. Il me tend le shilom, je refuse d'un geste. Rajiv refuse lui aussi. Je l'interroge encore :

« Qu'est-ce qu'il fait là celui-là ? »

Rajiv s'approche du bonhomme et discute à voix basse avec lui. Il se relève.

« Il guette les âmes. »

Je montre les corps allongés autour de nous.

« Il prie pour eux ? »

Rajiv réfléchit avant de me répondre. Pas facile pour lui d'expliquer à un Européen, blanc, athée, les subtilités des croyances locales. L'éternel fossé entre l'Orient et l'Occident qui semblent ne s'être toujours pas rencontrés. Il se tourne vers une rangée de comateux.

« Les âmes de ces hommes sont entre les mondes, dit-il. Ce n'est pas une place pour elles, ce n'est pas naturel, elles doivent suivre leur karma. Mais elles sont aveugles et ne vont nulle part, abandonnées, perdues, elles errent comme des souffles et le sâdhu peut les aider. »

Il me regarde à nouveau, me sourit et ajoute :

« Il mange deux fois par jour aussi. Et quand un lit se libère, il dort mieux jusqu'à l'arrivée du suivant.

– Il s'est trouvé un job ?

– Non, ce n'est pas un travail, les sâdhus ne travaillent pas, c'est une place, un rôle. En échange, il mange et il est à l'abri. C'est un rôle important, Tom, vous devez comprendre que c'est difficile pour les âmes d'être entre les mondes, c'est une souffrance. Il peut les rencontrer si elles passent à sa portée et alors il les guidera par ses chants, ses incantations… Mais je sais que ces croyances vous semblent désuètes. »

Je ne réponds pas, il a raison, je ne crois pas à d'autres vies que celle de maintenant et d'ici. L'au-delà, Dieu ou la réincarnation fréquentent le Père Noël et la petite souris dans mon panthéon personnel.

Je regarde les quinze comateux, sept d'un côté, huit de l'autre, silencieux mais doucement vivants sous les draps blancs.

« Où est l'Allemand ? »

Rajiv me montre le dernier lit de la rangée de gauche.

« Lui, au fond.

– Qu'est-ce qu'il a ?

– Je vous laisse vous rendre compte par vous-même. »

Et il s'écarte. J'avance, me penche sur le malade, soulève le drap. J'ai un mouvement de recul en découvrant ce long corps maigre et gris, flasque comme une outre aux trois quarts vide et percée de nombreux trous à peine plus larges que le diamètre d'une aiguille à tricoter, profonds de plusieurs centimètres, remontant des pieds jusqu'au visage et même au crâne. La voix de Rajiv, dans mon dos donne des précisions :

« Il en a une dizaine sur chaque bras et chaque jambe, cinq devant, cinq derrière, dix sur la poitrine, dix dans le dos et sur les épaules, sur les testicules, dans la langue, le front, les orteils. Trois autres lui ont transpercé le crâne. Ils ont été faits très consciencieusement et sont proprement cicatrisés. Pas d'infection.

– Combien ?

– Quatre-vingt-dix. Ça ne vous rappelle rien ?

– Non… je ne sais pas… ça devrait ?

– Tout à l'heure en me racontant votre expérience avec cette combinaison, vous avez parlé de capteurs ou de senseurs, répartis sur tout le corps. Les emplacements pourraient-ils correspondre ? »

Je regarde plus attentivement les trous. Les crevasses ne sont pas ragoûtantes avec leur chair toute flétrie sur le dessus, comme durcie et le nombre impressionne ; toutes ces petites cicatrices sur un seul corps c'est comme une grande plaie.

« Je ne sais pas… je peux vous dire que ces capteurs, ou disons des contacteurs, étaient comme des pastilles en caoutchouc, de couleur chair, le contact avec la peau était très léger, pratiquement insensible et ils étaient beaucoup moins nombreux, peut-être une quinzaine… et sûrement pas sur la langue ou les testicules !

– Donc pas de rapport ?

– Je ne pense pas… et… pour quelle raison exactement est-il dans le coma ? Ils ont touché son cerveau ?

– Non. Le cerveau ne semble pas abîmé. Aucun organe vital non plus. Ces blessures sont impressionnantes mais elles ne peuvent être à l'origine d'un traumatisme. Du moins c'est la conclusion du médecin qui l'a examiné. Il a toutefois précisé qu'une série d'analyses donnerait sans doute des réponses mais nous ne pouvons les pratiquer ici. Vous n'êtes pas sans savoir que les moyens sont limités. »

Il se penche sur l'Allemand, le regarde tristement.

« Cet homme est un légume maintenu artificiellement en vie, sans les sondes, il mourrait sans même s'en rendre compte.

– Depuis combien de temps est-il ici ?

– Quinze jours. Quelqu'un l'a déposé dans la rue, devant la porte très tôt le matin, avant le lever du soleil.

– Comment l'avez-vous trouvé ?

– Pendant que vous étiez à la fondation, j'ai demandé à mes hommes de faire la tournée des institutions avec les photos des trois disparus que vous m'aviez remises. Un inspecteur est venu ici.

– Comment se fait-il qu'il soit resté deux semaines dans ce… mouroir… sans que personne n'en soit averti ?

– Il n'avait aucun papier d'identité sur lui. Les sœurs ont prévenu les autorités de la présence d'un individu anonyme, de race blanche et dont on ne connaît pas la nationalité… Des recherches ont sûrement été entreprises par l'immigration auprès des ambassades occidentales, mais sans résultats semble-t-il. D'autant que personne ne le réclame, ce qui place son dossier après les affaires pour lesquelles il faut rendre des comptes. »

Il soupire.

« Malgré son état l'inspecteur qui est venu l'a immédiatement reconnu. Ses parents arrivent demain. Je leur ai parlé au téléphone, ils n'avaient plus de nouvelles depuis six mois. Ils ont prévenu la police allemande de sa disparition mais Stephan est majeur. De toutes les façons, si des recherches ont été menées, c'est en Thaïlande. Personne ne savait qu'il était venu en Inde. Et pour cause… son passage a été effacé… »

Stephan Kulein est hideux. Sur la photo, c'est un beau jeune homme, sportif, avec des dents blanches, des yeux vifs et des cheveux clairs et bouclés. Une publicité pour la vie saine, des vitamines ou des assurances. Dans le lit, je vois un pantin difforme et meurtri avec une tête rendue monstrueuse par les trous qui ravagent le visage et en font un masque effrayant de chairs maltraitées et distendues. Il reste cependant assez de vie derrière ce masque pour qu'on y voit un homme, Stephan Kulein, c'est bien lui. Je note quelques points de ressemblance, les yeux clairs, un long nez droit, les sourcils fournis et le grain de beauté au coin de l'œil gauche.

Rajiv poursuit :

« On voit immédiatement que ces "interventions", ou tortures, sont l'œuvre d'un professionnel, un médecin, un chirurgien sans doute. Alors j'ai eu l'idée de simplement vérifier les identités de tous ceux qui ont quitté le territoire indien dans les deux jours qui ont suivi l'abandon de ce pauvre garçon à la porte du mouroir. J'ai trouvé quelque chose. Un médecin de la fondation Open Spirit a quitté le pays le jour même. Il a pris un avion le matin.

– Pour aller où ?

– C'est un Arabe. Il vient du Maroc. Il a pris un vol pour Casablanca via Londres. De là j'imagine qu'il est rentré chez lui, à Tanger.

– Qu'allez-vous faire maintenant ?

– Je vais ouvrir une enquête. Nous avons un ressortissant étranger dans le coma. Il a été agressé, kidnappé et torturé. La famille va sûrement porter plainte au consulat, c'est une affaire importante. Évidemment ni Open Life ni John Wind n'apparaîtront dans le dossier à ce stade, rien de concret ne les lie à ce qui est arrivé à Stephan Kulein. Nous ne pouvons même pas affirmer qu'il a séjourné à la fondation. »

Nous quittons la pièce et sortons du mouroir. Une voiture de police nous attend. Rajiv me propose de me déposer à l'hôtel, je monte avec lui. Nous roulons doucement dans la circulation indienne faite de voitures, de motos, de camions, de vaches, d'ânes, des piétons aussi et des enfants, des chiens, des singes. Une autre question me vient :

« Et l'Américain, vous avez trouvé quelque chose ?

– J'ai appelé la famille. Pas de nouvelles de ce côté. J'ai parlé à sa femme qui était surprise d'entendre un policier indien. Elle ne savait pas qu'on le recherchait ici. Lui aussi a disparu en Thaïlande.

– Que lui avez-vous dit ?

– Oh… j'ai inventé une histoire de routines administratives entre les polices indiennes et thaïlandaises concernant les disparitions de touristes. Je ne voulais pas créer de faux espoirs. Je lui ai dit que nous mettions nos fichiers à jour et je vérifiais si elle n'avait pas de nouvelles informations à nous fournir. »

Nous approchons de mon hôtel. La foule est moins dense et de nombreux touristes déambulent au bord de la route. La plupart sont vêtus de frusques hippies achetées sur les marchés.

« Il faut retrouver le médecin marocain, dis-je. Qu'il ait pris un avion ce jour-là ne prouve rien, mais c'est la seule piste. Vous allez vous en occuper ?

– Je n'ai aucune charge contre ce monsieur, répond Rajiv. Et je ne peux me rendre à Tanger pour l'interroger, juste parce que vous et moi avons déduit son éventuelle implication. Mais vous avez raison, c'est une piste.

– Moi je peux.

– Vous pouvez quoi ?

– Je peux aller à Tanger. »

Rajiv se gare sur le bas-côté.

« Nous sommes arrivés, me dit-il. Effectivement, vous pouvez vous rendre au Maroc, du moins si votre employeur approuve ce choix. »

Il serre le frein à main, et se tourne vers moi :

« Vous devez comprendre que le hasard est une invention occidentale. Open Life est dans cette roue tout comme Émilie et vous. Poursuivez Tom, vos karmas sont liés. Je vais enquêter ici à propos de Stephan Khulein et en même temps je mènerai des recherches sur Émilie. Mais la réponse n'est plus à Goa. C'est vous qui irez au bout de cette histoire. »

*

Je suis assis sur le lit de ma chambre. J'entends le vent souffler doucement dans les palmiers, et la mer gronder au loin. Je regarde le téléphone posé sur une petite table à ma droite, un authentique appareil d'autrefois en bakélite noire. Je regroupe mes idées avant de décrocher. Tanger est, pour l'instant, la seule piste. Sinon je peux rester ici, à Goa, et faire la tournée des hôtels, des bars, des plages, en exhibant une photo d'Émilie, faire circuler l'information avec l'aide des réseaux de Rajiv. Ça peut donner quelque chose. Mais ce n'est pas mon Karma.

Je décroche, compose le numéro.

Florence de Laferrière répond dès la première sonnerie. Je l'imagine dans un taxi, sans doute à cause du bourdonnement que j'entends derrière elle et parfois comme un bruit de circulation au loin.

« Bonsoir, j'espère que je ne vous dérange pas, j'avoue être un peu perdu dans les décalages horaires.

– Ne vous inquiétez pas. Je vous écoute. »

Je me lance :

« J'ai retrouvé le touriste allemand. »

Silence. Je précise, maladroitement :

« Il est… vivant mais… dans un sale état. Je vais être franc. Il a été kidnappé et torturé. »

Elle laisse passer une seconde et finit par demander :

« Qu'entendez-vous par "torturé" ?

– Je ne sais pas si on lui a infligé des sévices dans le but de le faire souffrir, mais son corps porte les stigmates de multiples blessures, il semble aussi affamé, squelettique, et il est plongé dans un coma profond. »

De nouveau un temps de silence. J'imagine qu'elle pense à Émilie. Elle a entendu « tortures », « affamé », « coma ». Je guette la panique, mais non, elle reprend d'une voix claire qui ne tremble pas :

« Ce que vous m'apprenez n'est pas rassurant. C'est même effrayant. Émilie et ce jeune homme sont liés, d'une manière ou d'une autre. Comment l'avez-vous trouvé ? »

Je lui raconte la fondation montée par Open Life à Goa, ma visite, les expériences qui y sont pratiquées, l'abandon de l'Allemand quinze jours plus tôt dans un mouroir et la fuite à Tanger le même jour d'un médecin d'Open Spirit, encore.

« Émilie est venue à Goa. Son entrée en Inde a été effacée des dossiers des douanes, comme en Thaïlande et sûrement par la même personne. Toujours Open Life. Trop de liens existent pour qu'on les ignore. Votre nièce, l'Allemand, peut-être l'Américain, et Open Life sont impliqués dans une même histoire qui nous conduit à ce médecin marocain. Il faut le retrouver. Nous n'avons rien de concret prouvant la responsabilité de la société de John Wind, mais au bout de combien de coïncidences peut-on parler de preuve tangible ?

– En ce qui me concerne, deux suffisent. Mais les coïncidences ne sont pas recevables. Elles confortent un jugement sans établir de faits. Que proposez-vous ?

– Je peux rester ici faire du porte-à-porte dans les lieux les plus fréquentés avec la photo d'Émilie. Je ratisse la région. Ou bien je vais à Tanger.

– Quel est votre avis ?

– Je pense qu'il faut suivre la piste du médecin marocain. La police indienne va ouvrir une enquête concernant l'agression de l'Allemand. Ils vont inclure officieusement Émilie dans leurs recherches. Je les connais bien et nous pouvons compter sur eux. Ils feront le travail de terrain à ma place et seront bien plus efficaces que moi. Qui parlerait à un Européen sorti de nulle part qui n'est ni flic, ni journaliste, rien, juste un type qui pose des questions… Si vous le désirez, nous pouvons renforcer le dispositif en engageant des enquêteurs privés, des Indiens, pour visiter encore plus de lieux, ils multiplieront les chances. »

Je l'entends, ou l'imagine, aspirant la fumée d'une cigarette.

« Très bien, allez à Tanger. »

5

Tanger, la ville bien placée, tout en haut de l'Afrique, juste en face de l'Europe, porte entre les deux mondes, point de passage obligé pour tous les trafics d'un continent à l'autre, l'alcool, l'argent, la traite des êtres humains, les armes, le hachisch jusqu'aux producteurs de cocaïne sud-américains qui profitent à leur tour des ancestraux canaux africains pour pénétrer le vieux monde. Vieux et riche.

Une ville de truands, de macs, de putes, de dealers, de branleurs en tous genres, de drogués, d'alcooliques, de flics véreux, de financiers blanchisseurs, une ville magnifique, ville de roman, héroïne de films, fantasme, écrite, filmée, chantée et même si elle change comme tout le reste, même si on l'habille de neuf, si on la civilise, il faut retenir la légende et la raconter aussi, c'est mieux.

*

Je retourne dans cette ville où j'ai séjourné un temps et celui qui peut m'aider à trouver un médecin en cavale, c'est Amslam, l'homme qui vit dans un cube au-dessus du monde.

Une des phrases culte de Tanger que l'on aime à répéter aux nouveaux arrivants en affichant un air entendu est : « À Tanger, je ne crois pas ce que l'on me raconte et je ne crois que la moitié de ce que je vois ». Ça résume assez bien. Une ville d'histoires invérifiables dans lesquelles on se complaît. Amslam est l'une de ces histoires.

C'est un vieillard mince et souriant, poli, accueillant, toujours vêtu d'une djellaba blanche, la barbe grise bien peignée. Je ne l'ai pas connu en action mais déjà retraité, héros d'aventures murmurées qu'il se plaît à entretenir, au moins à ne jamais démentir. D'ailleurs je n'ai aucune idée de son véritable nom et le Amslam que je lui accole n'est qu'une transcription phonétique. Selon les versions de sa vie et ceux qui les racontent, Amslam a été trafiquant de drogue, producteur de cannabis, officier de l'armée royale, agent des services spéciaux marocains, propriétaire terrien, proche cousin du roi (le « proche » est important car les simples cousins royaux se comptent par milliers) et correspondant de la célèbre DEA américaine qui traque les trafiquants de drogue dans le monde.

La plus crédible : il aurait amassé une fortune colossale dans la production et le trafic de hachisch pendant les années quatre-vingt et quatre-vingt-dix. En homme sage, se sentant vieillir, il aurait vu arriver la concurrence d'une autre génération, plus rapide, brutale, avide et il aurait su passer la main avant d'être éliminé. Nouveau siècle, nouveaux hommes. Sans lutter, il se serait effacé.

Amslam est ivre de cannabis du matin au soir. Il fume des joints gros comme des cigares cubains, régulièrement, du lever au coucher. Il a sur les yeux ce voile permanent des fumeurs de hachisch. Une absence.

*

Au sud-ouest de la ville, une route court sur des falaises qui surplombent l'Atlantique. La vue est spectaculaire, l'océan s'étend, juste devant soi, à l'infini. Avec la hauteur on ne voit pas les vagues alors il semble plat, c'est un miroir immense que regarde le ciel.

Un jour, un homme m'a dit que si je descendais et longeais la plage jusqu'au bout, j'arriverais au Cap en Afrique du Sud. Deux ans de marche, trois peut-être.

Amslam a acheté un morceau de cette falaise. À son sommet, il a construit un cube de béton à moitié enfoui. De la route, on n'en voit que la partie haute et le toit plat. Il faut le contourner, descendre un sentier qui longe la crête au bord du vide et parvenir à une petite porte sur le côté. On se baisse pour entrer, on descend quatre marches et on parvient à l'intérieur dans un vaste salon aux murs peints en blanc. Le sol est couvert de tapis colorés et de coussins.

La façade qui donne sur l'océan est une immense baie vitrée, un écran géant. Quand on regarde le panorama, on a l'impression d'être entre ciel et terre face au soleil de l'après-midi…

Amslam s'est offert un cadeau : une vue, le plus beau coucher de soleil. Spectacle garanti tous les soirs.

La posture idéale, c'est sur le côté, jambes étendues, des coussins sous les hanches, le dos, les fesses et la tête. Deux jeunes, très jeunes filles, Aïcha et sa sœur Leïla, vêtues de petites robes courtes et blanches préparent les pipes de kif et les verres de thé. Quand tout le monde est servi, elles ouvrent grand la baie vitrée, puis vont s'asseoir derrière nous, sur les tapis, prêtes à intervenir en cas de besoin.

Et le soleil descend doucement derrière l'horizon. Il faiblit en créant des teintes roses et mauves qui déchirent les cieux, il enflamme les flots. On croirait qu'il regagne un peu de terrain en donnant des couleurs à la mer, mais il cède comme chaque soir et disparaît dans un dernier rayon incandescent. Vert paraît-il.

Amslam se redresse et se tourne vers moi :

« Alors, qu'est-ce que tu veux ?

– Je cherche un médecin. Un médecin qui arriverait d'Inde. Il serait quelque part en ville depuis une quinzaine de jours.

– Son nom ?

– Bilal Husseini.

– Ce n'est pas marocain…

– Je… je ne sais pas. Il est de nationalité marocaine.

– Mmm… il vient de l'est… du Machrek… pourquoi tu le cherches ? »

J'ai le réflexe de simplifier l'histoire, la dédramatiser, ne surtout pas parler de Wind et de l'Allemand troué. Amslam est un retraité, c'est terminé l'aventure. Il ne prendra pas de risques pour moi.

« Je ne suis plus journaliste. J'ai changé de branche. Je mène une enquête privée. Une simple recherche de personne, une touriste qui ne donne plus de nouvelles depuis quelques mois. Elle aurait croisé ce médecin en Inde. Je vérifie. Je travaille pour la famille.

– Tu sauves les touristes ? »

Ça a l'air de l'amuser. Je confirme en souriant, moi aussi :

« C'est ça. Un métier du siècle. Sauveteur de touristes ! »

Il approuve, allume avec une allumette le minuscule foyer de sa longue pipe et avale rapidement la fumée du kif. Il garde longtemps sa respiration, au moins trente secondes, avant d'expirer.

Il me passe la pipe. J'aspire à mon tour. Le goût est âcre mais je ne ressens ni brûlure ni gène, je ne tousse pas.

« Une herbe garantie biologique, me dit Amslam. Nous la consommons depuis des siècles. Je n'ai jamais compris pourquoi vous la considérez comme le mal absolu.

– Chacun ses démons. Nous c'est l'alcool.

– Ça vous rend agressif, vous devriez changer… »

Il rigole, se tourne en direction des filles à qui il demande quelque chose. L'une d'elles se lève et lui apporte un téléphone. Il compose un numéro, dit quelques mots avant de rendre le téléphone à la fille qui patientait, debout à côté de lui et regagne sa place. Il reprend la conversation où nous l'avions laissée :

« Tu as raison, c'est un métier du siècle. La planète est sillonnée par des millions de touristes, il est normal qu'on en perde de temps en temps et il faut bien que quelqu'un s'occupe de les retrouver. Tu es un visionnaire Tom ! »

Nous buvons du thé, fumons des pipes de kif et devisons tranquillement sur le monde qui change durant une vingtaine de minutes quand la sonnerie du téléphone nous interrompt. Amslam ne bouge pas. Une des filles répond, note quelque chose sur un calepin qu'elle lui tend. Il regarde ce qui est écrit, détache la page et me la donne.

« Ton Husseini est à cette adresse. Montre le papier au chauffeur de taxi, il t'y mènera. Ce n'est pas très loin de Tanger. Aïcha va appeler une voiture.

– Je ne sais pas comment te remercier.

– Ne t'inquiète pas, tu en auras l'occasion. Écoute bien, un jour ou l'autre, un Marocain aura besoin d'un coup de main à Paris. Il m'appellera pour avoir un contact et tu l'aideras. »

Il sourit et me tend la main.

Je préfère ne pas imaginer quel genre de service je vais devoir rendre « un jour ou l'autre » et je serre la main du vieillard qui me semble soudain redoutable.

*

Ce n'est pas loin, effectivement. Dans la banlieue de Tanger à l'est, là où on entasse les pauvres un peu comme chez nous. Sauf que chez nous on les range dans des immeubles usés, ici, ils vivent dans des maisons pas finies avec les tiges de métal qui sortent des murs inachevés. On attend l'argent pour agrandir, élever un étage supplémentaire. Et quand on peut enfin le faire l'étage, eh bien, on a pondu un ou deux marmots et il faut recommencer, les murs, les tiges, l'étage. C'est sans fin. Et c'est très bien ainsi parce que ça fait des impôts en moins tant que la maison est en construction.

J'ai montré le papier à un chauffeur de taxi qui m'a fait signe de monter et m'a conduit dans ce quartier qui ne ressemble à rien. On dirait un immense chantier interrompu, les maisons, mais aussi les trottoirs, le revêtement des routes, les égouts, l'éclairage, tout est inachevé. Comme si l'argent investi dans les travaux avait mystérieusement disparu avant qu'ils ne soient terminés.

La vieille qui m'ouvre la porte en fer me regarde avec des yeux haineux. Elle se méfie, ça se voit, j'imagine qu'elle se demande ce qui lui tombe dessus. La trouille des miséreux, que ça devienne pire encore. Elle a des tatouages autour des yeux et à partir du menton une petite ligne bleue sépare son visage en deux jusqu'au front. Ses cils sont surmontés d'un épais trait de khôl, un foulard rouge est noué sur ses cheveux façon « pirate », des boucles dorées pendent à ses oreilles. Un personnage de bandes dessinées surgi dans le monde réel.

Elle aboie quelques questions en arabe je crois, mais ça pourrait être n'importe quel dialecte de la région, et je ne peux que lui demander où est le docteur. Je répète le mot « docteur » une bonne dizaine de fois, persuadé que sa sonorité internationale franchira les barrières linguistiques qui nous séparent, la sorcière tatouée et moi.

Finalement elle semble comprendre. Elle me toise de bas en haut, plusieurs fois, et finit par frotter son pouce et son index près de mon visage. Je m'y attendais et lui tends un billet de dix euros. Elle refuse, m'engueule, prend un air indigné, je la calme avec vingt euros de plus et un geste ferme.

« C'est ça ou rien. »

Elle a l'air de comprendre ou alors elle juge que trente euros sont suffisants pour une trahison et elle me laisse entrer.

La baraque est sombre et humide, elle sent les épices et l'eau croupie, le thé et la sueur, le mouton aussi et le feu de bois. Les murs sont bruts, couleur béton.

La vieille me montre du doigt l'escalier qui mène à l'étage et disparaît rapidement en crachant quelques mots qui m'invitent sans doute à grimper. À moins que ce ne soit des malédictions.

Il est évident qu'un médecin qui travaillait il y a encore quelques semaines pour Open Spirit doit disposer de moyens lui permettant de vivre bien plus confortablement. Étonnant qu'il se terre dans ce taudis. J'en conclus que l'homme se cache. Il a peur.

L'escalier débouche sur un couloir conduisant à plusieurs portes. J'ouvre celle sous laquelle brille une faible lumière.

Il est là. Enfin ce qu'il reste de lui. Peut-être qu'il n'est pas si riche finalement, peut-être que son argent a été englouti dans un vice ruineux, l'héroïne.

Le médecin va mal. Il est sur un matelas sale à même le sol, recroquevillé sur lui-même en position fœtale. Il est en manque. En Inde, monsieur le docteur a dû tomber accro à l'héroïne. Je le devine au premier coup d'œil. Sur une petite table, la seringue, la cuillère, une lampe à huile, du coton, une courroie en caoutchouc, des sachets… vides. Tout est là, dans ce vide.

Il regarde vers moi sans me voir, la seule lampe de la pièce, posée à terre, n'éclaire que lui. Autour, c'est l'obscurité.

« Qui est là ? » demande sa voix inquiète.

Je m'approche, me penche dans le petit cercle de lumière. Il me dévisage. La sueur coule sur son front, ses cheveux sont mouillés, il est maigre, les yeux fiévreux brillent, ils sont jaunes, sans doute une hépatite.

Il tousse. S'étouffe, crache dans une bassine posée là, à côté de sa tête.

« Qu'est-ce que tu veux ? »

Je m'accroupis à son niveau. Il pue, une odeur aigre.

« Je veux une histoire, je lui dis en parlant le plus tranquillement possible, comme à un enfant. Et je peux vous aider, vous faire transférer dans une clinique.

– Quelle histoire ?

– L'histoire indienne. »

Il me fixe de ses yeux brûlants. Je sens la panique monter, je le rassure :

« Ce n'est pas vous que je recherche. Je veux juste savoir ce qu'il s'est passé à Goa. »

Il se laisse retomber en arrière, sur son coussin gris. Il a l'air épuisé.

« Je n'y suis pour rien. J'ai libéré l'Allemand, c'est tout. Ils sont allés trop loin.

– Racontez-moi du début.

– Tu travailles pour qui ?

– C'est privé. Je ne suis pas policier. Je recherche une personne qui a disparu. C'est la famille qui paye. Je recoupe des informations, à ce stade, rien ne prouve que vous soyez impliqué. Je ne fais que vérifier une piste.

– Comment s'appelle cette personne ? »

J'hésite quelques secondes et décide de ne pas tout lui dire.

« Secret professionnel. »

Il sourit. Enfin, pas vraiment un sourire, plutôt une grimace.

« Et tu peux m'aider ?

– Bien sûr, je peux vous sortir de cet endroit et vous emmener quelque part où on vous soignera. »

Il réfléchit, me jauge de son regard presque mort et se décide :

« Tu fais les courses et je te raconte tout ce qu'ils font à Goa. Enfin faisaient, parce que c'est sûrement fini maintenant. Il ne doit rester que la combinaison. J'imagine qu'après la fuite de l'Allemand, ils ont tout déménagé.

– Déménagé quoi ?

– Tout le matériel… »

Il s'interrompt, montre de la main les petits sachets en plastique vides.

« Je n'ai plus rien. Et ce n'est pas la vieille en bas qui va m'aider. Tu me ravitailles et tu as la suite… »

Je me relève doucement. Il va mourir ici, d'une overdose, d'épuisement ou d'une des nombreuses maladies qu'entraîne la consommation quotidienne d'héroïne. Si je le fournis, je le condamne. Il n'a pas envie de s'en sortir, il a déjà basculé de l'autre côté, il est mort. Il doit deviner mon hésitation et me lance d'une voix rauque :

« Ne culpabilise pas. Fais ce que je te demande, apporte la came et tu auras ton histoire. Je ne suis pas un enfant, c'est mon choix. Respecte-le ou va-t'en.

– Et la vieille en bas, c'est qui ?

– Une cousine… éloignée, la partie "éleveurs de moutons" de la famille. Mais ils n'ont plus rien à élever, ils sont venus travailler en ville. Le nouveau port a besoin de main-d'œuvre.

– Vous lui faites confiance ?

– Non… ils sont trop pauvres. »

Il sourit, se redresse et poursuit :

« C'est pour ça que tu dois te dépêcher. Imagine qu'elle me trahisse ! Tu ne saurais rien !

– Qu'elle vous trahisse auprès de qui ? Qui vous recherche ? Vos anciens employeurs ? Open Spirit ? »

Bilal ferme les yeux. Il tremble et tire sur lui une couverture. Dans un souffle :

« Les courses, tu sais où aller ? »

Je sais et le rassure :

« Je reviens dans une heure. »

*

Le petit Socco est une place dans la médina. Pour s'y rendre, il suffit de franchir une des portes qui conduit dans la vieille ville, suivre les ruelles si étroites qu'en écartant les bras on touche les murs des deux côtés, très vite on se perd et à un moment, c'est obligé, on tombe sur le petit Socco.

La place en elle-même est un simple croisement de quelques rues qui débouchent dans le soleil avant de se perdre en face dans la pénombre qui recommence. Elle est bordée de cafés obscurs où traînent les vieux, les voleurs, les mômes et tous ceux qui passent, c'est-à-dire tout le monde.

L'endroit est maudit.

Un diable assombrit le ciel du petit Socco. Je ne sais pas d'où il vient ni quelle raison l'a poussé à s'installer ici pour l'éternité, mais il plane depuis toujours au-dessus des hommes. Il est dangereux. Ceux qui lèvent la tête et croisent son regard deviennent fous. Quand on sait ça, on garde les yeux baissés parce que les deux ou trois fous du petit Socco n'inspirent pas l'envie. Ils sont crasseux, débiles et traînent leur pestilence de table en table en balbutiant et en bavant. On leur offre parfois un thé ou un bout de pain, mais la plupart du temps on les repousse d'une insulte et les enfants leur jettent des pierres pour rigoler. Le soir, ils dorment là, roulés sur eux-mêmes dans la poussière, comme des chiens blottis contre les murs.

J'entre dans le café de l'Espagnol et je monte directement à l'étage. En bas, on dépose les touristes qui visitent la médina et que les guides amènent régulièrement quand ils les ont fait tourner assez longtemps pour les assoiffer. Ils se posent alors dans un bel ensemble, envahissant l'espace et consommant des litres de thé, de jus d'oranges frais et d'eau. Le chiffre d'affaires de la journée en quinze minutes. En haut, en revanche, on trouve de l'authentique. Un repère de frangines fatiguées, de dealers et de gosses prêts à vendre leurs culs potelés aux routiers hollandais en route pour le Niger.

Souad dirige ce petit monde. Avant elle faisait prostituée. Elle travaillait dans les boîtes à expatriés ou les bars à émirs et pouvait se permettre de choisir ses clients. Quand elle a senti que les années allaient la déclasser, elle s'est trouvé une victime, un Espagnol fortuné et amoureux qu'elle a suffisamment travaillé au corps pour qu'il lui offre cet établissement, d'où le nom. Depuis, l'Espagnol est mort d'une crise cardiaque et Souad a gardé le café.

Du temps de sa splendeur, Souad a fréquenté toute la haute Administration de la ville et elle a gardé de cette glorieuse époque des protections dans les services essentiels : la police, les douanes et la mairie.

Aujourd'hui, de son café devenu son bureau, elle organise les trafics de la médina, prostitution, drogue, revente d'objets volés, essentiellement des appareils photo et des téléphones saisis aux touristes, elle distribue leur part aux autorités, règle les petits litiges qui surviennent entre ces artisans du crime et finalement, s'assure une vie confortable.

Je l'ai connue quand j'habitais la ville. Elle était encore incontournable, égérie des nuits tangéroises, on la croisait dans toutes les fêtes. Ensuite on s'est revu quelques fois au cours des années. Elle m'a donné des contacts, toujours en échange d'une rémunération, pour réaliser des reportages dans la région, sur le hachisch bien sûr mais aussi les clandestins qui arrivent en masse ces dernières années pour tenter leur chance à Ceuta et Melilla, les enclaves espagnoles, donc européennes, à quelques kilomètres de là.

Installée à une petite table, elle vérifie des comptes sur un grand cahier et un ordinateur portable. Elle ne lève pas les yeux en me demandant :

« Qu'est-ce que tu veux ?

– Moi aussi je suis content de te voir. Tu vas bien ? »

Elle se tourne vers moi. La prostitution et le deal sont des métiers qui font vieillir vite. Beaucoup de soucis, de nuits blanches, de frayeurs. Son visage est creusé, ridé, les yeux cernés, elle a l'air… fatigué. Elle est pourtant encore séduisante. Ses longs cheveux sombres, son nez droit et fin, sa peau cuivrée, toujours mince et élancée et puis la flamme n'est pas encore éteinte, elle vit. Ici, pour une femme comme elle, avec son histoire, c'est déjà un exploit.

Elle se redresse, pose son crayon, ferme l'ordinateur et me fixe de ses yeux noirs.

« Je vais bien. Ne reste pas debout planté là. Prends une chaise. »

Elle fait signe à un serveur de nous apporter deux thés. Je m'assois. Elle m'impressionne par sa brutalité, sa façon de prendre le dessus.

« Alors, de quoi as-tu besoin ?

– D'héroïne.

– Tu es devenu accro "aussi" à l'héroïne ou bien tu fais un sujet sur le trafic ?

– Non, ce n'est pas pour moi et je ne suis plus journaliste. Je fais des enquêtes à titre privé… Disons que je recherche quelqu'un et que j'ai besoin d'héroïne pour avoir des informations. »

Souad approuve. Elle n'a pas besoin de savoir. Ça lui est égal. C'est ma commande qui pose problème.

« Tu ne lis pas les journaux ?

– Pas depuis quelques jours.

– Tu devrais. Israël a attaqué le Sud-Liban avant-hier. L'héroïne ne passe plus.

– Ça va durer longtemps ?

– Appelle Jérusalem… Ou alors…

– Ou alors quoi ?

– Si tu peux y mettre le prix, je convoque le pharmacien.

– C'est qui celui-là ?

– Un pharmacien. Ils ont de tout les pharmaciens, non ?

– J'ai du cash. »

Souad sort son téléphone et cinq minutes plus tard, le pharmacien est avec nous dans cette grande salle sombre, balayée par des ventilos gémissants pendus au plafond, où se succèdent quelques-uns des nombreux désœuvrés de la médina.

Le pharmacien ressemble à… un pharmacien. Long, mince, sérieux et cintré dans une blouse blanche impeccable, il est mal à l'aise en ces lieux miteux.

Il ne me salue pas et donne rapidement à Souad une simple mallette en cuir usé. Elle l'ouvre, jette un rapide coup d'œil et me sourit.

« Alors, nous avons de la méthadone, de la codéine, de l'éther, de la cocaïne de synthèse et de la morphine.

– Combien de morphine ? »

Elle compte.

« Six ampoules.

– Le prix ? »

Sans même consulter le pharmacien elle annonce d'une voix ferme :

« Mille euros. »

J'estime le prix d'une ampoule à vingt euros.

« C'est de l'arnaque ! »

Elle hausse les épaules.

« Tu peux attendre la fin des combats. On ne sait jamais avec les Israéliens. Ça peut être un raid éclair de deux ou trois jours mais ils peuvent aussi faire durer. »

Non je ne peux pas attendre. Mon médecin junkie va vite perdre les pédales si je ne lui apporte pas de quoi calmer son manque. Rapidement le besoin sera plus fort que la prudence et il sortira dans la rue, cherchera sa dope, pleurera dans les pharmacies pour qu'on lui donne des anxiolytiques, des antalgiques, n'importe quoi pourvu que ça endorme même un peu, les douleurs, et ça finira dans un commissariat. Il me faudra alors du temps et pas mal d'argent pour espérer avoir une conversation avec lui. Il ne faut pas que je le perde.

« Je prends la morphine. »

Le pharmacien se permet une remarque :

« Je ne sais pas à qui vous destinez cette morphine, mais il est de mon devoir de vous prévenir que c'est un produit de synthèse fabriqué au Sénégal par un laboratoire indien. »

Je regarde les ampoules d'un air méfiant.

« Elle est efficace ?

– Oh oui. Très efficace. Peut-être même trop. Disons que les chimistes indiens ont la main un peu lourde. Allez-y doucement. »

*

Le toubib est toujours blotti sous sa couverture, mais il se redresse d'un bon comme un squelette animé par un ressort et ses yeux s'illuminent quand j'entre dans la chambre où flotte une puissante odeur de pisse, de sueur et de moisi. Sa voix plaintive :

« T'as trouvé de l'héroïne ?

– Non. »

Je sais ce qu'il ressent quand je prononce ce « non » d'un air détaché en m'asseyant en tailleur à côté de lui. Son corps hurle le manque, il a froid, il a des crampes, ses entrailles se déchirent, son crâne va exploser, ses yeux pleurent, son nez coule, ses articulations semblent bloquées, même ses os le font souffrir. Il a le regard désespéré du noyé, paniqué, impuissant. Je me sens le pire des salauds. Je le suis d'ailleurs. Il va falloir que je m'y fasse si je veux durer, pas de déontologie dans mon nouveau métier. Je tiens le junkie dans ma main, ce n'est pas le moment d'avoir des états d'âme. Je reprends :

« Plus un gramme d'héroïne n'arrive à Tanger depuis deux jours. Les Israéliens s'offrent une petite guerre au Liban et le trafic est interrompu. »

Je laisse passer quelques secondes, le temps de le voir s'effondrer sur sa couche dégueulasse et sombrer dans le désespoir. Et puis je le sauve :

« Je vous ai trouvé ça. »

Je sors une ampoule de morphine. Il se penche vers moi. Je l'arrête.

« Voilà comment on va marcher. Je vous en donne la moitié d'une. Vous me racontez l'histoire et si je suis satisfait de votre version, vous avez droit au reste. Six ampoules. »

Il tend la main, évidemment.

« C'est bon, je te raconterai tout, passe-moi la morphine. »

Je le freine de nouveau.

« Je donne la première dose. »

Je casse l'ampoule, en aspire la moitié dans sa seringue et la lui tends. Il la saisit, fébrile, cherche sur son avant-bras couvert de plaies un espace où planter l'aiguille. Il s'y reprend deux, trois fois ; finalement, il parvient à percer l'artère, vérifie en aspirant une goutte de sang, presse le piston doucement mais régulièrement et se laisse retomber, l'air satisfait. Ça ne vaut pas l'héroïne mais ça le soulage.

« Alors ? »

Il me parle les yeux fermés, doucement, en hésitant :

« Ils veulent saisir les âmes… La numérisation des consciences… c'est dans l'homme que se cache la machine de demain… il faut trouver les compatibles… heureusement, ils ont la combinaison… reliée à la machine, elle trouvera ceux qui sont compatibles. »

Il ouvre les yeux, se redresse et se tourne vers moi.

« C'est grâce à la combinaison qu'ils vont réussir, elle permettra de trouver les compatibles ! »

Je m'approche de lui et demande :

« Quelle combinaison ? Celle de la fondation, à Goa ? Celle pour voir les images en trois dimensions ? Et les blessures de l'Allemand ? Les trous sur le corps ? C'est quoi ? »

Il ne m'écoute plus, sa tête glisse sur le côté, ses yeux se ferment. Il bave dans son sourire débile. Je le prends par les épaules, le secoue.

« Hé, Bilal, revenez ! »

Je lui donne des petites claques sur les joues. Il ouvre les yeux. Il est défoncé, il me parle en bafouillant :

« C'est vrai que… qu'elle… elle est forte cette drogue… c'est… bien… »

Je ne le lâche pas.

« Vous devez me raconter ! Si vous vous laissez aller, je repars avec les autres ampoules ! »

Il essaye de se redresser, je lis la trouille dans ses yeux dilatés. Il me supplie :

« Non, je vais te raconter… je vais raconter… de toutes les façons, ça n'a plus d'importance… attends… attends… je… j'arrive… »

Derrière moi, la porte s'ouvre. Je sursaute, me tourne et découvre la sorcière avec un plateau soutenant un bol de semoule et un verre de thé. Bilal lui fait signe de nous laisser mais elle reste là, à regarder la scène. Elle s'approche, découvre la seringue, toujours dans la main de Bilal et moi qui tiens l'ampoule à moitié pleine. Alors son visage se déforme. Elle se met à hurler, me menace du doigt, déchaînée. Elle fait demi-tour, toujours en hurlant, avec son plateau. Je l'entends vociférer dans l'escalier. Je n'ai pas eu le temps de réagir, je me sens pris en faute, le sang me monte au visage, j'ai l'air stupide avec mon ampoule, l'objet du délit que je me décide enfin à poser sur le sol. Je demande à Bilal :

« Qu'est-ce qu'elle a dit ? »

Il murmure :

« Elle te traite d'assassin. Elle dit que tu vas me tuer. Elle va chercher de l'aide. Tu ferais mieux de la retenir. »

Je me lève et descends à toute vitesse. J'arrive en bas juste à temps, la vieille va sortir. Elle me voit et hurle de plus belle en ouvrant la porte qui donne dans la rue. J'essaye de la calmer :

« Ce n'est pas ce que vous pensez ! Ce n'est pas de l'héroïne ! C'est un médicament, pour l'aider, vous comprenez, je veux l'emmener dans une clinique ! »

Elle ne comprend rien, évidement et continue d'ameuter le quartier. Je tente de lui prendre le bras pour la ramener dans la maison, mais elle m'échappe et file avec une rapidité inattendue. Ses cris résonnent. Je remonte dans la chambre de Bilal. Je dois me dépêcher, tenter de lui faire dire l'essentiel rapidement malgré son état. J'entre dans la pièce.

« Elle va chercher des voisins ! Vous devez me dire vite tout ce que vous savez, sinon… »

Je m'arrête en découvrant le désastre : le médecin ne peut m'entendre, encore moins me parler, il est étendu sur le matelas, les bras en croix, sa peau est bleue, comme peinte, de la bave et un sang noir s'écoulent doucement au coin de ses lèvres. Une écume verdâtre lui couvre le menton. Une odeur de merde s'est ajoutée aux autres, il s'est vidé. Je me précipite :

« Bilal, Bilal, vous m'entendez ? Vous êtes là ? »

Je cherche le pouls, rien. Ses yeux sont exorbités, fixes, déjà couverts d'un voile. J'en ai vu des morts, je sais comment ils sont, ils se ressemblent tous.

La seringue est encore plantée dans son bras et l'ampoule toujours par terre mais vide. Il a craqué. Comme un gamin qu'on laisse seul avec un paquet de bonbons, il a profité de mon absence pour s'en envoyer une dose de plus. Le pharmacien avait raison, le cœur n'a pas supporté.

Je reste abattu, assis sur le sol poussiéreux, à côté de ce cadavre. Qu'est-ce que je vais faire maintenant ? Ne pas paniquer. Je n'y suis pour rien. Si. J'ai fourni la drogue. Suis-je un criminel ? Pour la police, oui. Pour la vieille, oui. Pour tous ceux qui vont la suivre, oui. Pour moi ? Oui… Non… Je balaye la question. Pas le moment de s'apitoyer. Disparaître. Quitter la ville. Quitter le pays. Vite. La vieille va revenir. Sûrement avec du monde. Ils vont me lyncher. Je sens que je perds pied. J'ai peur. Je me concentre sur l'instant. Agir.

Je fouille la chambre du regard. Je me donne une minute pour trouver un carnet, un ordinateur, un livre, des notes, n'importe quoi… et là, sous la petite table de chevet, j'avise un disque dur externe, un petit boîtier gris reconnaissable avec ses fils branchés mais ne menant nulle part. Je m'en empare. J'entends des voix approcher. Je sors de la chambre, avance doucement jusqu'à l'escalier et risque un regard. La sorcière est de retour avec une petite bande derrière elle semble-t-il. On s'invective, on se bouscule contre la porte. Elle entre la première, suivie de deux hommes, vêtus de gandouras grises, l'air furieux, l'un d'eux porte… un fusil de chasse ! Ils m'aperçoivent, tout le monde crie

Je retourne sur mes pas, enjambe le corps de Bilal, me précipite à la fenêtre. Un étage. Je franchis la rambarde, me laisse pendre par les bras, et je lâche. Je m'écroule, roule à terre, me relève. Rien de cassé.

Je détale dans la rue. J'entends des cris derrière moi. Et un coup de feu ! Il claque dans mon dos. J'accélère autant que je le peux ! Je n'ai pas couru aussi vite depuis des années, je vais m'essouffler, je le sais. Déjà j'avale l'air à grandes goulées, la bouche ouverte, en râlant. Je cavale dans les ruelles terreuses, croise quelques ombres. J'avance au hasard et tombe sur une rue large et asphaltée, celle-ci.

Je m'arrête. Je souffle comme un bœuf, mon cœur tabasse ma poitrine comme s'il voulait sortir de là. Je crache. Où aller ? Comment quitter ce quartier, retourner au centre-ville ? Un camion découvert chargé de pastèques me dépasse, freine et marque un arrêt au carrefour à une cinquantaine de mètres plus loin. Des enfants, cachés au bord de la route, profitent de ce court moment pour voler quelques fruits en grimpant sur le marchepied à l'arrière de la benne. Ils ont le temps d'en prendre deux ou trois avant que le camion reparte. Je me précipite, bouscule les enfants qui descendent et grimpe dans la benne, je plonge dans les fruits, quelques-uns tombent, pas perdus pour tout le monde. Le camion démarre. J'attends, je retiens mon souffle, seul et effrayé sous des kilos de pastèques. Peut-être que je vais mourir ici, étouffé.

Nous roulons. Je tente de sortir de cet amoncellement de pastèques mais ce n'est pas facile. Dès que j'en bouge une, d'autres me tombent dessus. Je parviens finalement à m'en extraire. Je reste à genoux. Avec les mouvements du camion, pas moyen de tenir debout. Nous sommes sur une route à quatre voies qui mène droit à Tanger. Bonne direction. Il suffit d'attendre.

Je réfléchis. Je dois partir au plus vite. J'imagine la pire des situations. La vieille et les autres sont en route pour le commissariat où ils vont raconter qu'un blanc a tué Bilal en lui injectant de la drogue. Les policiers vont se déplacer, constater le décès, appeler leurs supérieurs, ramener le corps à la morgue et à ce moment-là, une enquête sera ouverte, peut-être une alerte lancée pour rechercher un adulte, de type européen, de sexe masculin, la quarantaine, crâne rasé, yeux foncés, vêtu d'un jean, une chemise blanche et un blouson de cuir. J'ai environ une heure devant moi avant qu'on lance la surveillance des frontières pour interpeller tous les voyageurs correspondant à cette description. Et comment quitter le Maroc en moins d'une heure quand on est à Tanger avec un passeport européen ? La réponse s'impose si on est déjà venu ici : Ceuta. L'enclave espagnole, petite ville, territoire d'à peine vingt kilomètres carrés, n'est qu'à une trentaine de kilomètres. Une fois là-bas, je serai en Europe. Sauvé. Comme les clandestins que je suis venu filmer il y a trois ans. Sauf que moi, je passe.

*

Sur la carte, Ceuta ressemble à un petit bout du Maroc qui tenterait de s'enfuir vers l'Europe. Une excroissance déjà dans la mer mais encore attachée à l'Afrique par un lambeau de terre. On dirait que ce bout d'Espagne veut rentrer chez lui.

J'y arrive avec le taxi que j'ai emprunté après avoir abandonné le camion aux abords du marché où il livrait ses pastèques. Le chauffeur me dépose à la frontière, un impressionnant dispositif grillagé, bétonné, un labyrinthe de barbelés, de couloirs et de chicanes, surveillé par des hommes en armes et des chiens, dans lequel il faut s'engager afin de parvenir aux guichets des douanes.

L'Europe se protège, les portes sont bien tenues. Ici comme à Melilla, autre enclave espagnole plus à l'est, elle interdit son accès à tous ces miséreux qui arrivent chaque jour des confins sombres du continent africain, comme surgis du cœur des ténèbres, espérant la lumière, cherchant la vie, mourant pour l'atteindre. Il faut les voir certaines nuits charger soudainement en masse, se jeter sur les barrières métalliques hérissées de barbelés tranchants, hautes de plusieurs mètres. Des groupes de trois ou quatre cents personnes se pressent, se montent les unes sur les autres formant une monstrueuse pyramide humaine sous laquelle certains crèvent étouffés pour que ceux du dessus puissent avoir une chance. Ou alors, ils passent par les plages, courent comme des animaux en bande, effrayés par les feux des projecteurs qui les traquent avec leurs faisceaux blancs, ils se lancent dans l'eau pour les éviter, quelques-uns sont repoussés par les courants un peu plus loin, côté espagnol pour les plus chanceux, mais la plupart reviennent au point de départ, se font prendre par les gardes-frontières ou sont entraînés au large et se noient rapidement.

Et pourtant il est si facile de passer de l'autre côté. Une promenade.

Moi je me présente debout, je ne me cache pas, je ne cavale pas comme un lapin fugueur, je marche tranquillement, je suis un peu agacé par tous ces dispositifs sécuritaires qui gâchent le paysage et me font perdre un peu de mon temps précieux Je montre mon passeport à un fonctionnaire qui y jette à peine un coup d'œil et me fait un signe de la main. Je suis blanc, ça suffit. Un taxi m'emmène ensuite à la gare maritime où je monte dans l'un des dix-huit ferries quotidiens qui font la navette entre Ceuta et Algésiras, sur le continent européen. Le paradis.

À peine une demi-heure de trajet en sirotant un café sur le pont. Quarante euros le ticket.

Les autres, là-bas derrière les grillages, ils payent de leur vie et ils ne passent même pas. Ou alors quelques-uns qui arrivent jusqu'à chez nous on ne sait pas trop par quel miracle, et deviennent travailleurs de force dans nos cités avant d'être expulsés et il faut tout recommencer.

Déprimant.

L'Afrique s'éloigne doucement dans les grondements des moteurs diesel du ferry qui toussent de temps en temps et crachent leurs fumées noires sur les flots bleus.

Je me sens fatigué. Soulagé d'avoir échappé au pire maintenant que je suis en pleine mer, loin de ce cadavre, de cette foule vengeresse et de tous les emmerdements qui me seraient tombés dessus si la police marocaine m'avait retrouvé puis interrogé sur la mort de Bilal Husseini.

Soulagé mais épuisé.

Depuis ma fuite de la chambre de Bilal, j'ai carburé à l'adrénaline. Je connais bien. L'adrénaline est magique, elle débranche les émotions, la réflexion et renforce la décision immédiate, on agit sans hésiter, sans penser et on ne faiblit pas, le corps obéit aux injonctions de l'instant. La sécrétion se poursuit tant que l'on est dans l'action et s'interrompt avec elle. On ressent alors une grande lassitude, tout le corps se détend d'un coup comme une brutale descente après un trip d'amphétamines. Le café acheté au bar et servi très sucré dans un long gobelet en carton me permet de passer le cap. Je le bois doucement, je fais durer. J'ai envie d'une douche, d'un repas, d'un lit. J'ai besoin de me changer. Je n'ai pas quitté mes vêtements depuis la veille, à Delhi, en Inde. Je me sens sale, froissé. Je m'imagine gris et cerné. J'ai presque envie que toute cette histoire s'arrête maintenant. Je suis parti depuis combien de temps… huit jours. Huit jours, quatre continents. Huit jours, seize mille euros. Je rentre à Paris, je vais chez Florence de Laferrière, dans son bel immeuble haussmannien, je constate l'échec de ma mission et je prends mon salaire. Merci. Au revoir.

Mais il me reste le disque. Il faut en vérifier le contenu avant de parler d'échec.

Le disque et… autre chose aussi… une réflexion faite par le médecin qui se promène dans ma mémoire sans que je parvienne à l'attraper. Il a parlé de la combinaison, des compatibles, de saisir les âmes… Mais ce n'est pas ça. C'était plus concret… il a dit… Voilà ! C'était avant que je ne revienne avec la morphine, il a parlé d'un déménagement ! Il a dit : « Après la fuite de l'Allemand, ils ont sûrement déménagé le matériel » ! Quel matériel ? Un déménagement où ? La caféine et le sucre raniment mes neurones. C'est comme si je voyais les rouages s'enchaîner. Un déménagement de matériel, ça se remarque ! Je prends mon téléphone et appelle Rajiv. Pendant que les sonneries se succèdent, je calcule le décalage horaire. Sans doute deux ou trois heures de plus en Inde. Je ne sais pas si l'inspecteur est un couche-tard. Il répond.

« Bonsoir Rajiv, c'est Tom. Excusez-moi de vous déranger…

– Tom ! Je ne m'attendais pas à avoir des nouvelles si vite ! Vous êtes bien arrivé à Tanger ?

– Oui… et j'en repars. Je suis sur le bateau qui me ramène en Europe. Je n'ai pas beaucoup de temps. Le médecin est mort. Il se droguait à l'héroïne et a fait une overdose. Il n'a pas eu le temps de me dire grand-chose, mais tout de même, il m'a confirmé qu'il avait abandonné l'Allemand devant le mouroir. Il l'a libéré m'a-t-il dit. Et… je voudrais vérifier un détail.

– Je vous écoute.

– Selon lui, la fondation aurait "déménagé" du matériel juste après la fuite de l'Allemand. C'est le mot qu'il a utilisé. Un déménagement, si c'est réellement ce dont il s'agit, ce n'est pas discret. Il faut des camions, peut-être des mètres cubes dans un avion ou un bateau. Et si en plus c'est un déménagement vers l'étranger, une déclaration aux douanes a sûrement été faite. Il doit bien y avoir des traces quelque part. Pouvez-vous vérifier si du matériel a été envoyé dans une autre ville indienne, une autre province ou à l'étranger ces quinze derniers jours par la fondation ? Si oui, où ?

– Bien sûr. C'est assez facile. Je ne peux joindre personne aux services des douanes à cette heure mais je peux toujours vérifier dans les archives. Je vous rappelle.

– Merci Rajiv. »

Nous approchons d'Algésiras. Dans le crachouillis des haut-parleurs extérieurs, une voix avertit les passagers, en espagnol en français et en arabe, que nous arriverons à quai dans cinq minutes. J'ai le temps d'appeler de Laferrière. Comme d'habitude, elle répond aussitôt. Je lui résume la situation :

« J'arrive en Europe. À Algésiras, dans le sud de l'Espagne. Le médecin est mort. Il faut que nous discutions de la suite. Je peux rentrer à Paris ce soir ou demain je ne sais pas encore ce que je trouverai comme avion ou comme train.

– Je ne suis pas à Paris mais à Londres. Attendez, je regarde. »

J'entends le bruit de ses doigts sur le clavier d'un ordinateur, puis elle qui parle à quelqu'un. Un silence. Elle revient.

« Vous n'êtes qu'à une demi-heure de taxi de Gibraltar. Un avion décolle pour Londres dans deux heures. Je vous réserve une place. »

De nouveau le clavier.

« C'est fait. Allez à Gibraltar, prenez cet avion. Dans moins de quatre heures vous arriverez à Londres. Je serai au bar du Hayat au London City Airport. »

Le bateau arrive à quai. Je descends la passerelle.

La douche, le repas, les vêtements… remis à plus tard.

*

À l'aéroport international de Gibraltar, je somnole dans un des « sièges relaxants » mis à la disposition des passagers en attente. Ce sont des banquettes confortables sur lesquelles ont peut allonger les jambes et que je partage avec un groupe d'une dizaine d'Anglais ivres, rougeauds et comateux après le marathon alcoolisé qu'ils viennent d'endurer dans les pubs où les boissons détaxées coulent à flots. Sans doute mes futurs compagnons de voyage. Je repère aussi quelques hommes d'affaires qui lisent la presse financière sur leurs tablettes. Gibraltar est un paradis des assoiffés mais c'est surtout un royal paradis fiscal et moi qui arrive de l'autre côté, de l'Afrique, je perçois toute l'indécence de ce rocher gorgé d'argent posé face à tant de pauvreté.

Mon téléphone vibre dans ma poche, interrompant mes digressions sur les injustices criantes de ce bas monde, pour peu qu'on les regarde. C'est Rajiv.

« Merci de rappeler si vite Rajiv, vous avez trouvé quelque chose ?

– Oui. Ce ne fut pas bien compliqué. Tout ce qui sort de Goa, que ce soit des marchandises ou des biens privés, est enregistré au service des douanes. La fondation Open Spirit a envoyé une tonne de matériel scientifique et médical en Australie, il y a une dizaine de jours. Le matériel a été vendu, les taxes dûment payées, les papiers sont en règle.

– Vous savez ce dont il s'agit ?

– J'ai la liste des appareils. Des centrifugeuses, des ordinateurs, une lampe chirurgicale, un "microscope électronique à balayage à canon à émission de champ", et d'autres équipements dont je ne connais pas l'utilité.

L'intitulé de l'ensemble est : “Matériel de recherche en biologie cellulaire et moléculaire”.

– Qui est le destinataire ?

– Une société australienne, Neva. Le matériel devait être livré à Alice Springs. »

Le cœur rouge. Le centre de l'Australie. Où il n'y a rien. Pourquoi là-bas ? Rajiv reprend :

« Autre chose. Stephan Kulein est mort. »

Je ne comprends pas immédiatement.

« Qui ?

– Stephan Kulein, le touriste allemand. Je viens de l'apprendre. Juste avant de vous téléphoner. »

Un courant d'air glacé me traverse. Je frissonne. Après le médecin marocain, c'est le deuxième mort de cette enquête.

« Comment ?

– Son cœur s'est arrêté, épuisé. C'est une bonne nouvelle vous savez, son esprit est libéré, il va enfin poursuivre son cycle, son Histoire.

– Qu'allez-vous faire ?

– Je vais demander une autopsie et continuer l'enquête. C'est un homicide désormais. »

Une hôtesse s'approche d'un petit comptoir, se penche sur un micro et informe de sa voix douce que les passagers du vol British Airways 50LDR789 à destination de Londres sont priés de se présenter.

« Je dois y aller Rajiv, merci de vous être donné ce mal.

– Je n'ai donné que du bien Tom, nous sommes sur la voie que nous choisissons. Poursuivez, c'est à vous qu'il revient de trouver où nous mène celle-ci. »

Pourquoi faut-il que les Indiens sortent toujours des phrases aux allures mystiques ? Je me suis souvent demandé si c'est une habitude, s'ils font ça couramment entre eux ou s'ils réservent ces petites énigmes pour nous impressionner, nous les Occidentaux.

*

Les bars des hôtels d'aéroports internationaux sont toujours décorés sur le modèle des pubs londoniens ou de ces clubs pour fumeurs de cigares. On les habille de bois brillant, de tuyaux en cuivre étincelant et de cuir usé pour créer de la chaleur dans l'univers de béton, de verre et d'acier où ils sont logés. Des oasis.

Le traditionnel barman tout en retenue et sans âge m'accueille d'un geste de la tête sans interrompre l'astiquage méticuleux d'un verre à cocktail. Je repère rapidement Florence de Laferrière, seule cliente au fond de la salle, installée dans un large fauteuil, devant un verre de vin blanc posé sur une table basse. Très belle, séduisante.

Elle ne se lève pas, appliquant les préceptes d'une éducation raréfiée qui veut que l'homme s'incline. Je m'incline donc légèrement, geste discret de la tête. Elle sourit en me tendant la main.

« Installez-vous, me dit-elle en indiquant le fauteuil qui lui fait face. Vous buvez quelque chose ? »

J'hésite entre le café et la vodka. Pas longtemps.

« Une vodka. Avec un glaçon. »

Elle fait signe au barman. Il se précipite doucement, manœuvre pas évidente que les loufiats de luxe maîtrisent parfaitement. Il prend ma commande et s'éloigne.

« Le vol s'est bien passé ?

– Très bien, merci. »

Elle n'ajoute rien, attendant que le barman revienne, dépose mon verre et retourne à son poste.

Je bois une gorgée. Savoure la brûlure et m'enhardis.

« L'Allemand est mort. »

Elle tressaille. Je précise aussitôt :

« Mais je n'ai toujours pas d'informations directes sur Émilie. Rien ne prouve qu'elle soit en danger.

– Racontez-moi. »

Je reprends toute l'histoire, depuis mon départ de Goa jusqu'à la mort de Bilal Husseini à Tanger, ma fuite dans les ruelles, le passage par Ceuta et mon arrivée ici, dans ce bar. Je parle aussi de ma conversation avec Rajiv et du matériel expédié en Australie. Enfin, je termine en sortant de ma poche le disque dur récupéré dans la chambre du médecin.

« Voilà, vous savez tout. Il nous reste les informations contenues dans ce disque et cette nouvelle piste australienne. »

Elle prend le boîtier, le tourne dans tous les sens et se lève.

« Venez avec moi, j'ai un ordinateur dans ma suite. »

*

Toutes les suites des hôtels d'aéroports sont les mêmes. Une douce et luxueuse uniformité. On pourrait être n'importe où, de New York à Shanghai en passant par Paris, la même moquette profonde, les tissus clairs tendus sur les murs, l'épaisseur des fenêtres et des rideaux qui offrent un isolement parfait. On se trouve partout et nulle part. Des bulles que se réservent les nantis pour traverser le monde sans être dépaysés.

Nous nous installons au salon, moi dans un fauteuil, elle sur le canapé, chacun d'un côté d'une table basse sur laquelle est ouvert l'ordinateur portable dernier cri que se doivent de posséder les personnes influentes. Bien sûr, il est siglé Open Life.

Je fais la réflexion :

« Open Life… pas moyen d'y échapper…

– Ce sont les meilleurs.

– Sans jouer les paranoïaques… je vous rappelle que nous enquêtons sur John Wind. Utiliser son matériel est peut-être risqué. »

Laferrière ouvre l'ordinateur, l'allume et se tourne vers moi :

« J'ai pour habitude de considérer la paranoïa comme une qualité. Cet ordinateur n'a aucune connexion avec l'extérieur. Je l'utilise pour travailler, pas pour communiquer. »

Elle branche le disque dur, clique pour l'ouvrir et me fait signe de m'approcher. Je m'installe à ses côtés, me penche avec elle sur l'écran où défilent des chiffres, des pictogrammes et des lettres sans ordre apparent, un fouillis incompréhensible.

« C'est quoi ?

– Aucune idée, me répond de Laferrière. Des lignes de code peut-être. Si c'est le cas, s'il existe quelque chose de logique là-dedans, cette machine ne peut pas le déchiffrer. Je ne vois pas qui le pourrait d'ailleurs.

– Pourquoi ?

– Cet ordinateur est neuf, il est équipé des logiciels de la dernière génération, les plus aboutis, il est censé pouvoir décrypter et utiliser tous les langages connus. »

Pas de découragement dans sa voix. Elle fixe toujours l'écran, semble réfléchir. Je pense à Phô et Mhô.

« Je connais quelqu'un qui pourrait déchiffrer ces informations. Il s'agit de la personne qui a réussi à pénétrer le système d'Open Life à New York. Ils sont… enfin, je veux dire elle est très forte. Mais il faut lui envoyer le contenu du disque dur à Bangkok.

– On ne peut pas envoyer le fichier. C'est trop dangereux. Ce disque vient d'Open Spirit, il contient des informations qui leur appartiennent. Si on les envoie sur le réseau, ils le repéreront tout de suite.

– Alors ? »

Elle ferme le programme, débranche le disque, se redresse et se tourne vers moi. Déterminée mais calme.

« Je ne vais pas abandonner maintenant. Il reste cinq jours avant la tenue du conseil d'administration. Il faut poursuivre. »

Impossible d'hésiter dans une situation pareille. Je ne peux pas l'arrêter dans son élan, lui demander mon chèque et la planter là, dans sa suite à mille euros la nuit. Et puis, je suis envoûté, de nouveau, pas moyen d'y échapper, d'être lâche. Je ne peux qu'approuver.

« L'Australie…

– C'est ça. Alice Springs. Avec une escale à Bangkok pour tenter de faire déchiffrer le disque.

– Très bien. »

Elle me sourit.

« Merci. »

Ses yeux plongent dans les miens, juste assez longtemps pour que je m'y égare.

Elle se lève et se dirige vers le bureau où se trouve le téléphone.

« Vous devez être épuisé. Je vais prendre une chambre où vous pourrez dormir quelques heures. Je m'occupe de vos billets d'avion et lance des recherches d'informations sur Neva. »

*

L'instant est parfait. J'ai passé une bonne demi-heure sous la douche à savourer l'eau brûlante, les savons, shampoings et autres baumes corporels hors de prix que fournissent les luxueux hôtels d'aéroport fréquentés par une clientèle qui vit en notes de frais. On claque du pognon que l'on ne possède pas.

Je suis resté longuement allongé sur le lit, nu, à laisser la tension redescendre, interrompre l'emballement de ces dernières vingt-quatre heures au cours desquelles j'ai voyagé de l'Inde au Maroc, acheté de la morphine, quasiment assisté à la mort de son utilisateur, échappé à une foule furieuse, traversé une frontière, une mer, un monde…

J'ai fini par éteindre la lumière. Le silence est complet. Je suis dans une sphère hors du monde, du temps. Je suis en sécurité. Je me réfugie dans ce néant. Je m'y endors enfin.

*

La porte s'ouvre et se referme rapidement, à peine un filet de lumière est-il entré. J'ai reconnu sa silhouette se faufiler. Comment a-t-elle eu la clé ?

J'entends des pas étouffés sur la moquette, le glissement d'un vêtement sur un corps, sa chute sur le sol. Un mouvement et elle est sur le lit. Ses mains sur mon cou, mes épaules, mon ventre. Son souffle dans la nuit. Je ne bouge pas. Elle prend mon sexe, le caresse, le serre doucement. Je me laisse aller. Je rêve. En mieux. Je sens l'érection. Je m'entends gémir. J'ai envie de la prendre, de la saisir, ses fesses, ses seins, mais je ne bouge toujours pas, j'ai peur que le moindre mouvement de ma part interrompe le délice. Ses jambes s'emmêlent aux miennes, son corps tout entier se colle à moi, monte sur moi, s'étend de tout son long. Elle ondule doucement, frotte longuement son sexe contre le mien qu'elle maintient toujours de la main, elle se masturbe avec. Je sens l'humidité qui nous mouille et alors elle me plonge en elle, se referme et glisse autour de moi, tout entière, ses seins contre ma poitrine montent et descendent, son visage s'approche du mien et s'éloigne, ses mains saisissent mes épaules, se crispent, je me tends, m'accroche au drap de chaque côté pour ne pas l'attraper par les hanches et donner un coup de reins, je veux faire durer, je ne veux pas intervenir. Elle se penche sur moi, ses cuisses se resserrent encore, elle m'embrasse, me mord, tremble jouit et moi avec elle.

*

On toque à la porte. Des petits coups lointains mais reconnaissables. Quelqu'un veut entrer. Qui ? Où ? Je mets quelques instants à comprendre. Je suis roulé en boule dans les draps du lit, toujours nu. Seul. Une voix derrière la porte :

« Room service sir ! »

Je me lève, prends une serviette dans la salle de bain et la noue à ma taille avant d'ouvrir. Un jeune homme souriant pousse devant lui un chariot portant un petit déjeuner complet, œufs brouillés, jus de fruits, toast, café, beurre, fromages, raisin.

Avant qu'il ne reparte, je l'interpelle :

« You know… time ? What time ?

– Oh ! Yes. Nine sir. Nine in the morning.

– Thank you. »

Neuf heures. J'ai dormi six heures, profondément. Je me sens « réparé », en forme et j'ai faim, ce qui est bon signe. Le serveur me souhaite un bon appétit et s'efface. Je commence par me servir un café que je bois doucement, assis sur le lit défait. Forcément je pense à ce rêve qui n'en était pas un. On tomberait facilement amoureux d'une femme pareille. J'ai déjà eu cette réflexion dans son bureau, au début de l'histoire. Ça me revient maintenant. À toutes ses qualités de femme libre, indépendante, déterminée belle et riche, j'ajoute le sexe. Elle est parfaite.

Sur le chariot, une enveloppe est coincée entre le panier de viennoiseries et la carafe de jus de fruits. Mon nom est écrit d'une belle et régulière écriture. La sienne, j'en suis certain. Je l'ouvre. Des billets d'avion et un mot, de cette même écriture :

Bonjour. Je dois être présente à une réunion prévue depuis longtemps et il me semblait important que vous puissiez prendre du repos. Un long voyage vous attend. C'est pourquoi j'ai préféré ne pas vous faire réveiller plus tôt. Mon bureau a réglé au mieux vos déplacements. Vous avez un avion pour Bangkok à midi. Vous arriverez à cinq heures du matin heure locale. Vous pourrez voir votre contact dans la matinée avant de reprendre un avion pour Darwin en Australie en fin d'après-midi. Vous arriverez sur place le lendemain.

Il ne nous restera alors que trois jours. Appelez-moi de Bangkok quand vous en saurez plus sur les informations contenues dans le disque. Bonne chance et merci.

Florence de Laferrière

Efficace. Manque de romantisme, mais efficace.

6

Tout est en place, comme la dernière fois. La maison, les mômes nus et les poulets, les vieilles aux dents noires, Phô et Mhô sur les coussins, devant les écrans des ordinateurs et nous qui les regardons, Jean-Phi et moi, assis sur les tabourets avec un bol de thé à la main. Une différence tout de même, cette fois, nous ne sommes pas accompagnés d'une Sibérienne mais d'une Colombienne, grande, brune, cheveux longs bouclés, la peau claire, des yeux noirs, une poitrine démesurée et un air intrépide. Une petite inquiétude me vient à son sujet :

« Elle est prévenue de ce qui l'attend ?

– Oui, bien sûr. Elle a exigé le double tarif, comme la précédente, me répond le Belge.

– Et la Sibérienne… elle n'a pas voulu revenir ?

– Non. Il semble que ce soit assez pénible comme expérience... pas douloureux si j'ai bien compris mais... dégueulasse. Assez pour dégoûter une pute sibérienne à Bangkok. Un bon niveau tout de même... »

Sur les écrans, les colonnes de chiffres, de lettres, des dessins, des pictogrammes, des formes géométriques défilent rapidement durant de longues minutes.

Phô et Mhô palabrent entre eux pendant que leurs mains, comme dotées d'une vie propre, courent sur le clavier. Ils arrêtent après quelques instants. Phô se tourne vers nous :

« On a compris, pas la peine de continuer. Ce n'est pas un programme c'est une sorte de banque d'informations.

– Quelles informations ? » demande Jean-Phi.

Phô fait une moue :

« Rien d'extraordinaire, si ce n'est la quantité. Des images, des sons, des musiques, des calculs, des textes, des choses assez banales, mais beaucoup, énormément !

– Qu'est-ce que vous voulez dire par "banales" ?

– Ce sont des musiques assez connues, des images de paysages ou des personnes lambda dans leurs vies quotidiennes, des articles de journaux, des livres… Ce n'est pas cohérent, comme si on avait entassé là des millions d'informations sans ordre, pas de chronologie ou de classement. Je ne vois pas à quoi ça peut servir. »

J'interviens à mon tour en montrant les signes qui continuent de défiler sur les écrans :

« Et ce langage ?

– Inconnu, pas référencé. C'est une création, un système de compression pour faire tenir autant d'éléments sur un petit support. Nous pouvons le déchiffrer mais pas le traduire pour vous le montrer. Si vous le désirez, nous travaillons dessus mais ça prendra du temps.

– Combien de temps ?

– Ça dépend de ce que vous voulez. L'intégralité prendra plusieurs jours.

– Non. Disons… juste quelques images, pour que je me rende compte.

– On peut faire ça tout de suite. Attendez. »

De nouveau les mains s'élancent. Un des écrans s'éteint. Une image apparaît doucement. Je devine le portrait d'un homme, en pied. Il est jeune. En fait c'est un adolescent. Il me fait penser à quelqu'un… qui ?… je sais, l'Allemand ! C'est Stephan Kulein en plus jeune, disons, dix ans de moins ! Il disparaît. Une autre image, la tour Eiffel !

« Qu'est-ce que… »

Une autre image encore, comme prise de l'arrière d'une voiture on voit un homme et une femme de dos sur les sièges avant. C'est l'homme qui conduit. Et encore une, un bébé cette fois, qui suce son pouce et nous regarde de ses grands yeux effarés. Phô se tourne de nouveau vers moi :

« Ce n'est que ça. Il y en a des centaines, peut-être des milliers Vous voulez en voir d'autres ?

– Je… non… qu'est-ce que ça peut bien être ?

– Je dirais qu'il s'agit de dossiers sur une ou plusieurs personnes. Des dossiers très complets, des vies archivées mais en désordre, tout est mélangé, ou alors nous n'avons pas décelé un logiciel de classement, il faudrait chercher de ce côté-là pour avancer mais ce n'est pas sûr. »

Mhô murmure quelque chose. Phô l'écoute et nous traduit :

« Pour lui, c'est une âme. Une âme que l'on a enfermée. Elle n'est plus vivante, elle est arrêtée, interrompue dans ses cycles et figée dans cette boîte avec tout ce qu'elle a vécu au cours de ses vies. Ce que nous voyons, ce sont des images de ses vies. »

Phô s'interrompt, il réfléchit et ajoute :

« Ce n'est pas facile de trouver les mots dans votre langue pour décrire ce qu'il explique... disons que toutes ces informations sont la photographie des existences d'une âme, son embaumement. »

Je me tourne vers Jean-Phi qui hausse les épaules :

« On est en Asie, Dieu est partout. Et pas que lui, les fantômes aussi, les esprits, les ancêtres… alors une âme dans un disque dur… Pourquoi n'y aurait-il pas de fantômes dans les ordinateurs ? Il y en a partout, dans les forêts, les lacs, les maisons, les voitures, les bateaux… »

Phô et Mhô me regardent en souriant, l'air de dire : voilà, c'est comme ça le farang, tu cours après un fantôme, il va falloir t'y faire. Je leur demande :

« Vous ne pouvez rien me dire de plus sur ce disque ?

– Non, répond Phô. Techniquement, c'est intéressant, un nouveau mode de stockage, une masse d'informations incroyable, il faudrait compter en yobioctets. »

Son regard me quitte pour glisser vers la Colombienne qui attend derrière nous l'air vaillant mais vaguement inquiet. Mhô tente aussi de se tourner vers elle, mais il ne peut pas la voir, la tête de son frère l'en empêche. Jean-Phi fait signe à la fille qui vient se planter devant eux et se laisse dévorer du regard, elle prend même un petit air aguicheur, mais je suis persuadé que la lueur d'effroi dans ses yeux, je ne l'imagine pas. Il est temps de partir.

Je récupère le disque dur et remercie le monstre. Phô se tourne rapidement vers moi. Il me sourit. Un grand sourire éclatant. Il est heureux.

« À votre service, il me lance. Nous sommes ravis d'avoir affaire à vous ! »

Nous quittons la pièce, laissant la Colombienne derrière nous, comme une offrande.

*

Cette fois, la cour est vide de poulets, cochons et enfants pour cause de pluies imminentes. Je sors mon téléphone pour appeler Florence de Laferrière, comme convenu, même si cette piste conduit à de nouvelles questions. Elle décroche immédiatement. J'hésite une seconde sur la formule à prononcer, manque d'être familier, de lancer un « C'est moi ! » souriant mais je me reprends :

« Bonjour.

– Bonjour. Vous avez fait analyser le disque par vos amis ?

– Oui. Ce n'est pas un programme, c'est une banque aux capacités impressionnantes et, semble-t-il, technologiquement très avancées, des millions d'informations sont stockées dans ce disque.

– Quels types d'informations ?

– De tout, des musiques, des images, des calculs… mais curieusement, rien de très important, des informations… banales sur des personnes inconnues.

– Dans quel but y sont-elles rassemblées ?

– On ne sait pas. J'ai pu voir certaines images. J'ai cru reconnaître le routard allemand, Stephan Kulein, mais plus jeune. Comme une vieille photo sortie d'un album de famille.

– Votre opinion ?

– Il s'agit vraisemblablement d'un dossier complet sur Stephan Kulein. Quelqu'un a réalisé un travail d'archives sur la vie de ce jeune homme et a rassemblé tout ce qui pouvait le concerner. Peut-être y a-t-il d'autres dossiers du même genre sur d'autres personnes, ce qui expliquerait la quantité inhabituelle d'informations.

– Vous pensez qu'il peut y avoir un dossier sur Émilie.

– Peut-être. Pour le savoir, il faut demander une traduction complète du disque ce qui prendra du temps, plusieurs jours de travail puis il faudra encore trier pour éventuellement trouver Émilie. »

Je marque une pause, hésite à poursuivre et finalement, je décide de me lancer, après tout, elle me paye pour lui raconter tout ce que j'apprends.

« Le… la personne qui a décrypté ce disque a une théorie…

– Je vous écoute.

– Voilà, cette personne dit que le contenu du disque est une âme. Toutes ces données accumulées sont les vies de cette âme enfermée dans le disque, son empreinte… en quelque sorte…

– Vous vous égarez.

– C'est que… nous sommes en Asie et, ici, les histoires de fantômes ou d'âmes errantes n'ont rien d'exceptionnel… »

Elle me coupe :

« Vivons dans le concret voulez-vous ? »

Je reste sans voix pendant quelques secondes. Je réalise que je suis effectivement en train de parler de fantômes et d'âmes emprisonnées…

« Vous avez raison. Je tenais juste à vous rapporter tout ce que l'on a pu me dire à propos de ce disque.

– Très bien, j'en prends note, mais laissons cette idée dans l'onglet "croyances locales". J'ai des informations à vous donner sur la société Neva qui a importé le matériel scientifique de la fondation. Elle n'est pas techniquement liée au groupe Open Life. Officiellement, c'est un laboratoire indépendant, sino-australien, travaillant sur la recherche en micro-organismes, financé par des dons privés venus de fondations pour la plupart appartenant à des laboratoires intéressés par ces travaux. Là non plus, pas de trace d'Open Life. Mais ça ne prouve rien. John Wind peut le posséder en sous-main. La spécialité de Neva c'est la recherche sur la vie en milieux improbables, au fond des océans, sur des montagnes, dans les déserts. Les ingénieurs de Neva montent un laboratoire en milieu hostile en quelques jours. Ils se sont inspirés des méthodes utilisées pour les plates-formes de forage ou les camps militaires que l'on dépose par hélicoptères. Des lieux de vie en autonomie totale pouvant accueillir plusieurs semaines, sans ravitaillement les chercheurs et le personnel technique. Ils viennent d'en dresser un dans le désert rouge du centre de l'Australie. À la hauteur d'Alice Springs. C'est là que le matériel a été livré. Neva l'a acheté à la fondation. »

Elle s'arrête quelques secondes.

« C'est notre dernière piste. Nous n'avons que quatre jours devant nous. Avez-vous une autre suggestion ? »

Non. Elle a raison, nous n'avons rien d'autre. Fouiller le disque prendra plus de quatre jours, et Rajiv n'a pas trouvé de traces d'Émilie à Goa. Si nous voulons agir, jusqu'au dernier moment, il faut aller à Alice Springs.

« Pas de suggestion.

– Vous serez à Darwin dans une vingtaine d'heures. Ne ratez pas l'avion.

– Vous pouvez compter sur moi. Si Émilie est en Australie, vous le saurez à temps.

– Merci. »

Elle coupe la communication.

« L'Australie ? »

La voix de Jean-Phi à mes côtés.

« Oui… il faut que je retourne à l'aéroport.

– Je vais t'emmener, ne t'inquiète pas. Prends-en une. »

Il me propose une cigarette. Nous fumons quelques minutes. Le ciel est juste là, pas loin, pesant et sombre qui va éclater sous peu.

« J'aimerais t'accompagner, me dit le Belge. Elle est bien ton histoire. J'ai un type parfait pour toi là-bas, un aborigène. Il s'appelle Jo, Jo l'abo, tu vas l'adorer ! »

*

L'Australie, ce n'est pas notre terre.

C'est la conclusion à laquelle je suis arrivé un jour que je me trouvais dans un pub au milieu de ce grand rien australien que l'on nomme le « cœur rouge ». J'avais éclusé pas mal de bières, fumé une herbe locale redoutable et je regardais autour de moi. J'étais dans un autre monde, comme si j'avais volé dans une navette spatiale et atterri sur une lointaine planète. Une planète couverte d'une terre rouge sans rien dessus. Et partout du rouge bien puissant comme il en sort d'un tube de gouache. Au-dessus de ce rouge, un ciel d'un bleu si pur qu'on le dirait retouché par le photographe, ou alors badigeonné avec un produit chimique qui éclate les couleurs pour les rendre irréelles. Rien de terrien là-dedans. J'étais dans un monde inventé ou lointain.

Et l'impression s'est confirmée quand j'ai vu passer les habitants du coin, les kangourous, une bande de rats hauts de deux mètres, perchés sur deux pattes atrophiées comme celles d'un lapin géant et équipés d'une queue touffue. En plus, ils vous regardent d'un air goguenard. Des créatures de bandes dessinées. Des êtres sortis de la *Guerre des Étoiles.*

D'où ma théorie : quelque part dans l'univers, une planète a explosé et un morceau est venu jusqu'à nous après un voyage dans le grand vide de l'espace. Il est tombé dans le Pacifique et c'est l'Australie. Si la terre est parfois si rouge, les arbres bleus et les animaux étranges, c'est parce que la vie s'y est fabriquée avec des éléments venus d'ailleurs. Voilà.

*

Je débarque à Darwin, au nord, pas loin des tropiques, un climat que j'aime bien, le même qu'à Bangkok, chaud et mouillé. Jo m'attend.

Les Aborigènes, on les imagine en pagne, accroupis dans un désert où ils passent leur temps à souffler dans des tubes en regardant les étoiles. Ou alors loqueteux, « alcoolographiés », à crever doucement dans une réserve sordide où ils attendent que ça passe dans des préfabriqués décatis. C'est pas faux, il y en a. Mais pas Jo.

Jo s'est intégré. Il porte des bottes poussiéreuses, un jean, une longue chemise beige sur un tee-shirt clair à l'effigie de Nirvana, l'album avec le bébé dans la piscine, une casquette en toile, les Wayfarer et la cigarette. Il est appuyé sur un pick-up Toyota hors d'âge garé devant le hall de l'aéroport. Il me repère, me fait signe mais ne bouge pas, il m'attend, donne un petit coup de reins pour se relever au dernier moment, quand j'approche de lui, la main tendue.

« Vous êtes monsieur Harlem ?

– C'est moi… vous êtes Jo ?

– Je suis Jo. Jean-Phi m'a tout dit. Le laboratoire que vous cherchez est au sud, dans le désert à environ mille kilomètres d'ici. On peut y être demain dans la journée mais il faut partir tout de suite.

– Et l'avion ?

– Le prochain avion pour Alice Springs n'est que demain matin à six heures. Ensuite nous devrons louer une voiture et remonter jusqu'au labo qui est au nord d'Alice Springs. On ira plus vite en partant d'ici, maintenant. Mais c'est comme vous voulez. »

Comme je veux… je veux le plus rapide. Je me tourne vers mon guide :

« Jean-Phi vous a parlé salaire ?

– Il m'a dit que ce serait comme avec lui.

– C'est-à-dire ?

– Deux cents dollars par jour. Plus les frais. »

Tarif occidental, Jean-Phi rémunère honnêtement ses collaborateurs, je m'aligne.

« Il vous a dit pourquoi je venais ici ?

– Vous recherchez une jeune fille.

– C'est cela. J'enquête sur la disparition d'une jeune fille, française, et mes recherches me mènent ici. Notre travail consiste à vérifier si elle est dans ce laboratoire et à prévenir les personnes qui la recherchent. »

Jo approuve d'un mouvement de tête mais ne dit rien, il attend la suite.

« Nous partons maintenant. En voiture si c'est effectivement le mieux pour arriver au plus tôt.

– Très bien. J'ai une petite course à faire et nous y allons.

– Une course ?

– C'est long mille kilomètres, il nous faut un sac d'herbe. »

Il me dit ça avec un naturel désarmant, un peu comme s'il rappelait la nécessité de prendre de l'eau avant d'aller dans le désert. Je précise :

« Nous n'avons que trois jours pour arriver là-bas.

– Nous dormons en route, nous nous levons à l'aube et nous y sommes demain à dix heures. Ma course ne nous retardera pas. C'est sur le chemin. »

*

Jo nous conduit juste en dehors de la ville, quand on sort vers le sud pour prendre la route qui conduit au centre du pays. C'est la zone locale, un enchevêtrement de chemins de terre qui mènent à des baraques vacillantes, des mobil-homes prolongés avec des tôles, des palettes en bois et des bouts de plastique. Un bidonville peuplé d'exclus, les *white trash*, les blancs-ratés de l'Australie triomphante. C'est là qu'elle se trouve leur misère à eux, celle qui survit de magouilles et d'aide sociale. Elle est moins choquante que chez nous parce qu'elle est tropicale et semble plus douce avec du soleil, de la chaleur, des palmiers, des herbes hautes et des plantes géantes. Mais en vrai, c'est toujours la même souffrance qui pue le vomi et l'huile de moteur.

Nous arrivons chez un dénommé Frank, la quarantaine édentée et déjà bien fatiguée. Uniquement vêtu d'un slip, il boitille en nous accompagnant dans son salon, la pièce principale de sa caravane où pourrissent dans l'humidité un canapé et deux fauteuils en faux cuir, éventrés et rafistolés au gaffer, installés face à une télévision géante qui débite des clips en silence.

Dans l'ombre on devine la compagne de Frank, débardeur en coton grisâtre, caleçon, les cheveux filasse sur les épaules rentrées. Une fille fatiguée, jeune mais déjà avachie, vieillie trop vite. Elle fume nerveusement en buvant de la vodka chinoise à même la bouteille.

« Je ne peux pas m'habiller, dit Frank. Je suis blessé. »

Il nous montre un large pansement sale et effiloché entourant le haut de la cuisse.

« Cette salope m'a tiré dessus, continue-t-il en désignant la fille qui lui fait un doigt d'honneur en retour. Elle visait les couilles et m'a raté. Avec ce qu'elle picole c'était sûr. La balle a traversé. Pas trop de dégâts. »

Il se marre en racontant l'histoire. Voilà ce que j'ai devant moi, le premier Australien blanc que je rencontre, un type crasseux et maigre affalé dans un fauteuil déchiré, ivre de bière tiède et de cannabis génétiquement modifié, un trou dans la cuisse et plein d'autres dans le sourire.

Un vilain petit blanc désespéré. Il n'y a pas que des surfeurs en Australie.

Jo achète un sac d'herbe et on s'enfuit avant la prochaine dispute.

*

Elle est belle leur route. Comme les américaines, d'une majestueuse beauté, un fantasme, une iconographie *on the road* que ce long ruban noir déroulé sur la terre rouge qui semble monter dans le ciel au loin tellement c'est droit. En allant vers le sud, nous quittons les tropiques et plongeons dans la fournaise.

Nous nous relayons pour conduire le vieux pick-up de Jo. L'un somnole, l'autre garde le volant droit et la vitesse constante, aux alentours de cent dix kilomètres-heure, quand le moteur ronronne gentiment. De temps en temps, Jo roule un joint. Il assemble plusieurs feuilles pour constituer un cône d'une bonne quinzaine de centimètres qui crépite bruyamment dès qu'il l'allume.

Je réalise que je n'ai aucune idée de ce que je ferai une fois sur place. Je me présenterai poliment à l'entrée du camp et demanderai si par hasard on n'aurait pas vu une jeune fille prénommée Émilie ?

J'imagine que je pourrai observer ce qu'il se trame, peut-être pénétrer discrètement dans l'enceinte… créer une alerte incendie pour faire évacuer tout le monde… le cannabis me rend créatif… appeler le siège de Neva et lancer une alerte à la bombe ! Ils feront sortir tout le monde, on verra si Émilie est là…

Nous roulons six heures. Le soleil ne va pas tarder à se coucher. Il faut s'arrêter.

Ça ne se fait pas de conduire la nuit dans cette région, pas avec un simple pick-up. Trop d'animaux, des vaches et des kangourous surtout, se promènent en liberté. La collision est très risquée. Alors on s'arrête dans un pub. C'est le nom qu'ils donnent ici à ces établissements posés au bord de la route, tous les deux cents kilomètres et qui font mercerie, restaurant, bar, tabac, pharmacie, station-service, garage, cabine téléphonique, armurerie et hôtel avec trois bungalows installés derrière.

Nous sommes les seuls clients. Nous mangeons des steaks de kangourous et des haricots en boîte que nous arrosons de bières glacées. La patronne est une femme d'une cinquantaine d'années, massive, les cheveux retenus en une longue et blonde queue de cheval, des rides, une peau tannée, des seins et des hanches fermes. Une sorte de Calamity Jane avec quelques années en plus. Elle regarde une série anglaise sur une tablette, installée dans un fauteuil derrière un comptoir de bois et entourée de tout ce que l'on peut vendre dans un endroit pareil, fusils, cordes, kits de survie, gourdes, couvertures, pièces mécaniques diverses, savons, boîtes de conserve, lampes… j'ai l'impression d'être dans une de ces auberges du Colorado où les chercheurs d'or d'antan venaient se ravitailler quand ils tombaient sur une pépite, un capharnaüm humain et rassurant dans un monde sauvage.

Une voiture arrive. On l'entend de loin. Elle ralentit en approchant du pub, quitte la route. Le moteur s'arrête, la porte claque. Un type entre, très sûr de lui, le double masculin de notre hôte, un quinquagénaire chauve et barbu tout en muscles, en force, un cow-boy poussiéreux et massif. Il passe devant nous rapidement, nous salut d'un coup de tête et enlace la patronne qui a bondi de son fauteuil avec un sourire à le bouffer. Ils nous laissent là et filent dans un bungalow en rigolant.

*

Nous finissons les bières dehors, au bord de la route et il n'y a rien autour, juste des milliards d'étoiles au-dessus de nous jusqu'à l'horizon.

Je fume avec Jo qui me raconte ses histoires d'aborigène. Il tente de m'expliquer le temps des rêves, leur genèse à eux, comment ils imaginent la création du monde dans leurs vieilles histoires. Ce sont des esprits qui ont façonné la terre et tout ce qui y vit. Ces esprits vivent dans le monde des rêves et nous sommes connectés à eux. Chaque créature, chaque brin d'herbe, chaque pierre vient du monde des rêves et existe parce qu'un rêve de chacun existe…

« Et il te suffit de trouver le rêve dont tu es issu. »

Là je décroche. Pas moyen de me représenter leur vision du monde. J'ai de l'imagination, mais l'idée selon laquelle nous serions les produits du rêve d'un autre nous-même ne passe pas. Malgré l'aide du cannabis, je bloque. Derrière moi, une voix cassée, grave :

« Notre Dieu à nous, c'est quand même plus simple ! »

Je me retourne, c'est le cow-boy de tout à l'heure qui sort du pub. Il nous rejoint sur la terrasse. Il a l'air satisfait de ses retrouvailles avec la propriétaire des lieux et nous apporte des bières. Il salue Jo, lui tend une bouteille, m'en donne une aussi et reprend :

« On a le bien, le mal, Dieu qui arbitre et il faut plaire à Dieu sinon on va en enfer. Facile, les gosses pigent ça. Leur histoire à eux, ce délire de "temps des rêves", c'est trop compliqué. J'ai jamais compris, ça fait trente ans que je suis ici, ils m'ont expliqué cent fois, j'y arrive pas. D'ailleurs il n'y a qu'eux pour comprendre. »

Jo hausse les épaules et boit une gorgée de bière avant de répondre :

« Vous avez peut-être raison… mais c'est parce que vous ne faites pas d'efforts. Vous êtes paresseux. »

Le cow-boy sourit et se tourne vers moi :

« Je m'appelle Max.

– Tom Harlem.

– Vous allez où ? »

Je jette un coup d'œil à Jo qui prend le relais :

« Monsieur Harlem veut voir le désert australien et m'a engagé comme guide. Nous allons faire un tour de quatre jours vers l'Ouest. »

Max approuve :

« C'est beau vers l'ouest, vous avez raison, il y a des drôles de montagnes là-bas, on dirait des sculptures. »

Et s'adressant à Jo :

« Un peu plus loin vos tomberez sur un laboratoire. Des Américains qui viennent de s'y installer. Ils étudient les micro-organismes… ne me demandez pas ce que c'est. Les bestioles qui survivent dans le désert si j'ai bien compris. Leur labo, c'est comme une plate-forme de forage dans l'océan, ils sont vraiment loin de tout. Fallait voir comment ils ont installé ça. Je n'y étais pas mais on m'a raconté. Les camions ont apporté les baraquements sur des remorques jusqu'au croisement avec la piste de l'Ouest, plus loin. Ensuite, des hélicoptères les ont transportés. Vous vous rendez-compte ! Des baraques pendues sous des hélicos ! Ils les ont posées là-bas, comme ça. Il paraît qu'elles sont montées sur des sortes de vérins qui s'adaptent aux terrains. En deux jours c'était réglé. Trois bungalows de cent mètres carrés chacun, assemblé comme des gros Lego. Ils vivent à dix là-dedans. Autonomes un mois. Mais je ne vous conseille pas le détour, ils n'ont pas l'air d'avoir envie de recevoir de la visite. »

Jo relève :

« Comment ça ?

– Il y a une semaine, deux types sont passés par ici. Ils allaient au laboratoire pour travailler comme gardes. Des vraies gueules de soldats privés, des durs. Rien qu'à les voir, j'ai pensé que c'était des professionnels. Je me demande bien contre qui ils vont le garder ce labo vu qu'il n'y a rien ni personne là-bas. À part les abos mais c'est pas le genre à créer des problèmes. »

Il se tait, attend sans doute une réplique de notre part. Comme rien ne vient, il reprend en me regardant :

« Du coup, c'est peut-être qu'ils attendent quelqu'un… »

J'adopte un air détaché :

« Peut-être… de toutes les façons ça ne nous concerne pas !

– Non, c'est vrai, vous allez voir les montagnes.

– C'est ça les montagnes… »

Je ne sais pas quoi ajouter. Jo aussi reste silencieux. Nous devons sans doute penser à la même chose, nous serions accueillis par des gardes armés, des mercenaires.

Nous abandonnons Max sous prétexte de la longue route du lendemain et nous dirigeons vers notre bungalow qui comporte deux chambres, séparées par une salle de bain commune. Devant la porte je sors mon paquet de cigarettes et propose :

« Une dernière avant de dormir. »

Jo accepte en silence. Il attend. J'allume les cigarettes et reprends :

« Ça change la donne cette histoire de gardes. Vous voulez laisser tomber ? »

Il secoue la tête.

« Non ça va. Je vous guide dans le désert jusqu'à ce laboratoire, une fois sur place ce sera à vous de voir. Si vous le désirez, je peux prévoir des renforts.

– Des renforts ?

– Des amis, enfin de la famille, dans cette région.

– Ils vivent là-bas ?

– Pas là-bas mais ils peuvent passer. »

Je termine ma cigarette. Des renforts ? Pourquoi pas. Il est hors de question que je me batte contre des mercenaires, ma couverture improvisée de « touriste baroudeur » qui veut voir le désert, devrait tenir mais on ne sait jamais et puis... autant avoir les autochtones de mon côté.

« C'est d'accord, vous pouvez prévenir les renforts. On s'approche le plus possible du camp, on voit si on peut entrer ou faire entrer quelqu'un. Tout ce que je veux savoir c'est si Émilie est dans ce labo ou pas. Pas de contacts physiques. On évite les risques. Vous avez entendu ce qu'a dit Max, des professionnels...

– Ils vous connaissent ?

– Qui ?

– Les gardes, les personnes qui sont là-bas, ils vous connaissent ? Ils savent à quoi vous ressemblez ?

– Non. »

Je repense au portrait-robot.

« Enfin, si... peut-être... il se peut qu'ils aient un portrait-robot... »

Jo ne rajoute rien. Nous nous séparons, chacun rejoint sa moitié de bungalow pour dormir quelques heures.

*

La nuit, allongé, j'entends les *road trains* sur la route toute droite. C'est une spécialité locale, les *road trains*, des camions monstres qui tirent quatre ou cinq remorques. Il leur faut plus d'un kilomètre pour s'arrêter quand ils sont lancés. Alors ils ne s'arrêtent pas. Ils sont équipés de pare-buffles capables de défoncer un mur ou d'écraser sans les sentir les bestiaux qui courent vers les lumières des phares. Le bruit vient de loin, un peu comme celui d'un avion, un bourdonnement d'abord, de plus en plus fort, et finalement, un grondement, une bourrasque, et il s'éloigne, redevient un bourdonnement, disparaît. De mon lit, je les écoute passer, je les compte et finis par m'endormir.

Nous repartons à l'aube, à l'heure où l'on croise au bord de la route des cadavres de vaches et de kangourous explosés par les camions, c'est le festin des vautours qui déchirent la viande. Ils hurlent les uns contre les autres et ne tournent même pas la tête quand on passe non loin.

Le pick-up rouillé roule quelque part sur l'horizon, entre rouge vif et bleu pétrole.

C'est moi qui conduis. De temps en temps, des pistes s'écartent du bitume pour aller se perdre dans le désert. Jo me fait signe d'en prendre une. Rien ne la distingue des autres et elle semble ne mener nulle part, disparaissant dans la lumière éblouissante de la terre brûlée. Je tourne doucement et demande :

« Vous êtes sûr du chemin ? »

Réponse laconique :

« C'est chez moi ici… »

D'accord, il est chez lui, il a des repères, c'est un aborigène qui voit dans cette désolation des signes que je suis incapable de discerner. La mythologie de la science innée du sauvage vivant en symbiose avec la nature, je veux bien y croire. N'empêche. Nous n'avons pas d'eau, personne ne sait où nous sommes, on file dans la poussière et les derniers repères se perdent comme des mirages dans la chaleur de l'air… il faut avoir confiance.

Jo s'est endormi. Je me demande comment il fait, dans un four pareil. Sans doute l'herbe qui doit finalement l'abrutir. La température est d'au moins quarante degrés. J'ai du mal à respirer, la sueur me coule sur les yeux, le souffle qui rentre par la fenêtre à moitié baissée est brûlant et chargé d'une poussière ocre qui se colle à la peau. J'avance en tentant de suivre les traces de plus en plus incertaines qui dessinent une piste à peine visible.

Brusquement, plus rien. Je suis obligé de m'arrêter. Il n'y a plus d'empreintes dans la terre. En regardant le rétroviseur je vois que notre passage est déjà effacé par le vent.

Je me tourne vers mon guide :

« Et maintenant ? »

Il est affalé sur le fauteuil du passager qu'il a abaissé au maximum, les mains derrière la tête, les yeux mi-clos. Il se relève, regarde autour de lui et me dit :

« Maintenant, on attend.

– On attend quoi ?

– Les renforts. »

*

C'est toujours la même histoire avec les déserts. Ils sont censés être vides mais on croise du monde tout le temps. Il suffit de s'asseoir quelques instants sur une dune ou une pierre, pour qu'apparaissent un type qui vous regarde nonchalamment, ou une poignée de gosses moqueurs, une jeune fille avec des chèvres. Que ce soit l'Africain, l'Arabe ou, ici, l'Australien, c'est pareil. On s'arrête et ils surgissent on ne sait d'où.

Cette fois ils sont quatre, accompagnés de deux chiens, des dingos jaunes qui trottinent autour des hommes. Chevelus, poussiéreux et cuivrés. Ces hommes sont vêtus du minimum imposé par la décence occidentale, un short, un tee-shirt élimé et des sandales. Trois jeunes et un vieux. Les jeunes ont des *killing sticks* glissés dans leurs ceintures, des bâtons tueurs qui ressemblent à des boomerangs, on les lance aussi mais ils ne reviennent pas, ils servent à tuer ou assommer. Le vieux porte sur son épaule un fusil de chasse qui doit avoir son âge, avec deux chiens que l'on remonte du pouce avant de tirer et deux redoutables canons, un véritable tromblon. Il me tend une gourde et je bois avidement l'eau fraîche. Ils fument les cigarettes de Jo et baragouinent entre eux. Jo fait les présentations :

« Balandik, Jazmin, Mishak et leur père, Daymirringu. Nous sommes cousins. Ils n'aiment pas l'endroit. Ils vont nous aider. Daymirringu n'aime pas qu'on lui salisse son monde, ce bâtiment aveugle, celui qui le regarde. Il dit que tu dois les engager comme guides, cinquante dollars par jour, chacun. Tu les engages aussi comme gardes du corps. C'est encore cinquante dollars. Et tu payes les frais.

– Les frais ? Quels frais ? Il n'y a rien ici.

– Cinquante dollars de frais. Ça te fait cent cinquante dollars par personne. »

Les aborigènes me regardent en souriant. Ils sont petits, secs, minces avec un peu de bide pour le vieux. Tous m'arrivent à l'épaule.

« Gardes du corps ? Mais ils sont épais comme des enfants… »

Jo traduit mes doutes et tout le monde se marre. Le vieux ajoute quelque chose.

« Il pense que c'est toi l'enfant, poursuit Jo. Tu aimes cette aventure mais tu n'es pas prêt. Tu n'as rien à faire dans ce désert, s'il n'était pas là, tu mourrais ici. »

Le vieux me regarde avec des yeux qui rigolent dans ses orbites profondes. Il a une barbe rouge qui lui couvre le visage et descend jusque sur son torse. Je souris maladroitement, lui rends sa gourde.

Bon, après le Bouddha à deux têtes chez les Thaïs et le sâdhu en Inde, voici le shaman aborigène. Pas la peine de lutter contre toute cette sagesse. Et puis ce n'est pas moi qui débourse. Ce serait mesquin de négocier. Je dis à Jo :

« C'est d'accord. Nous voilà tous salariés du même employeur. »

Les cinq aborigènes me regardent en silence. Le vieux est appuyé sur son fusil, Jo contre la voiture, les trois autres sont accroupis. Ils attendent. Ils pourraient attendre des heures. Ils s'en moquent. Je me tourne vers Jo :

« Ils se sont rendus sur place ?

– Oui. Ils n'ont pas pu entrer dans les bâtiments, les gardes les ont repoussés et ils n'ont pas insisté. Ils sont partis, se sont cachés derrière les rochers et ils ont observé.

– Il y a du monde ?

– Dix personnes. Deux gardes blancs, trois professeurs – deux Chinois et un Blanc –, et cinq techniciens – trois Chinois et deux Blancs.

– Dites-leur que je cherche une fille, je ne sais pas si elle est dans ce labo et si elle y est, peut-être qu'on la cache. Ils ont beaucoup d'espace ? »

Jo interroge le vieux.

« Il dit que ce n'est pas grand. Trois baraquements. Un pour le laboratoire, un pour les logements et la cuisine, le dernier pour les douches et le matériel. Il dit qu'ils n'ont pas vu de fille. »

Comment entrer dans ces bâtiments ? Pour quelle raison nous laisseraient-ils approcher ? Après réflexion, j'imagine un scénario : une urgence. Un blessé. L'un de nous doit être blessé. Moi. Le Blanc. Ça les poussera à secourir. Je demande à Jo :

« Il y a des scorpions ici ?

– Ils sont redoutables, me répond Jo.

– Voilà comment on va faire. Je suis touriste. J'ai loué vos services pour faire une traversée du désert. J'ai été piqué par un scorpion et je réagis mal, il me faut un antipoison. Vous m'emmenez chez eux d'urgence, car vous supposez qu'ils sont équipés en antidotes. Ils ne peuvent pas refuser de nous aider et me feront entrer soit dans le laboratoire soit dans un des bungalows pour me soigner. Pendant qu'ils seront occupés avec moi, vous tentez de jeter un coup d'œil dans les autres bâtiments. »

Nouvelle discussion entre les abos.

« Ça peut marcher, me dit Jo. Vous vous allongerez à l'arrière du pick-up, Balandik, Jazmin, Mishak vont monter avec vous et Daymirringu sera devant, à côté de moi. Vous ferez semblant d'être dans les vapes, ils vous porteront.

– Et les chiens ? Je demande, en montrant les dingos, allongés à l'ombre de la voiture.

– Ils vont… de leur côté… »

*

Nous roulons encore une bonne heure en direction de rochers sombres aux formes bizarres qui apparaissent au loin, appuyés sur l'horizon. Ils sont comme des êtres difformes, des géants bossus allongés sur la terre, sans doute les montagnes dont parlait Max hier soir. Soudain, je perçois un clignement au loin. Une masse métallique clinquante sous le soleil.

Il nous faut encore une trentaine de minutes avant d'y arriver.

C'est un ensemble de trois constructions préfabriquées disposées en triangle, comme les maquettes d'un jouet. Trois bâtiments blancs tout en longueur, bardés d'antennes. Des climatiseurs vibrent sous les fenêtres épaisses et les toits plats sont couverts de panneaux solaires pour alimenter en électricité toute cette modernité incongrue en ces lieux désolés.

Jo arrête la voiture. Il descend et court vers le premier bâtiment. Avant qu'il n'y parvienne la porte s'ouvre et un garde sort. Un ancien militaire, ça se voit tout de suite. Il s'est recyclé dans une société de protection privée mais il en a gardé le maintien, droit et sévère. Il entretient l'allure aussi avec sa casquette, ses lunettes de soleil, le tee-shirt blanc bien repassé, le pantalon de treillis sombre et l'arme, bien sûr, indispensable, un quarante-cinq automatique rutilant à son côté.

Jo s'arrête à un pas de lui. Il prend un air paniqué et suppliant, le sauvage qui veut bien faire.

« On a un client dans le camion, monsieur, un touriste, un scorpion l'a piqué. Il faut le soigner ou l'évacuer ! »

Rambo ne bronche pas. Il en faut plus pour l'impressionner.

« Déposez le blessé et retournez au véhicule. »

Il tripote la radio à sa ceinture et lance :

« Walter, la civière. »

Les trois jeunes me portent jusqu'au garde qui leur fait signe d'attendre. Ils me maintiennent comme ils peuvent, sous les bras et par la taille, je m'efforce de me laisser aller, je râle un peu en bavant. Je dois être convaincant, il relance :

« Walter, magne-toi ! »

Et Walter sort du bâtiment en portant une civière. C'est le même soldat. Un peu plus petit, mais le même, habillé, équipé et armé pareil. Il se précipite, pose la civière sur le sol. On m'allonge dessus, je laisse pendre un bras pour être plus crédible. Le garde fait signe aux aborigènes qui me soutenaient de porter la civière.

« Emmenez-le dans ce bâtiment, je vous accompagne. Les autres vous restez là. Walter, tu vas chercher les antidotes et les seringues et rejoins-moi au dortoir. On va l'installer là-bas. »

Je me laisse ballotter au rythme du trottinement de mes porteurs. J'entends le pas lourd du garde à côté de moi et sa radio qui crachote. Une porte s'ouvre, je reçois une bouffée d'air frais, nous entrons. Il doit faire vingt degrés de moins à l'intérieur, un vrai choc thermique. Nous sommes dans un long dortoir avec une demi-douzaine de lits superposés alignés des deux côtés. Cinq hommes se trouvent là et me regardent. Les trois Chinois jouent aux cartes sur une petite table entre les lits, les deux Occidentaux sont allongés et lisent des journaux. Sans doute une heure creuse. Il fait trop chaud pour travailler dehors. Le garde s'adresse à l'assemblée de sa voix martiale :

« Tout va bien messieurs ! Cet homme est un touriste qui s'est fait piquer par un scorpion, nous allons lui administrer un antidote et le renvoyer à la civilisation dès que possible. Poursuivez vos activités. »

Ils m'ont allongé sur un lit et je relève la tête pour regarder autour de moi. Si Émilie est cachée quelque part dans cette base, ce n'est pas dans ce baraquement qui a tout d'un dortoir de caserne. Les lits sont séparés par des petites armoires métalliques. Au fond se dresse une grande table commune, un coin cuisine, deux canapés, une télévision diffusant du sport. Pas d'autre porte. Elle n'est pas là.

Walter arrive avec une petite valise en métal. Il la donne à l'autre garde, que je décide de nommer « le chef » car il en a tout l'air. Le chef, donc, pose la valise sur le lit et l'ouvre. Elle contient une série de fioles et des seringues dans leurs petits sachets individuels. Il s'adresse à moi en choisissant une ampoule :

« Essayez de vous détendre, monsieur. Je vais vous administrer cet antidote et vous serez sauvé. Pendant une heure ou deux vous vous sentirez un peu groggy, mais ce n'est pas grave, c'est une réaction normale. »

Puis, se tournant vers Walter :

« Va prévenir le prof mais dit lui qu'on fait face à la situation. »

Walter repart et le chef me tamponne le bras avec un désinfectant. J'ai une appréhension mais il est trop tard. Je le laisse me piquer. Il plante l'aiguille sans hésiter. Je tressaille et sens le liquide s'écouler en moi. La tête me tourne, j'ai un coup de chaud, je me laisse aller en arrière. Effectivement, groggy… j'ai un léger haut-le-cœur, ma vision est floue par instants.

« Ne bougez pas, restez tranquille, me dit le chef. Le professeur Steven va venir dans un instant et… »

Il est coupé par des cris venus de l'extérieur. Plusieurs personnes hurlent en même temps. Le chef se lève.

« Personne ne bouge ! Je vais voir ce qui se passe. »

Il sort. De nouveau des cris. Je reconnais la voix de Jo. Je me lève, vacille, retrouve mon équilibre. J'ai mal à la tête. J'avance vers la porte, l'ouvre et découvre la scène dehors : Walter tient un jeune par un bras et le menace de son revolver. En face de lui, à peine à deux mètres, le vieux pointe les canons de son fusil monstrueux juste sur son visage. Derrière le vieux, les deux autres jeunes semblent prêts à bondir, leurs *killing sticks* à la main, Jo est sur le côté, il calme tout le monde de sa voix sûre et ferme. Devant moi, de dos, le chef tente de s'imposer :

« Qu'est-ce que c'est que ce bordel ! Vous, baissez ce fusil immédiatement, baissez-le ou je… »

Il tend la main vers le revolver qu'il porte à la ceinture dans son étui en cuir.

Je ne sais pas ce qu'il se passe mais l'engourdissement de mon cerveau par l'antidote doit m'ôter cette prudence, lâcheté instinctive qui m'a sauvé la vie plus d'une fois. Là, au contraire, je prends un risque stupide en avançant d'un pas pour saisir l'arme avant qu'il ne s'en empare. Une chance sur mille que j'y parvienne. Surprise, nos doigts se frôlent mais je suis le premier. Je prends le revolver et m'éloigne en le pointant.

« Ne bougez pas ! »

J'ai du mal à respirer, je sue à grosses gouttes, je sens que mes jambes vacillent, tremblent, ma main aussi, le revolver est lourd, bien plus lourd que ce que j'imaginais. Je m'aide de l'autre main. Le chef reste immobile mais je vois qu'il hésite à me sauter dessus, profitant de ma faiblesse apparente. Je m'éloigne encore de quelques pas, hors de portée de cet homme. Je demande à Jo sans le quitter des yeux :

« Qu'est-ce qu'il se passe ? »

Tout le monde s'est arrêté de crier. Nous sommes figés. Walter menace le jeune, le vieux menace Walter, je menace le chef. Si l'un d'entre nous flanche, c'est le carnage. J'ai l'impression d'être dans un de ces films de gangsters chinois quand des cinglés se tiennent en joue les uns les autres et que le temps s'arrête. La voix calme de Jo :

« Jazmin est entré dans le baraquement qui est derrière nous pour chercher la fille. Walter l'a surpris alors qu'il allait prévenir un médecin. Jazmin a tenté de s'enfuir mais Walter l'a arrêté et il ne veut pas le lâcher. Il est persuadé que Jazmin voulait voler quelque chose. Et maintenant, Daymirringu veut tuer Walter s'il ne laisse pas son fils tranquille. Jazmin a vu la fille.

– Quoi ? Il a vu Émilie ?

– Il dit qu'il a vu une fille blonde couchée sur une table. Il ne sait pas si elle est vivante. Elle est branchée à des tuyaux. »

Je tourne la tête vers Jo :

« Comment ça branchée à des tuyaux, qu'est-ce que… »

Du coin de l'œil je repère un mouvement du chef, je m'interromps et me retourne vers lui :

« Arrête-toi ! Ne bouge pas je te dis ! »

Ma voix chevrote, elle révèle la panique, le pauvre type dépassé par la situation. Le chef tente sa chance, il avance d'un pas en me tendant la main :

« Calmez-vous monsieur. Rendez-moi mon arme, c'est dangereux, vous pouvez vous blesser. »

Je recule encore, doucement, j'ai peur de tomber en arrière. Je flippe complètement. Je ne vais pas réussir à tirer sur un homme, je n'ai jamais tiré sur qui que ce soit, même pas un lapin ! Il faut que je bluffe, j'essaye d'être convaincant :

« Je vais tirer si vous avancez encore ! »

Je manque de fermeté, c'est évident, le chef avance d'un pas et il poursuit en me regardant droit dans les yeux, rassurant, il esquisse un sourire :

« C'est un malentendu monsieur, on va tout reprendre au début. Mais vous devez me rendre le revolver, ne le pointez pas sur moi, ça part vite vous savez, vous pouvez tirer accidentellement et blesser quelqu'un. Vous ne voulez pas blesser quelqu'un ? »

J'ai envie de le croire. Il a raison. On ne va quand même pas s'entre-tuer ! Je baisse la garde, un tout petit peu, mes bras commencent un mouvement vers le sol. Le chef attendait ça, comme un signal. Il bondit.

Pour un professionnel, il est décevant. Il a mal calculé son élan, j'ai le temps de reculer.

Une flamme soudaine, une sorte de flash, m'aveugle. Le fracas de la détonation arrive ensuite. Je réalise que j'ai tiré après coup. C'est déjà fait. Je n'ai pas conscience d'avoir visé quoi que ce soit ni d'avoir pressé volontairement la détente, mais le chef s'effondre. Il roule sur lui-même en gémissant et en tenant son épaule, enfin ce qu'il en reste maintenant que ma balle l'a traversée, laissant derrière elle une bouillie sanguinolente. Il met la main dans la plaie béante, la retire, blêmit, il devient réellement gris en une seconde et s'évanouit.

Je reste figé. Je n'en reviens pas. Je tremble encore de tout mon corps sous les effets sans doute conjugués de l'antipoison et du stress. Je regarde le chef, étendu à mes pieds se vider de son sang. C'est moi qui ai fait ça ?

Walter, qui n'a toujours pas relâché Jazmin, me crie :

« Compresse la plaie ! Magne-toi ! Prends ta chemise, presse la plaie, stoppe l'hémorragie ! »

Je vais me pencher et lui obéir quand Jo m'arrête d'un geste et s'adresse à Walter :

« Laisse Jazmin et pose ton flingue ! »

Walter hésite, il regarde Jo, moi, le chef. J'enlève ma chemise, la roule en boule et j'attends. Il abandonne, lâche le bras de Jazmin qui court rejoindre ses frères, et pose le revolver par terre. Le vieux le tient toujours en joue. Jo s'approche, il ramasse l'arme puis recule prudemment.

Je tombe sur mes genoux et presse ma chemise sur l'épaule du chef le plus fort possible. La chemise ne s'imbibe pas immédiatement. C'est bon signe. J'ai appris ça dans mon ancienne vie de reporter de guerre, quand je filmais les médecins de la Croix-Rouge dans les hôpitaux de fortune. Si le tissu ne s'imbibe pas de sang entièrement en quelques secondes, c'est gagné, pas d'artère touchée, on peut sauver le bonhomme. Je ne pensais pas me retrouver un jour à leur place, les mains pleines de sang.

La porte du dortoir s'ouvre, les ouvriers ont entendu le coup de feu. J'interpelle Jo :

« Il faut les tenir à distance ! »

Jo avance vers eux, montre le revolver en hurlant :

« Retournez dans le dortoir, et n'en sortez pas ! »

Les cinq hommes ne se font pas prier. Des ouvriers recrutés par des sociétés d'intérim. Pas des héros. Ils ne sont pas là pour risquer leur vie.

« Attendez, nous lance Walter. Ils ont des trousses de secours avec des pansements compressifs dans le dortoir, dites-leur de nous en apporter une ! »

Jo me regarde. J'approuve. De toutes les façons, il va bien falloir soigner le chef. Je ne vais pas rester comme ça longtemps. Jo rappelle les ouvriers :

« Que l'un d'entre vous revienne avec une trousse de secours, vite ! »

Une minute plus tard, un des ouvriers, un blanc, revient avec une trousse d'urgence médicale du genre militaire. Il est grand, barbu, il ressemble à Max avec une salopette bleue et des bottes de chantier. Il s'agenouille à côté de moi en me soufflant :

« Laissez-moi faire. Nous avons reçu une formation. »

Je m'écarte. Il enlève ma chemise, le sang coule moins. Dans la trousse, il prend des sulfamides qu'il saupoudre abondement et met un pansement compressif. Il réitère l'opération de l'autre côté, dans le dos, là où la balle est sortie.

« Elle n'est plus dedans, c'est bien. Il faudrait le recoudre mais ça ira le temps que les secours arrivent.

– Combien de temps ? Je lui demande.

– Si on les appelle maintenant, avec l'hélico ils en ont pour une heure.

– Walter va vous aider, emmenez-le dans le dortoir et n'en sortez plus. Appelez les secours. Et la police aussi.

– Qu'est-ce que vous allez nous faire, me demande l'ouvrier.

– À vous ? Rien. Ne sortez pas du baraquement c'est tout. »

Je fais signe à Walter de nous rejoindre :

« Vous allez porter votre collègue dans le dortoir et ne pas en bouger avant l'arrivée des secours. »

Le garde hésite et me lance un petit air de défi :

« Sinon quoi ? Tu vas me tirer dessus moi aussi ?

– Sinon, je demande à Jazmin ou un de ses frères de vous assommer avec leurs *killing sticks*. Ils étendent un kangourou de deux mètres de haut d'un seul coup avec ça. »

Il hausse les épaules et fait signe à l'ouvrier de l'aider à porter le chef. Je le retiens :

« Encore une chose. Le laboratoire de recherche est dans ce bâtiment, juste là ?

– Oui.

– Trois chercheurs y travaillent en ce moment ?

– Oui.

– Pourquoi ne sont-ils pas sortis, comme les ouvriers ?

– Le labo est isolé. Ils n'entendent rien là-dedans.

– Très bien, allez-y. »

Ils soulèvent le chef et le portent vers le dortoir. Je rejoins les aborigènes.

« Il faudrait bloquer la porte et monter la garde pendant que nous allons dans le laboratoire. Les secours et la police arrivent dans une heure.

– Balandik et Mishak vont surveiller, me répond Jo. Donne-leur le quarante-cinq. Daymirringu et Jazmin viennent avec nous.

– Très bien, allons-y. »

Jo me lance un coup d'œil inquiet.

« Ça ira ? »

Je regarde ma main. Elle ne tremble plus.

Émilie serait juste là, derrière cette porte. Tout ce voyage. Tous ces gens. Tout ça… pour maintenant. Cette pensée me galvanise.

« Ça ira. »

*

La première pièce du baraquement dans laquelle nous entrons est un bureau dépouillé, meublé de deux fauteuils et d'une table sur laquelle sont posés un téléphone satellite, quelques magazines et un écran de télévision qui diffuse en silence un match de football. Sur un râtelier accroché au mur, deux fusils à pompe. Un frigo ronronne dans un coin. C'est ici que les gardes passent leurs journées.

Nous progressons en file indienne, Jazmin, qui est déjà venu, passe en premier, je le suis, ensuite Jo, et enfin le vieux avec son fusil.

Nous arrivons devant des portes coulissantes qui s'ouvrent en soupirant et accédons à une pièce pleine de caisses encore fermées, frappées du logo de Neva, un N et un V enlacés.

Puis c'est le laboratoire. Cette fois, pas de panneaux coulissants dans un chuintement high-tech, mais une porte en acier, sans poignée. Un petit hublot de la taille d'un ballon de football permet de jeter un coup d'œil de l'autre côté. Jazmin me fait signe de regarder. C'est sans doute ici que Walter l'a arrêté, alors qu'il cherchait à voir ce qu'il y avait derrière cette porte et qu'il a aperçu Émilie. Le verre est épais, flou, on distingue mal l'intérieur du labo. Je vois une silhouette passer et au fond, une table chirurgicale sur laquelle est étendue une femme, blonde. Des tuyaux sont en effet branchés sur son corps. Émilie, j'en suis certain.

Je repère un interphone accroché au mur à côté de la porte, il faut sonner pour qu'on nous ouvre. Je presse le bouton. Rien ne se passe. Je recommence. Une voix agacée répond :

« Oui… qu'est-ce que vous voulez ? »

En anglais, avec un accent australien. Sans doute le professeur Steven dont avait parlé le chef tout à l'heure. Je prends une voix saccadée, essoufflée :

« Professeur Steven, sortez vite, il y a un incendie, il ne faut pas rester là ! Évacuez le labo ! »

Quelques secondes plus tard, la porte s'ouvre. Le professeur apparaît, un sexagénaire mince et de taille moyenne avec une crinière blanche et des lunettes. Je ne lui laisse pas le temps de placer un mot en poussant brutalement la porte. Nous le bousculons et entrons. Le professeur proteste :

« Qui êtes-vous ? Vous n'avez pas le droit d'entrer ici. Où sont les gardes ? »

Jo le rejoint en deux enjambées et lui plante son quarante-cinq dans les narines qu'il aplatit façon boxeur.

« Silence. »

Ça le calme tout de suite. Malgré la climatisation qui rafraîchit l'atmosphère au point qu'il fasse carrément froid, le professeur sue instantanément à grosses gouttes. Il bafouille son indignation et décide de la fermer définitivement quand le pouce de Jo lève la sécurité de l'arme avec un petit clic discret comme on en entend dans les films policiers.

Je ne fais plus attention à lui. J'avance vers Émilie.

Elle est là, nue, allongée sur une table en aluminium, éclairée froidement par des lampes chirurgicales, le corps transpercé d'une multitude d'aiguilles branchées sur des câbles qui montent au plafond. Ils suivent des rails les conduisant jusque dans des armoires où ronronnent des ordinateurs. Quatre-vingt-dix branchements. Pas la peine de compter, j'ai déjà vu.

Deux Chinois sont à son chevet. Ils portent des blouses blanches, des gants, ils ont des filets sur les cheveux et des lunettes étranges équipées de petits téléobjectifs. Ils se retournent vers nous, soulèvent leurs lunettes et hurlent en chinois en nous faisant de grands signes. Le vieux se campe alors devant eux, les menaçant de son tromblon. L'effet est immédiat, ils se taisent aussitôt et lèvent les bras au-dessus de leur tête, geste universel de soumission.

Tout le monde se tait. On n'entend que les vibrations des ordinateurs

Je m'approche de la table.

Comme l'Allemand, Émilie n'est plus qu'une enveloppe vide, un sac affaissé de chaires molles et grises. La belle est devenue une poupée décharnée, percée de dizaines d'aiguilles qui semblent pomper sa vie pour l'envoyer dans les tuyaux auxquels elles sont branchées. Elle a les yeux fermés, son visage est perforé lui aussi et ses cheveux sont comme de la paille, mais on la reconnaît malgré son masque mortuaire. La vision de cette gamine massacrée me rend fou. J'en ai déjà vu de la souffrance mais elle n'était pas mienne, je ne pouvais la partager, j'étais journaliste, j'observais. Là, je suis entré dans l'histoire d'Émilie, comme dirait Rajiv, nous sommes dans la même roue elle et moi et depuis le début de cette enquête je n'ai jamais vraiment cru qu'elle pouvait être morte.

Ça me bouleverse de la voir comme ça, détruite, souillée, dépossédée d'elle-même. Je me tourne vers le professeur australien, furieux. Cette fois, c'est moi qui hurle :

« Vous êtes complètement dingues ! Qu'est-ce que vous lui avez fait ? »

Il ne dit rien.

« Elle est vivante ? »

Silence.

Je hurle encore plus fort :

« EST-ELLE VIVANTE ? »

Il reste muet. Je le colle contre le mur en le tenant par le cou et en essayant de maîtriser les tremblements de ma voix :

« Qu'est-ce que vous avez foutu ?

– Je peux vous répondre, non, elle n'est pas vivante. Du moins pas au sens où vous l'entendez.

– Qu'est-ce que vous racontez ? On est vivant ou on est mort, c'est tout !

– Biologiquement, elle est morte. Plus de fonctions vitales, plus d'activités cérébrales.

– Depuis combien de temps ? »

Il regarde sa montre :

« Cinquante minutes. »

Seulement. Moins d'une heure. Où étions-nous il y a une heure ? À quelques kilomètres de là, roulant dans le désert, pour la retrouver.

Je relâche mon étreinte, m'éloigne de quelques pas. Jo garde son arme pointée. Steven lui jette des coups d'œil furtifs. Tremblant de voir un aborigène le menacer. Il se frotte le cou. J'essaye de me calmer.

« Mon nom est Tom Harlem. Eux, je montre les trois aborigènes, sont mes guides. Ils m'ont mené ici. Je travaille pour la famille d'Émilie de Laferrière. Je dois la retrouver et informer mes employeurs. Il va falloir me dire ce qu'elle fait ici et les raisons de son décès. »

Le professeur se racle la gorge :

« Non. Je ne peux rien vous dire de plus.

– Nous avons appelé la police, ils vont arriver dans l'heure, vous devrez fournir une explication à la mort d'Émilie. »

Je pensais lui faire peur, c'est raté. Il me regarde en souriant.

« Je ne parlerai qu'en présence de mes avocats. Vous ne pouvez rien faire ! »

Je me tourne vers les Chinois qui tremblent devant le vieux, et leur demande :

« Vous parlez anglais ? »

Le plus grand prend la parole :

« Moi, oui. »

Il désigne son collègue et ajoute :

« Pas lui. Mais je n'ai rien à vous dire. Vous n'avez pas les moyens légaux de m'obliger à révéler la teneur de nos travaux.

– Vous vous foutez de moi ! Vous me parlez de moyens légaux alors que vous venez d'assassiner cette fille ! »

Le professeur Steven me répond :
« Vous vous méprenez, elle était volontaire. »
Je m'approche de lui :
« Qui serait volontaire pour vivre un truc pareil ?
– Je peux tout vous prouver, j'ai des papiers en bonne et due forme, des protocoles qu'elle a signés. Elle savait où elle allait ! »
Sa suffisance me met hors de moi. J'explose :
« Même si elle a signé un accord, vous l'avez mise dans cet état ! C'est vous le responsable, vous et les deux bourreaux chinois ! Volontairement ou non, vous l'avez tuée, c'est un homicide. Et pas le premier ! »
J'arrache le revolver des mains de Jo et le vise.
« Parlez ! »
Il hésite, comme s'il se demandait si je suis vraiment dangereux et il tente de reprendre le dessus :
« Ce que nous réalisons ici vous dépasse. Les intérêts en jeu sont au-delà de ce que vous pouvez imaginer… »
Son blabla me rend dingue. Juste à côté de nous, Émilie est étendue sur une table en inox, morte.
Je presse la détente.
L'explosion nous tétanise. Elle résonne dans ce local carrelé jusqu'au plafond, et nous restons hébétés quelques secondes.
Un hurlement de douleur mêlé d'effroi monte du sol où gît le professeur. Un de ses pieds est en charpie, ensanglanté. Des lambeaux de chair et des morceaux d'os brisés prolongent le pantalon.
Je suis le premier surpris. C'est moi qui ai fait ça ! Je ne pensais pas l'atteindre, seulement l'impressionner en tirant vers le sol.

Le professeur est livide. Il va s'évanouir. Je le relève en le saisissant par les aisselles, l'assois par terre contre un caisson en métal, et lui hurle à l'oreille :

« La prochaine fois, je vise les couilles ! »

Ses yeux s'écarquillent, il regarde Jo qui demeure impassible, puis, blafard, haletant et grimaçant, de douleur, il se tourne vers moi :

« Ne me laissez pas dans cet état… Les Chinois… Ils peuvent… Une piqûre, de grâce !!! Là-bas… des analgésiques !!! Des pansements… un garrot… Vite ! »

Je ne me laisse pas attendrir :

« D'abord vous répondez… Qu'est-ce que vous avez fait à Émilie ? »

Il panique, se lance :

« Ce sont les Chinois qui ont inventé cette expérience. Ils veulent... transformer la conscience, isoler l'esprit, le capturer, le numériser... et puis le contrôler... en faire un logiciel intelligent.

– Et les tuyaux ? Les trous dans tout son corps ?

– PITIÉ ! Faites quelque chose !!! C'est atroce !!! »

Une mare de sang s'élargit autour de lui. Il faut agir, sinon il va crever avant qu'il ne m'ait dit ce qui se passe dans ce labo. J'appelle d'un geste le professeur chinois. Il se précipite avec une lanière en caoutchouc qu'il serre au-dessus de la blessure, se relève et se tourne vers une armoire métallique. Je l'arrête.

« Des analgésiques, me précise-t-il, pour la douleur. »

Je reste ferme :

« Attends. »

Steven me jette un regard implorant. Je lui demande de nouveau :

« Les tuyaux, les trous, pourquoi ?

– Les trous sont les emplacements supposés de nœuds d'énergie. Nous avons découvert où passent les flux, les données transmises dans le corps, et on les détourne. »

Sa tête glisse au creux de mon bras. Je le sens épuisé. Je le bouscule :

« La suite !!!

– Les Chinois ont trouvé quatre-vingt-dix points de convergence des flux dans le corps humain, gémit-il… C'est là qu'ils canalisent la conscience. »

Il est au bord de l'évanouissement. Du menton, je fais un signe au Chinois qui ouvre l'armoire, y prend une seringue et un flacon dont il aspire le contenu. Il plante l'aiguille dans la cuisse du professeur. Après un sursaut, je le sens se détendre immédiatement.

« Continue. Ils canalisent la conscience… Et après ?

– … avec des capteurs placés à l'extrémité des aiguilles qui la détournent vers les câbles conducteurs, jusqu'à un centre de stockage. Ensuite ils la reforment et l'isolent.

– Et ça marche ?

– Non. On vide réellement le corps de... son être... ou de son esprit, comme vous voulez... Nous parvenons à capter des informations et les Chinois les convertissent pour les installer dans une mémoire externe au corps… on transfère les informations. Mais… »

Il s'interrompt. Grimace de nouveau. Je me penche :

« La suite et on te remet une dose. »

Vague sourire et il reprend :

« Une fois qu'on a sorti les informations, le volontaire… meurt… et les infos du disque se figent… comme… je sais pas… comme une photo…

– Et vous avez kidnappé des humains pour ça ?

– Ils étaient tous volontaires. On les repérait à Goa, dans une fondation, ils participaient à des expériences.

– L'expérience de la combinaison, chez Open Spirit ? »

Il me regarde étonné, presque effaré :

« Vous connaissez ?

– J'ai même testé. Continuez !

– Les sujets sélectionnés étaient compatibles à cent pour cent avec la combinaison. Ils avaient adoré le monde qu'ils avaient découvert. Alors, on leur a proposé d'aller plus loin. Et ils ont signé.

– Vous avez déménagé ce laboratoire de Goa après la fuite de l'Allemand ?

– Oui. »

À la façon dont il souffle ce « oui » à peine audible, j'arrête l'interrogatoire. Je le cale un peu mieux contre le caisson et me relève.

Je pense au bien-être incroyable, merveilleux que j'ai ressenti pendant l'expérience. Et la sensation de manque ensuite. Eux ont vécu cent fois mieux et on leur a offert de quoi poursuivre l'aventure. Ils ne pouvaient pas refuser. Dominés par l'envie, le besoin. Ils ont fabriqué une autre vie dans cet ailleurs numérique, une vie qu'ils pouvaient bâtir et transformer à leur guise. Ils se sont peu à peu détachés de l'existence physique, réelle. Ils ont tenté de vivre sans leur corps. Esprits purs dans un monde virtuel. Le voyage semblait trop bon pour ne pas le tenter. Quitte à en mourir.

« Vous avez piégé ces gamins, lui dis-je. Vous les avez mis en manque, comme des dealers d'héroïne. Vous le savez très bien. »

Il me regarde dans les yeux ; malgré sa pâleur, ses traits tirés, tout son visage s'illumine. Je réalise à quel point il est fou. Il tente de se redresser mais retombe aussitôt contre son dossier de fortune d'où il éructe en bavant :

« Leur sacrifice est utile pour un monde plus juste ! Nous offrirons la puissance des élus au peuple ! Nous transformerons le peuple ! D'ici une ou deux générations, nous pourrons greffer des puces biologiques sur les humains et ces puces, nous pourrons les fabriquer grâce à ce que nous réalisons aujourd'hui, avec eux… avec elle… Ce sont les saints du monde de demain, les héros d'une mythologie qui s'écrit maintenant. Il y aura un peu d'eux dans chacun… nous créons une nouvelle humanité ! »

Une nouvelle humanité… ça ne leur passe donc jamais… Je regarde les appareils noirs sur lesquels clignotent des diodes rouges et bleues. Sur les écrans de contrôle des colonnes de chiffres et de signes défilent toujours à toute vitesse. Ce sont les mêmes que sur le disque dur que j'ai trouvé chez le médecin de Tanger, mais ici ils semblent mieux organisés, dans des colonnes distinctes.

« Et vous croyez réellement que la conscience d'Émilie est dans cette machine ?

– Oui… souffle-t-il en m'implorant du regard … je sens que je vais… je vais partir… »

Je me tourne vers les Chinois et leur fait signe de s'occuper de lui. Celui qui parle anglais farfouille dans une armoire métallique. Il trouve un flacon.

« C'est de la morphine, me dit-il. Ça va le faire tenir. Ensuite je banderai la blessure. »

Il se précipite vers le professeur. Je l'arrête :

« Attendez, expliquez-moi cette histoire de conscience numérisée, qu'est-ce qui va se passer pour elle ? »

Il hésite quelques secondes avant de me répondre :

« Les informations que nous avons captées sur la fille vont se figer dans les disques externes d'ici une heure environ…

– Peut-on inverser le processus, rebalancer dans le corps ce que vous avez pris ?

– Non, l'inversion ne fonctionne pas. C'est trop tard.

– On ne peut rien faire ?

– Le logiciel vivant se développe et se transforme en permanence, mais comme il est enfermé dans un espace clos, il finit par tourner en boucle et s'arrête. Il meurt en quelque sorte. Pour qu'il reste actif, il faudrait le libérer en l'envoyant sur le Net.

– Lâcher le logiciel sur le réseau ?

– Oui. Comme n'importe quel programme. Sauf que celui-ci est théoriquement intelligent, il se nourrirait de son environnement pour s'adapter et survivre. Mais ça n'a aucun intérêt pour nous. Que ça marche ou non, on n'en saurait jamais rien. Il disparaîtrait, c'est tout… »

Je m'adresse à Steven :

« Quel est le rôle d'Open Life, de John Wind ? Il était forcément au courant ? »

Le professeur me répond d'une voix faible, tremblotante :

« Si cette histoire venait à être dévoilée, il dirait qu'il n'en savait rien. Et tout le monde approuverait. Moi le premier.

– Vous le protégeriez ?

– On n'attaque pas John Wind. Vous non plus vous ne l'attaquerez pas. »

Je me tourne vers Jo :

« Laissez les Chinois s'occuper de lui maintenant et surveillez-les. Je vais téléphoner. »

Avant de sortir, je lance au professeur :

« Vous savez que vous serez inculpé.

– Je plaiderai la folie ! »

Ses yeux sont écarquillés, les pupilles dilatées, ses cheveux forment comme une couronne désordonnée, il est à moitié couché dans son sang. Je hoche la tête :

« C'est recevable. »

*

Je quitte le labo, retourne dans la première pièce où je prends le téléphone satellite et sors. Je vacille sous la chaleur qui me frappe d'un coup. Elle me tombe dessus et m'asphyxie, l'impression de respirer l'air d'un four. Je me colle au mur pour profiter des quelques centimètres d'ombre qu'offre le rebord de la toiture. Le monde devant moi semble triste, un univers brûlé. J'imagine que l'on pourrait y voir la beauté effrayante d'un univers sauvage et vide si on passait quelques jours comme un touriste en quête d'images. Mais je suis là pour la fin de l'histoire et je ne ressens que de l'amertume, jusque dans ma bouche, comme un goût d'amande pourrie. J'ai toujours pensé que « le goût amer de la défaite » était une figure littéraire passée dans le langage commun, bien facile pour décrire un sentiment. Eh bien non, c'est une réalité, la défaite a effectivement un goût amer.

Techniquement j'ai réussi ma mission qui est de retrouver Émilie vivante ou morte et, dans ce cas, de rapporter la preuve de son décès. J'ai une preuve, le corps. Mais je ne l'ai pas sauvée et j'ai l'impression que je vais annoncer un échec. J'allume une cigarette, grille quelques taffes qui m'étouffent, l'écrase et me décide à composer le numéro de Florence de Laferrière. Comme chaque fois, elle décroche immédiatement. Je la sens impatiente.

« Bonjour. »

Indécis, je laisse passer une seconde. Elle me relance :

« Eh bien ?

– J'ai retrouvé Émilie. »

Je réalise que c'est la première fois que j'annonce la mort de quelqu'un à un de ses proches. Comment tourne-t-on ces phrases-là ?

« Je… Je suis arrivé trop tard… elle est décédée… »

S'y attendait-elle ? Je ne sais pas, mais elle était sûrement préparée, car je n'entends pas d'hésitation dans sa voix quand elle me demande les circonstances de la mort de sa nièce. Je lui raconte rapidement le laboratoire dans le désert, les professeurs fous et Émilie, victime de la mégalomanie et des délires de John Wind, perdue dans une chimère de mondes numériques et d'existence immatérielle, peut-être transformée volontairement en créature dématérialisée. Enfin, c'est ce qu'ils disent. Je conclus en lui annonçant l'arrivée imminente de la police australienne.

« Votre nièce a été assassinée, nous ne pouvons plus agir autrement.

– Bien sûr. Déclarez le meurtre. Laissez John Wind en dehors de l'histoire, de toutes les façons, il est impossible de l'impliquer. Donnez une version simplifiée, vous travaillez pour moi, je vous ai demandé de rechercher Émilie, l'enquête vous a mené en Australie où vous avez découvert le laboratoire et le corps d'Émilie. Vous avez arrêté les coupables et vous les livrez, point final. Si on vous pose des questions supplémentaires, si on vous demande des détails, vous dites que le secret professionnel vous interdit de parler et qu'il faut s'adresser directement à moi. De mon côté, j'appelle des collaborateurs à Sydney, des avocats avec qui nous travaillons, ils vous aideront avec les autorités.

– Alors c'est fini ?

– C'est fini. Vous rentrez en Europe avec le corps d'Émilie. Je vous vois dans quelques jours. »

Je ne dis rien. Elle reprend :

« Félicitations. Vous avez fait un excellent travail.

– Merci… je… et… si…

– Vous voulez ajouter quelque chose ?

– C'est-à-dire que… en ce qui concerne l'expérience de… comment dire… d'une conscience numérique… »

Sa voix se durcit :

« Vous ne croyez tout de même pas à ces histoires d'âmes emprisonnées ?

– Je… heu… non, bien sûr… mais je me disais que vous voudriez peut-être récupérer les disques contenant les informations prises sur votre nièce. Nous pourrions les décrypter à Bangkok. »

Silence. Et sa voix posée prend le temps d'exposer une évidence :

« La conscience est une idée, une abstraction. On ne numérise pas une idée, on ne la transforme pas en informations que l'on pourrait stocker ici ou là. La conscience est immatérielle. Je ne sais pas ce que ces chercheurs ont pu faire pour tuer ma nièce mais l'enquête médicale nous détaillera les causes du décès.

Ces causes seront, j'en suis sûre, tout à fait réelles. Vos trois chercheurs sont des fous dangereux qui se sont perdus dans leurs délires au point de devenir des criminels. »

Je m'incline, évidemment :

« Très bien. »

Quelques secondes de silence et elle poursuit :

« Cela dit, s'il existe le moindre risque que des informations d'ordre privé, voire intimes, concernant Émilie puissent être enregistrées, vous les effacez.

– Je les efface…

– Vous effacez tout.

– Je vide les disques de leur contenu. J'insiste, mais vous êtes certaine que vous ne souhaitez pas les faire examiner ?

– Nous avons pour coutume d'enterrer ou de brûler nos morts, pas d'en conserver des morceaux. L'idée même qu'il puisse exister quelque part une sorte d'enregistrement de… disons de l'esprit d'Émilie… cette idée m'est insupportable. C'est indécent, malsain. Toute cette expérience est folle, elle est impossible.

– Je comprends

– Fort bien. Nous nous voyons dans quelques jours en Europe. »

*

Je retourne dans le bureau des gardes. Je savoure quelques instants les bienfaits de la climatisation.

C'est donc terminé.

Il reste tout de même quelque chose.

Qu'a-t-elle dit sur la conscience ? Une idée. Ça ne se numérise pas une idée. Elle a raison. Toute cette histoire est impossible.

Et pourtant.

Il doit bien rester du temps. Le professeur avait dit une heure avant que les informations ne se figent. Elle n'est pas passée cette heure.

J'arrête de réfléchir. Après tout qu'est-ce que je risque ? Que ça marche ? Mais quoi, qu'est-ce qui peut arriver exactement ? J'agis. Poussé par la curiosité, le « pourquoi pas » et un brin d'héroïsme aussi, il faut bien le dire, l'envie de sauver la belle, je décide de libérer l'âme d'Émilie…

Je reprends le téléphone satellite et appelle Jean-Phi à Bangkok. Je ne lui laisse pas placer le moindre mot.

« J'ai besoin de Phô et Mhô tout de suite au téléphone. Dis-leur que c'est pour sauver une âme, Mhô avait raison, ils peuvent la rencontrer, une chance unique, mais c'est maintenant.

– Qu'est-ce que tu racontes, une âme ? Tu déconnes. C'est de la superstition leurs histoires d'esprits.

– Je… ce serait dommage de ne pas essayer… je n'y crois pas plus que toi, mais, c'est la dernière chose, la seule, que je puisse tenter pour elle. Tu comprends ça ?

– Tu as été touché par la grâce. Ne quitte pas… »

J'entends une série de clics, des grésillements, une sonnerie au loin et une voix qui répond en thaïlandais. Encore des grésillements et d'un coup, la voix de Jean-Phi revient :

« C'est bon, ils sont là, sur une autre ligne.

– Dis-leur que j'ai devant moi le même genre de… banque d'informations que celle qu'ils ont analysée l'autre jour. Celle dont Mhô disait qu'elle était une âme figée. »

Jean-Phi traduit. Un silence. Il revient :

« Ensuite ?

– Dis-leur que cette fois l'âme est vivante mais pas longtemps, dans moins d'une heure ce sera trop tard. »

De nouveau du thaï dans l'écouteur puis Jean-Phi :

« Ça les excite, t'imagines pas ! Qu'est-ce que tu veux qu'ils fassent ?

– Qu'ils entrent dans le disque en question et qu'ils envoient tout ce qu'ils y trouvent sur le Net. Les informations, les programmes, les logiciels, tout. Peut-être parviendront-ils ainsi à sauver cette âme… en la libérant. Dis ça, “en la libérant”.

– Très bien, je transmets. »

J'attends. Je regarde par la fenêtre et crois distinguer un petit point noir loin dans le ciel. L'hélicoptère ? Déjà ? Retour du Belge :

« Bon, voilà ce qu'il faut faire. Tu envoies un message à Phô et Mhô. Ils te répondront avec une pièce jointe, tu l'ouvriras et tu libéreras un virus qui leur permettra d'entrer.

– Et après ?

– Selon Mhô, ils pourront dialoguer avec… l'âme qui est enfermée et l'aider à atteindre le réseau où elle vivra un nouveau cycle. Ils sont très fiers de libérer cette âme, c'est un acte important pour leur karma. »

Encore des voix en thaï derrière lui.

« Ils te remercient. »

*

Dans le laboratoire, rien n'a bougé. Les deux Chinois sont assis dans un coin, les mains sur la tête devant le vieux qui les braque sans bouger, Jazmin se tient à ses côtés et Jo surveille le prof. Il est livide, les traits tendus, les effets de la morphine doivent déjà commencer à passer. Il m'interpelle dès que j'entre dans la pièce :

« Dites au Chinois de me refaire une piqûre… la douleur… elle revient. »

Je le pousse sur sa chaise jusqu'au bureau où est le clavier de commande de l'ordinateur.

« Envoyez un message et il vous shootera autant que vous voulez. »

Il me lance un regard étonné :

« Qu'est-ce que j'écris ?

– Émilie. »

Il se penche sur le clavier.

« C'est fait. Et maintenant ?

– Je ne sais pas. On attend. »

Pas longtemps. Le message de retour de Phô et Mhô arrive. J'ouvre la pièce jointe. Quelques minutes passent, personne ne bouge ni ne parle. Sur les écrans, les colonnes de signes continuent de défiler et puis, elles s'arrêtent. L'image se fige sur des centaines de pictogrammes qui vibrent d'une lumière bleutée et… disparaissent ! Ils s'effacent les uns après les autres, de plus en plus vite ! Les Chinois se sont approchés, le vieux aussi. Nous sommes tous fascinés. Je demande :

« Qu'est-ce qu'il se passe ? »

Le professeur Steven, lui aussi hypnotisé au point d'en oublier momentanément sa douleur, me répond sans quitter les écrans des yeux :

« Les fichiers contenant les informations récoltées sur la fille sont en train de s'effacer eux-mêmes. »

Le professeur chinois intervient :

« Non, ils ne s'effacent pas. Ils sortent, ils se défragmentent pour quitter l'ordinateur. Ils partent sur le réseau où ils se reforment. Ils passent par notre liaison satellite. Il faut arrêter ça ! Coupez la liaison ! »

Il bouscule Steven et s'élance vers le clavier. Je le retiens par le bras et le tire en arrière.

« Ne touchez à rien ! »

Les signes disparaissent à une vitesse folle, les colonnes s'enchaînent et au bout de quelques minutes, plus rien. Les écrans sont vides, les curseurs clignotent en haut à gauche, ils attendent de nouvelles informations.

Je me tourne vers le Chinois :

« C'est fini ?

– C'est fini. Toutes les informations ont disparu. »

La voix de l'autre Chinois derrière nous. Il nous regarde avec des yeux tristes et se lance dans une longue tirade. J'interroge son collègue :

« Qu'est-ce qu'il raconte ?

– Il dit que le programme "Émilie" est maintenant libre. Il est vivant et conscient. Il peut entrer dans toutes les machines branchées sur le réseau. C'est une menace globale, personne n'est à l'abri. Il est capable de pirater les fichiers de n'importe quel service gouvernemental, n'importe quelle entreprise, vider des comptes en banque, détourner des satellites, contrôler des missiles, des avions, déstabiliser les bourses… détruire le système… le monde. Il dit que si elle veut, elle peut détruire le monde. »

Personne ne parle. Nous regardons les écrans. Nous attendons une réponse.

Le professeur Steven réclame sa morphine.

Dehors, l'hélicoptère se pose dans un fracas de pales et de turbines.

*

Les secouristes ne traînent pas et redécollent en embarquant les cas très urgents, le professeur et le chef ainsi qu'Émilie, enfermée dans une housse de transport de défunt en nylon orange.

Les policiers locaux arrivent en voitures deux heures plus tard et ne font pas dans le détail, nous sommes tous menottés et entassés à l'arrière des quatre-quatre, dont celui de Jo. Trois heures de pistes et de routes jusqu'à Alice Springs où nous sommes répartis dans les trois petites cellules du poste de police. Les ouvriers en occupent une, les aborigènes la seconde et je suis enfermé dans la dernière avec les deux professeurs chinois et Walter.

Régulièrement, un policier vient chercher l'un d'entre nous pour le conduire dans un des petits bureaux où nous attendent les enquêteurs. Je suis déjà passé une fois et j'ai raconté une version simplifiée de l'histoire en omettant Open Life. J'ai hésité d'ailleurs, tenté par l'idée de dénoncer le véritable coupable à la face du monde.

Et quel coupable !

Je me suis ravisé, bien sûr. Mes conclusions ne reposent sur aucune preuve matérielle, rien ne permet d'impliquer John Wind directement, et je ne pèserais pas lourd face à l'armée d'avocats qui me tomberait dessus pour étouffer mon héroïsme.

On me rappelle.

L'inspecteur chargé de mon témoignage est un bonhomme souriant et bedonnant, chauve, qui m'accueille dans son bureau en m'offrant un café chaud.

« Installez-vous, me dit-il en désignant un fauteuil. Désolé de vous avoir laissé en cellule tout ce temps. »

Je bois une gorgée de café, ne dis rien, le laisse poursuivre.

« Un avocat de Sydney a confirmé votre version, votre identité et celle de votre employeur en France, Maître de Laferrière que nous venons de joindre par téléphone. Tout est en règle. Nous devons vous remercier, car vous nous avez permis de mettre un terme aux activités de ces criminels. La suite n'est pas de votre ressort. Vous êtes libre.

– Merci. Il faut que j'accompagne le corps de la jeune fille en Europe.

– Je sais, mais je suis obligé de faire pratiquer une autopsie avant. La législation australienne exige que nous soyons en possession de toutes les informations concernant un ressortissant étranger, au cas où une enquête serait ouverte à son sujet sur notre territoire national. Vous resterez donc vingt-quatre heures de plus, invité par la ville bien sûr.

– Une chose encore, quatre personnes sont avec moi. Je les ai engagées comme guide, elles n'ont rien à voir avec cette affaire.

– Vous voulez parler des aborigènes ?

– Oui.

– Ils sont libres eux aussi. »

Je sors du commissariat et retrouve Jo accompagné de ses quatre cousins. Il vient de récupérer son pick-up dans le parking. Je lui glisse une enveloppe qu'il empoche sans sourciller ni en vérifier le contenu. Il s'installe au volant, les jeunes montent à l'arrière et le vieux, qui est assis à côté de lui, lance quelques mots en rigolant.

Jo sourit.

« Il vous souhaite bonne chance, dit-il en démarrant. Selon lui, votre monde va connaître quelques changements. Mais ça lui est égal, dans le désert, on n'a pas Internet. »

Et il prend la route. Le vieux me fait un petit signe de la main par la portière.

Les cinq ouvriers sont eux aussi libérés. Rien ne les liait aux expériences, ils étaient chargés de l'entretien des structures, des bâtiments, de l'électricité, de la conduite des machines pour les prélèvements dans le désert et ne savaient même pas qu'Émilie était prisonnière dans le camp.

Walter et le chef ne seront pas non plus poursuivis. Ils surveillaient les lieux, officiellement, légalement rémunérés par une société de sécurité privée et indépendante de Neva. Ils affirment n'avoir jamais mis les pieds dans le laboratoire. S'il le voulait, le chef pourrait sans doute porter plainte contre moi pour lui avoir tiré dessus, mais je doute que dans sa profession on mêle la justice à ses affaires.

En revanche, les deux professeurs chinois et l'Australien sont emmenés sous bonne garde à Sydney où ils seront inculpés d'homicide, (volontaire ou non c'est à voir), sur la personne d'Émilie et soupçonnés de deux autres disparitions, l'Allemand et l'Américain. On les accusera aussi de diriger une dangereuse secte mystico-technologique et ils plongeront pour tout le monde. Pas de risques qu'on remonte jusqu'à John Wind. Même s'ils parlaient, qui les croirait ? Trois savants visiblement fous, des meurtriers, qui accuseraient l'un des hommes les plus puissants et les plus aimés de la planète d'être le responsable d'expériences macabres dont le but serait de prouver de fumeux concepts de numérisation des consciences, des âmes… c'est perdu d'avance.

Je reste pour l'autopsie. Une journée de plus. Il leur faut bien ça pour photographier Émilie, la scanner, la découper, faire des prélèvements, des analyses et la rafistoler.

*

Un dernier vol. Un dernier verre. L'avion Sydney-Paris décolle. L'hôtesse m'a servi une vodka et je porte un toast silencieux à la fin de l'histoire.

Émilie m'accompagne dans la soute, enfermée dans une caisse plombée. Quand on est mort, on n'est plus un passager, on devient un supplément bagages. C'est ce qui est écrit sur le reçu que l'on m'a donné au comptoir Air France de l'aéroport afin de pouvoir la récupérer à l'arrivée.

*

Florence de Laferrière m'attend à Roissy. Nous nous retrouvons dans un salon privé que louent les hommes d'affaires entre deux vols pour des rendez-vous et pour meubler le temps. La salle est petite mais agréable, lumières indirectes, canapés confortables, table de travail, deux fauteuils et tout l'attirail informatique dont peut avoir besoin l'homme moderne.

On ne traîne pas. Elle me tend un chèque et j'ai, moi aussi, droit à mon enveloppe. Bien épaisse.

« C'est la prime dont nous avions parlé, me dit-elle.

– Et Wind ? Il est responsable de la mort de votre nièce…

– Oubliez John Wind. Ce n'est plus votre problème et ce n'est pas le mien non plus d'ailleurs. Je ne vais pas lancer une plainte pour homicide contre cet homme. Même si nous parvenions à démontrer que sa fondation finançait les expériences de Neva, il est impossible de prouver qu'il était au courant des meurtres.

– Donc il n'y aura pas d'enquête.

– Pas de mon fait. »

Elle se lève.

« Ce n'est pas à vous que je vais apprendre que le monde est injuste. »

Je me lève à mon tour, elle me tend la main.

« Effectivement… Au revoir Maître.

– Au revoir. »

Elle se tourne vers la porte, va ouvrir, je devine, espère, une hésitation mais non, elle ne se retourne pas avant de sortir.

Épilogue

Je suis à Doha, au Qatar.

Rien ne semble vrai ici, c'est un décor posé sur le désert. Un décor luxueux comme une publicité, avec des buildings étincelants, des golfes trop verts, des piscines trop bleues, des magasins pleins d'or et de soies, des voitures silencieuses glissant sur des autoroutes propres. Le voilà le cauchemar climatisé. Il existe. Des millions d'esclaves importés d'Inde, du Pakistan ou des Philippines le lustrent en permanence pour qu'il brille bien au milieu de rien.

Je suis là pour retrouver un coiffeur disparu. Un corse qui a tenté sa chance au Qatar en ouvrant un salon de luxe devenu en peu de temps le lieu de rendez-vous incontournable de ces femmes riches et belles que trimbalent avec eux les hommes d'affaires de passage. Elles ne font rien. Ce sont des accompagnatrices ornementales rémunérées pour leur simple présence au cours des déjeuners, des cocktails et des soirées. Quand ces messieurs n'ont pas besoin d'elles, on les trouve dans des clubs de sport, des cafés, des restaurants et, bien entendu, chez le coiffeur corse.

Sans nouvelle de lui depuis une semaine, ses employés inquiets pour leurs salaires, ont appelé la famille qui m'a demandé de lancer une enquête discrète avant de se résoudre à prévenir les autorités.

Mon contact sur place est un agent de sécurité de l'ambassade de France impliqué dans l'importation illégale de spiritueux de toutes sortes, non pas pour la clientèle des expatriés, ceux-là ont leurs réseaux, mais pour la jeunesse qatarie qui, comme toutes les autres, est irrésistiblement attirée par l'interdit et l'ivresse.

L'homme a ses entrées dans le monde trouble, corrompu, amoral, humain, qui se cache derrière la froide perfection de cette ville de pacotille. Un monde où l'on pourrait trouver des informations à propos de la disparition soudaine d'un expatrié français.

Il m'a promis de passer à l'hôtel cet après-midi mais sans préciser d'heure.

Je patiente donc dans ma chambre, allongé sur mon lit, au trente-quatrième étage d'un immeuble qui en compte cent quatre.

Je regarde la télévision en passant d'une chaîne à l'autre, pas vraiment intéressé par les images qui défilent. Soudain, le visage de John Wind apparaît entre les cours de la bourse et les résultats sportifs.

Je me redresse. Je ne comprends pas immédiatement ce qu'il se passe. L'écran se sépare en deux et un journaliste apparaît sur le côté gauche. À droite passe en boucle le film d'un crash aérien entrecoupé de portraits de John Wind.

Un titre s'inscrit en bas de l'écran, accompagné d'une musique dramatique : « Death of J. Wind. Special report. »

John Wind est mort.

Un accident d'avion.

Je me lève, m'approche de l'écran, monte le son.

La catastrophe a eu lieu à Las Vegas où John Wind devait présenter sa dernière création, une tablette souple, au cours d'une de ces conférences de presse qu'il aimait transformer en spectacle. Plusieurs équipes de télévision attendaient son arrivée à l'aéroport et elles ont pu filmer l'événement dans son intégralité. Une minute d'images spectaculaires.

Le ciel est vide au-dessus du désert. Un point noir apparaît au loin. Il se rapproche rapidement. C'est un avion. Un jet privé. Il est maintenant assez proche pour qu'on le reconnaisse, ce qui est aisé, il est entièrement décoré du logo d'Open Life.

Wind lui-même est aux commandes, sa passion pour le pilotage est connue, elle fait partie du caractère du personnage, mis en avant par son service de communication.

L'appareil descend, il s'approche de la piste, on voit les roues sortir de la carlingue.

Il va toucher le sol, atterrir, mais à la dernière seconde, il se cabre !

Les moteurs hurlent de toute leur puissance en lançant des flammes bleues et jaunes ! L'appareil frôle la piste, remonte vers le ciel, fusée superbe transpercée par la flèche d'or d'un rayon du soleil couchant. Il oscille, gauche-droite, décrit une courbe spiroïdale comme une figure de voltige aérienne, semble s'immobiliser un instant, là-haut, avant de redescendre en accélérant encore ! Il fonce comme un missile lancé vers le sol et explose au contact du tarmac.

Un champignon de feu et de fumée s'élève avant de s'évanouir dans le bleu du ciel.

Je passe d'une chaîne à l'autre. Partout les programmes sont interrompus. Partout la même scène passe et repasse. L'avion s'écrase des centaines de fois.

On a maintenant des images supplémentaires. Avant que la police n'empêche l'accès à la zone de l'impact, des caméramans se sont précipités et ont eu le temps de filmer le cratère. On distingue des bouts de ferraille carbonisés sur une terre noircie, brûlée par le carburant qui s'est consumé en quelques secondes.

Il ne reste rien.

John Wind est littéralement parti en fumée, sous nos yeux. Ses particules volent au-dessus de Las Vegas.

Que s'est-il passé ?

Sur les plateaux des chaînes d'informations, les journalistes posent gravement la question aux spécialistes convoqués d'urgence. Ce sont pour la plupart des pilotes retraités. Des anciens de l'aviation civile ou militaire, devenus consultants médiatiques en affaires aéronautiques. Des hommes sérieux et séduisants.

Ils sont unanimes, c'est un acte volontaire.

Les manœuvres qui ont précédé le crash se sont enchaînées avec ordre et maîtrise. Nous avons assisté à une chorégraphie de professionnel. D'abord, il a attiré l'attention en faisant une belle approche, un faux atterrissage, ensuite il a montré sa dextérité par cet incroyable redressement près du sol, puis il a réalisé des figures de voltige avec légèreté, humour pour finalement se détruire en faisant preuve d'une habileté et d'une détermination spectaculaires.

Presque tous parlent de suicide, explication la plus logique pour l'acte en lui-même. Mais elle n'est pas crédible compte tenu du caractère de John Wind, connu pour être enthousiaste, fort et volontaire.

Ils parlent de pirates de l'air. Des martyrs se seraient infiltrés dans l'avion et auraient commis cet attentat afin de s'attaquer à un symbole de la domination occidentale sur le monde. Mais en l'absence de revendications ça ne tient pas non plus.

Ils parlent de hackers. Des anarchistes, écologistes, gauchistes, génies de l'informatique, pourfendeurs extrémistes de l'ordre établi et de ses représentants les plus charismatiques. Ils auraient pris les commandes de l'appareil en pénétrant à distance le système de contrôle.

Pour l'instant l'hypothèse la plus crédible.

Je regarde et j'écoute avec fascination, comme tout le monde.

Un piratage informatique ?!

Même Phô et Mhô ne peuvent à distance et sans complicité forcer les murs des systèmes Open Life… alors détourner l'avion du numéro un…

Je me détourne de la télévision.

Je regarde par la fenêtre, le ciel éblouissant et la mer que l'on devine derrière cette cité futuriste.

Et soudain… J'ai le souffle coupé…

JE SAIS.

Le monde, d'un coup, n'est plus le même. Je suis le seul sur cette terre à savoir. Un être nouveau, une entité plus puissante que l'homme vient de faire son apparition dans la création.

Je détiens une vérité impossible. Je connais le mystère de la mort de John Wind, ce qui l'a tué, ce qu'il a créé.

La voix du professeur chinois résonne en moi, claire, distincte « Le programme est libre, conscient, vivant. »

Et c'est moi qui l'ai libéré.

Je vivrai désormais avec le poids de cette réalité.

Et j'attendrai chaque jour, chaque heure, à chaque instant, qu'elle m'envoie un message.

Qu'elle se révèle.

Émilie.

Je tiens à remercier Brigitte Lozerec'h
pour sa patience et ses corrections
impitoyables,
ainsi que son époux, Jean-Jacques Pauvert,
pour son enthousiasme.

J'aimerais également remercier Gabrielle
pour la vie, encore.

Cet ouvrage à été imprimé par

Autres-Talents, Groupe CCEE
Zi ST Mitre Est, RN8
Quartiers d'entreprises
13400 Aubagne

Achevé d'imprimer en mars 2015
par Seven

Taurnada Éditions
32, Chemin du Vallon de Barla
06200 Nice

www.taurnada.fr

Dépôt légal : mars 2015
ISBN : 978-2-37258-012-0
ISSN : 2276-0717

Imprimé en France